こんな異世界のすみっこで

ちっちゃな使役魔獣とすごす、ほのぼの魔法使いライフ

1

いちい千冬

Illustration
桶乃かもく

CONTENTS

プロローグ

Prologue

いったい、なんなんだコレは。

一様に灰色の大きな外套(マント)を羽織った〝魔法使い〟たちは、ぱかっと口を開けたまま。

その惨状を、ただ見ていることしかできなかった。


ここはフローライド王国。とある街へと続く、とある街道の、とある丘の上。

それなりに高い樹木が茂る、それなりの森の中。

彼らは確かな情報を得て、この国屈指の〝魔法使い〟ラディアル・ガイルを待ち伏せしていた。

こんな機会はめったにない。

相手が相手である。数日も前から入念に準備し、今か今かと標的が通りかかるのを待っていたのだが。

……あんなに不可解なモノが来るとは、誰が予想できただろうか。


「ねえ」

薄暗い森の中。潜伏していた彼らのもとに最初に現れたのは、子供だった。

「ねえ。なにしてるの?」

ふわふわの赤い髪に大きな赤い瞳。樹木の陰で身をかがめている壮年の男よりもさらに背が低い子供は、彼の外套の裾をくいっと引っ張りながら、首をかしげた。

首をかしげると赤い髪がさらりと流れ、子供の頭のてっぺんに小さなツノが見える。

地元出身の彼らだが、この周辺にツノのある子供が住んでいるなど聞いたことがない。

というより。

「ソレは人ではない！　気をつけろ！」

子供を指さして怒鳴ったのは、彼らの中でも感覚に優れた者だ。

怒鳴った男が竜巻のような風を作り出し、子供を吹き飛ばそうとする。

のだが。

「きゅう」

頭上から小さな小さな鳴き声がした。

その直後。子供の赤い頭の上に、薄いピンク色の毛玉のようなモノがぽてりと落ちてくる。

そして同時に、男が魔法で作り出し放った風は跡形もなくかき消えてしまった。

「なっ…」

最初に外套を引っ張られた男は、一瞬だけぽかんとしたものの慌てて子供の手を振り払った。

そうして翻った灰色の外套から反射的に飛び出したのは、銀色のヘビだ。

召喚魔法によって喚び出されたヘビは、本来であれば鋭い牙で相手に噛みつき、毒を吐く。袖口に忍び込ませておけば気付かれにくく、非常に厄介な攻撃になるはずだった。

そう、本来であれば。

先ほどの風魔法と同じく銀色のヘビもまた、子供に牙が届く前に急激に勢いを失ってぼとりと落ちた。

その上さらに。

「へびさんー」

にぱっと笑った子供がもみじのような手を無邪気に差し出せば、あれほど牙をむき出しにしていた口をぴっちりと閉じて、まるで挨拶でもするかのように頭を下げるではないか。

銀色の頭をいいこいいこと撫でている子供を前に、周囲は恐慌状態に陥った。

アレはなんだ。何かはわからないが、自分たちの魔法が効かないアレはきっと驚異だと。

火の玉が飛んでくる。子供に当たる前にぽんとはじけて消える。

石の礫が飛んでくる。子供に当たる前にぱんと砕けて消える。

「こ、この……っ！」

大きな水の玉が飛んでくる。これは子供に当たる前にじゅっとかき消えた。

横から勢いよく飛んできた、火の玉にぶつかって。

「ぴっぴぃー」

いつの間にか、黄色の小さな鳥が木の枝に止まっていた。

小鳥はぴっぴっと機嫌よさそうに囀っては、自分の体よりも大きな火の玉をぽんぽんと吐き出して魔法使いたちをけん制してくる。

小さな火の玉で彼らの服や髪の端などを絶妙に焦がし、そのくせ周辺の樹木などはほとんど焼かない火の取り扱いは、先ほど炎を放った魔法使いよりもよほど巧みだ。

別の魔法使いが、今度は魔法陣の描かれた紙を取り出した。

が。取り出した瞬間にそれは凍り付いて使い物にならなくなった。

「は…っ？　えっ？　なんで！」

「にゃあ」

魔法陣の突然の冷たさに驚いて、魔法陣を取り落とす魔法使い。

その足下を、白い子猫が悠然と通り過ぎていった。尻尾をゆらゆらと揺らめかせながら。

手も足も出ないとはこのことだった。

小さな乱入者たちにどんな魔法も防がれ、砕かれ、使い物にならなくされる。

そもそも先に手を出したのはこちらだったとか、危害を加えようとしなければ向こうも反撃してこないとか、一方的にやられている割にこちらの怪我人がほとんどいないとか。

誰かひとりでも冷静に物事を見ていれば分かったかもしれない事実には、残念ながらこの場の誰も気付くことはできなかった。

そしてとうとう。

「む、向かい側の者たちに救援を――」

そう誰かが呟いた直後だった。

彼らが見ている、目の前で。

今度はその向かい側の森が一部、どっかーんと吹き飛んだ。

ここフローライドは、魔法使いが治める魔法の盛んな国だ。

大陸のどの国よりも魔法の発展と技術向上に力を入れており、そのためならば多少のことは寛容にできている。郊外での魔法のぶつけ合いや力比べ、格上の魔法使いへの挑戦なども、ある程度には認められていた。

少なくとも、国内で指折りの魔法使いと名高いラディアル・ガイルにはよくある事だった。内訳は力の研鑽（けんさん）のために純粋に教えを請う者と、彼の地位と名声に近づきたい、あわよくば取って代わりたいという野心のある者、半々くらいだろうか。

さすがに今回のように大がかりな待ち伏せをされるのは珍しいが、なくはない。

面倒くさいが、まあ問題はない。

問題はないのだが。


「ちょっとお師匠さま！　やり過ぎですよ」

弟子の呆れたような声に、漆黒の外套を羽織った男、ラディアル・ガイルはひょいと肩をすくめた。

「いや、おまえに言われたくないぞ」

「弟子のわたしだから言うんです。…どうするんですか、あれ」

あれ、と彼女が指さした先には、きれいさっぱり樹木が無くなってしまった丘の稜線がある。その稜線も、少し前に見たときよりも少し、いやけっこう削れてしまっていた。

森の中なら木々が邪魔をして、強力だが大雑把な魔法を得意とするラディアル・ガイルは力を発揮しにくいだろうという意図はなんとなくわかる。なかなか有効な手だと思う。…彼以外が相手であれば。

ラディアルにしてみれば、一緒になぎ払えばいいだけだ。それだけの力はあるので。

今回は、むしろ遠慮したほうだ。

「あちら側に直させればいいだろう。もっと崩すつもりだったようだし。なあ？」

なあ、とラディアルが顔を向けたのは足下。

そこには、もふっとしてコロっとした黒い子犬がいて、返事をするようにぴこぴこと短い尻尾を振りたくっていた。

ラディアルが吹き飛ばしたあの辺りには、大がかりな魔法陣が作ってあった。下を通りかかったときに土砂が崩れて街道が埋まるような、そんな物騒な仕掛けだ。

そしてそれを見つけたのは、この子犬。弟子の使役魔獣である。

弟子は、ほかに子鬼と小鳥と子猫とハムスターの使役魔獣を持っている。

全部が全部、揃いもそろって小さくて庇護欲をそそる姿をしているが、子犬以外の四体は、今頃は大暴れしているはずだ。街道を挟んだ反対側に潜伏している魔法使いたち相手に。

――――問題は、ここにある。

この弟子、ミアゼ・オーカも国の認定を受けた〝魔法使い〟である。

しかし彼女の階級は下から数えたほうが早い、いわゆる〝下級〟。

彼女が使える魔法は召喚魔法だけ。それもごくごく小さなモノたちだけしか召喚できないとなれば、まあ妥当な評価ではある。

が、見た目にだまされてはいけない。

ラディアルが気付く前に魔法の気配を察知し、その種類まで探り当て。どんな魔法も防ぎ、どんなものでも燃やし、凍らせる。挙げ句に召喚主の命令しか聞かないはずの余所(よそ)の使役魔獣まで従えてしまう。

彼女が召喚したのは、そんな異質で強力な使役魔獣たちであった。

今だって、丘を吹き飛ばしたのはラディアルだが、残り半数以上の魔法使いたちを相手取って引っかき回しているのは、その使役魔獣たちなのだ。

弟子よりもいくつも階級が上の魔法使いを複数相手に、である。

とはいえ、血なまぐさいことが嫌いな弟子の使役魔獣である。師匠のように地形を変えるような豪快なことはせず、怪我人をほとんど出すこともなく、本当に引っかき回し、場を混乱させているだけだろう。

格上の魔法使いを相手にしているというのに、この余裕はなんだ。

普通はもっと必死になるものなのだ。ラディアル・ガイルに挑んだ彼らのように。

必死どころか人をおちょくっているようにも見える彼らの戦い方が目に浮かぶようで、ラディアル・ガイルは少し遠い目になる。

言い訳をするなら、別にラディアルひとりでも対応はできた。

相手も彼だけを標的にしていたのだし、中程度の階級の〝魔法使い〟たちが数日前から仕掛けを作り人数を揃えてなおかつ不意打ちを食らわせないと勝てないくらいの実力差は、最初からあったのだ。まあ、勝てなかったわけだが。

ただし、ラディアルがひとりで応戦するとなると、反対側の稜線もごっそり削れていたことだろう。その後の後始末にも時間がかかる。

派手なことはちょっと、と顔をしかめた弟子に、じゃあ自分たちが行ってくるー、と軽い調子で出かけていったのが彼女の使役魔獣たちだった。

止める間もなかった。

「……おまえ、頼むから大人しくしておけよ」

弟子なら弟子らしく、師匠の後ろで守られていればいいものを。

この不肖の弟子は、背中に庇ってやろうとしてもときどきこうやってひょっこり顔を出す。本人に出しゃばるつもりは皆無で、ちょっとお手伝いしました程度でやっているからなおさら性質(たち)が悪い。

静かに平穏に暮らしていきたいようだったから、〝下級〟の魔法使いにしたはずだったのに。目立ちたくないんだろうが。言外にそう付け加えたつもりで「大人しく」と言ったのだが、弟子には伝わらなかったらしい。

彼女はへらっと笑った。

「大丈夫ですよ。お師匠さまほど派手なことは、したくてもできませんから」

そうじゃない。そういうことでは無いのだ。

もしかしてこの弟子は、地形にしろ怪我にしろ、見た目が大丈夫なら何をしても大丈夫だと思っているのではなかろうか。

「頭が痛い……」

「あれ？　お師匠さま、もしかして調子悪いですか？」

ラディアル・ガイルはがっくりと肩を落とした。

「……そうかもしれないな」

格下魔法使いたちが何人束になってかかってこようと、ラディアル・ガイルには大した問題ではない。

が、この弟子に関してだけは、正直どうしたものかと。

彼は、本気でちょっと困っていた。

第１章

あんな荒野のど真ん中

Episode 1

Konna Isekai no Sumikkode

事故なのか、天変地異か。はたまた病気か何かで一回死んでしまったのか。

何がきっかけなのかはわからない。

原因なんて、もっとわからない。

ただ、気が付けば宮瀬木乃香（みやせこのか）はだだっ広い荒れ地のど真ん中に立っていた。

鞄ひとつ持たず。

適当な私服を身に着けただけの、頼りない姿で。

——ああ、これは夢かな。夢だな。

そう思った木乃香を、誰が責められるだろうか。


そもそもだ。

日本にこれでもかと地平線が見渡せる、申し訳程度に草と灌木（かんぼく）の生えた土埃（つちぼこり）舞う乾いた荒野などあっただろうか。

少なくとも木乃香の生活圏に、こんな場所は絶対にない。

もちろん、自分から来た覚えもない。

そこで、彼女は首をひねる。

覚えは、ない、と思うのだが。

ここへ来る前に自分が何をしていたのか、それすらも彼女の記憶は曖昧だった。

仕事をしていたのか、家で寛いでいたのか、旅行か何かで出かけていたのか。ぜんぜん思い出せ

ない。頭の中が霞(かすみ)がかってぼんやりとして、まるで考える事そのものを誰かに邪魔されているかのようだ。

だから、たとえからっからに乾いた風にばたばたと服がなびこうが。

さんさんと輝く太陽がじりじりと痛いほどに肌を焼こうが。

その太陽が、ありえない程にやたら大きく見えようとも。

自分はきっと寝て夢を見ているんだろうな、と思う。

やけにリアルな夢ではあるが。

……それにしても。

自分以外誰もいない荒野の夢とか、ファンタジーにしても寂しすぎる。

乾いた大地以外なにも無いし何も持っていないこの状況で、何をどうしろというのか。


どれくらいそうして立ち尽くしていただろうか。

彼女は、炎天下で立ちっぱなしだったということにようやく考えがいった。

暑い、と思ったのだ。ちょっと暑すぎると。

頭の中に浮かんだことをそのまま呟きかけて、口の中もからからで唇が張り付いていることにも気付く。しかも土埃のせいか、なんだかじゃりじゃりする。

……先ほどからぼーっとするのは、もしかしなくても脱水症状なのではないだろうか。

とりあえず近くの灌木の陰にでも行こう、と木乃香は西部劇のような、けれども何かが違う世界に足を踏み出す。

目につくのは申し訳程度にしか葉が付いていないひょろりとくねった細い木ばかりだが、根元に座っていればまだましなはずだ。

自分が夢から目を覚ませば、この乾燥地獄から簡単に出られるはずなのだが。


ひどく重く感じられる自分の足をどうにか一歩、動かしたときだった。

ずん、と地面が揺れた。

いっしゅんめまいを起こしたかとも思ったが、確かに地面のほうが揺れた。

その証拠に、木乃香が反射的に飛びのいたそこにはぱっくりと亀裂が走っている。そのまま足を置いていれば確実に膝下まではまり込んだであろう幅と深さの、立派な裂け目である。

「え」

呆然とする彼女をそっちのけで突然大地に走った亀裂は、ばりばりと悲鳴のような音を響かせてさらに広がり延びていった。

鍬(くわ)やスコップでもなかなか掘り起こせそうにない硬く乾いたそこが、まるで紙をちぎるようにべりべりと簡単に割れる。

木乃香の背後から、彼女が目指していた灌木へ向かって。

「ええ!?」

そして、亀裂が灌木に届いたとき。

突然視界が黒くなった。

直後にぱあん、と大きな風船が破裂するよりも少し重みのある音が響く。

乾いた地面に、びしびしと何かが降ってくる。落ちたものを横目で確かめると、おそらくは灌木の破片や葉っぱと思われるものだった。

盛大に飛び散ったらしいそれは、木乃香のもとへは届かなかった。

目の前の黒いモノ、いやおそらくは黒い格好をしたヒトが、彼女を守る壁になってくれたのだ。

薄汚れた真っ黒なポンチョのようなもので頭から足首までをすっぽり覆った姿は、人型のように見えるがやたら大きい。長い、というべきか。

木乃香よりもはるかに高い位置にある頭部と思われる箇所は、やはり黒く薄汚れ乱れた髪の毛がフードからこぼれ落ちていた。

ヒト、だよね？

恐る恐る見上げていると、木乃香の思いが通じたのかどうか。

「はあ、間に合ったか。すまんなー娘さん。怖かったな」

渋みのある低い声ながら、意外にも軽い口調で黒い男は言った。

しゃべった。いやヒトならしゃべりもするだろうが。

ご近所をうろついていたら確実に「不審者がいます」と通報されそうな怪しい黒ずくめなのに、そのことに驚いて警戒することも忘れていた。

「いやまさかこんな場所に魔獣以外の誰かがいるなんて思わなかったもんでな。獣くらいならまあいいかーと思って気配も探らずにやっちまった」

「……あ、あの」

わかる言葉を話しているはずなのに、内容がぜんぜん理解できないのはなぜだろう。

マジュウって何。ケモノって何。何をやっちまったと。

そもそもここは、いったい、どこなのだ。

口を開きかけた木乃香は、しかしすぐにまたそれを閉じる羽目になった。

陽光に、ぎらりと輝く黒い刃。

なんの飾りもない、ただ長く分厚く、そして凶悪そうな刃物。それが黒い外套の隙間から見えていたのだ。

しかもどういう原理なのか、刃の周囲には荒野に吹くのとは別種のつむじ風のようなものが渦を巻いている。風で外套がなびき、あまりに物騒なそれが木乃香にも見えたのだった。

乾いた土埃を巻き上げているそれに、彼女の視線でようやく持ち主が気付いたらしい。

「おお重ね重ねスマン。うーむこいつは失敗だな。キレが悪い」

彼が言えば、唐突に黒い刃が消えた。風も消えた。

装束に隠れたのではない。手品のように、ふっとかき消えたのだ。

はじめから、何もなかったかのように。指をさし騒ぐのもためらってしまうほど、自然に。

木乃香はぽかんと口を開けた。

「さて。ところで娘さん」

男はまた、まったく変わらない気安い口調で続ける。

「あのな、なんでこんな所にいるのか聞いてもいいか?」

「……それは、わたしも知りたいです」

そもそもここはどこですか。

言いかけた木乃香は、くらりとめまいに襲われた。

ああまずい。

そう思ったときには、ぐらりと身体が傾ぐ。それを止める術(すべ)を彼女は持たない。

「ええ、おい、ちょっと!?」

男の、慌てたような声が遠くなる。

今度は男のせいでなく目の前が真っ暗になり、木乃香の意識はここでふつりと途切れた。

ここは、これまで彼女が生活していた場所とはまるで別の〝世界〟であり。

頭がぼーっとしたり倒れたりした原因は、単なる熱中症ではなく、異なる世界に身体が拒否反応を示していたからだという。

彼女がそんな信じがたい説明を受けたのは、三日間の高熱に苦しみ十日間意識が朦朧(もうろう)としてベッドで過ごした後。

ようやく身体がこの世界に慣れてきたらしい、その頃だった。

「……どちらさまですか？」
いまだに重く働きが鈍い頭をかくんとかしげて、木乃香は訪問者を見上げた。
長身だ。どうにか身体を起こしてはいるが、寝台がそもそも低い。そこから見上げているので、なおさら高い位置にその人の顔はある。
だが、首が痛くなってもなんとなく目が離せない風貌を、その人はしていた。

ここ数日、高熱のため冗談ではなく生死の境をさまよっていたらしい木乃香は、さすがにこれが夢だとは思えなくなっていた。

だって痛くてだるくて苦しいのだ。こんな思いをしてもまだ目が覚めないのならば、ただの夢で片づけるのはちょっと無理だろう。

現在木乃香がお世話になっているここは、大きな建物の一室のようだった。

木製のシングルサイズベッドと机、そして小さなタンスがあるだけの、狭い部屋である。近くに水差しとコップが置かれている以外ほんとうに何もないので、もとは空き部屋だったのだろう。

あの荒野の近くだというのだが、窓の外には濃くてきれいな緑が見える。

また、人の気配も多い。

どうやらここに運び込まれた彼女が珍しくて、野次馬が頻繁にやって来ているらしいのだ。よく

部屋の外でどやどやと足音や話し声がする。

「ごめんね。好奇心だけが取り柄というか欠点みたいな連中だからさ。これでもあなたが目を覚ますまでは大人しくしてたのよ？」

そう苦笑するのは、野次馬を追っ払いずっと木乃香の世話を焼いてくれている女性だ。

鮮やかな赤褐色の髪に、きれいな栗色の一重の目、はっきりとした目鼻立ち。そしてついさっきようやく知ったシェーナ・メイズという彼女の名前。

ここはいったいどこなんですか。

そんな質問をした木乃香の前にこの長身の男性を連れてきたのもまた、シェーナ・メイズである。

この男性が、なかなか異様だった。

背が高いのも肩幅が広いのも、足が長いのもまあ〝普通〟だ。昔バスケットかバレーボールでもしていたんですか、という程度のもの。

四十代半ばくらいかと思われる少しばかり浅黒い顔は、こんな外国の俳優さんがいたような気がする、という程度の整ったもの。

だが無造作に後ろになでつけられた髪の色は、これまで見たことがなかった。

黒銀、だろうか。漆黒より薄く、しかも磨き上げられた鉱石か銀砂をまぶしたかのように艶やかに輝くそれを、木乃香は黒銀としか表現できない。

体格のよさと外見の鋭さにいっしゅん怯んだものの、静かに見下ろしてくる双眸は澄みきった湖の深淵のような深緑で、思わずのぞき込んでしまう。

「ああ、ようやく顔色が戻ってきたな」

同じようにこちらを観察していたらしい長身の男は、目を細めて微笑んだ。

……怖い人ではなさそうだ。

淡く浮かんだ目尻のしわと柔らかな口調に、木乃香の肩から自然と力が抜ける。

「いやびっくりした。娘さんいきなり倒れるもんだから。防いだつもりだったが、木の破片か石が当たったか間違えてどこか裂いちまったかと心配だった」


力が抜けた後で物騒なことを言われた気がして、木乃香は顔をひくつかせた。

そして、この背格好と声と「娘さん」呼びは、ちゃんと覚えている。

事情はどうであれ、初対面で正体不明の彼女をあの荒野からここへ連れてきてくれたのは間違いなく彼なのだろう。

お礼を言いたかったので、だから木乃香はまず「どちらさまですか」と聞いたのだが。

「この無精者！」

何かを話す前に、男は後ろからすぱんとはたかれた。

手を出したのはシェーナ・メイズである。

「おいメイ……」

「だから日頃から身だしなみには気を付けろって言ってんの！　せっかくそれなりの顔してるの

に！」

「ええー、メンドクサイだろう」

「メンドクサイ言うな！　こんな辺境で王子様みたいにしてろとは言わないけど、いっつも髪も髭もぼうぼうの毛むくじゃらはないでしょうが！　差がありすぎるのよ！　だから気付いてもらえないの！」

なるほど。この渋く整ったお顔がいつもそんな状態だったとしたら、たしかにシェーナのように文句のひとつも言いたくなるかもしれない。

あのときは黒いフードを被っていたので、正直毛むくじゃらだったかどうかまでは分からないが。

「あの……」

木乃香が遠慮がちに声をかけると、小さな声だったにもかかわらずぴたりと二人が口をつぐんだ。

そのことに驚きながらも、彼女はこれ幸いと続ける。

「わたしを助けてくださった方、ですよね？　ありがとうございました」

「あ、ああ……」

たしかに、もう少し若ければ王子様と呼ばれても仕方がない威厳まで持ち合わせた偉丈夫は、こりこりと髭をきれいに剃った顎のあたりをかいている。

口調は、どことなく間が抜けているが。

「あー、娘さん。あんたの名前は？　ちなみにおれはラディアル・ガイルという。好きに呼んでくれて構わない」

「わたしは宮瀬木乃香です」

ラディアル・ガイルが「うん？」と眉をひそめる。

「ミア、ァゼ……コ、オーカ？」

「ミヤセ・コノカです」

「ミナァゼ……オーカ？」

何かが違うようだがどう発音していいのかわからない。そんな様子で彼は首をひねる。隣のシェーナ・メイズも同様で、自信なさげに同じような発音をしていた。

ここへきて、木乃香はようやく彼らと言葉が違うことに気が付いた。

日本語だと思って聞いていた言葉は、彼女が少し意識すればそれがまったく違う言語だということがわかる。彼女から何かを話すときも、日本語で言ったつもりで口は勝手にこちらの言語で動いていた。自覚してしまった後も、それは変わらない。

考えてみれば明らかに日本でないここで、明らかに日本人ではない彼らが日本語を使っているわけがないのだ。

自動翻訳機能が頭に付いているようなものだろうか。それは、気付いてしまえばひどく奇妙な感覚だった。言葉がわからないよりはわかった方がいいとは思うが。

ただし、名前の発音は別だったらしい。ミヤセコノカという発音は、この二人には難しいようだった。木乃香にしてみれば、生まれたときから慣れ親しんだ名前である。どこが難しいのか、どう説明するべきかいまいち分からない。

ここは妥協することにした。

「ミ…アゼ・オーカ?」

「はい。えーとラディアル、さん?」

「あんたの所では……ああ、いや。後回しだな。話が進まん」

彼のほうも何か思うことがあったらしい。

が、ふるりと黒銀の頭を振ると手近な椅子にどかりと腰かけ、話をする体勢になった。

それに彼女も「はい」と応じる。そろそろ見上げる首がつらかったので、座っていただけるのは正直かなりありがたい。

まだ名乗り合っただけなのだ。そこで終わるわけにはいかない。名前を正確に発音できるまで教える根気もこだわりも体力も、そして精神的余裕さえもいまの木乃香は持ち合わせていないのだ。

「まず、ここがどこか、だったな。ここはロウナ大陸フローライド王国領の端。辺境の地マゼンタの王立魔法研究所……って言ってもわからんだろうなあ」

「はあ」

さっそくぽかんとなった顔に、ラディアルは言葉の語尾にため息をつけた。

何ひとつ、聞いたことのある地名がない。

彼は納得したように頷く。

「あんた、〝流れ者〟だな」

「はあ?」

ナガレモノ。

時代劇に出てくる無法者のような響きである。木乃香は素直に首をかしげた。

「ここはまったく違う〝世界〟から来たヒトのことをそう呼ぶ。たまにあるんだ、そういうことが。まあ、おれは実際お目にかかるのは初めてだが」

いわく、ここは木乃香のいた〝世界〟とは違う別の〝世界〟なのだという。

〝流れ者〟という呼び名が各国の市井にまで通用するほど、異世界から迷い込んでくる者の存在はこの〝世界〟では一般的だ。

文献だけならばだいたい数十年に一度。記録に残っていない者や物も合わせれば、おそらくはもっと多い。

そして〝流れ者〟には、なにか特別な〝力〟が備わっていることが多いのだという。

その〝力〟は人によって種類も、強さもまるで違う。

例えば腕力、脚力、視力など身体的能力の高さであったり。

農業、工業、医療、政治外交や戦略についての豊富な知識であったり。

武芸や魔法の優れた技術であったり。

どんな怪我もたちどころに治してしまう治癒能力や、離れた相手でも呪える力、未来を見通す能力などというものを持った者までいたらしい。

記録に残るということは、つまり後世に残る何かを彼らが成したということだ。

過去の〝流れ者〟たちは、この能力を使ってこの世界に影響を与えた。

良くも、悪くも。

「とまあ、その辺は今どうでもいいんだがな」

「はあ」

良くないような気がするが、とりあえず頷いておく。

いまの時点で木乃香には世界に影響を与えそうな能力も、影響を与えたい理由も思い当たらない。

それよりも、と深緑の双眸が真っ直ぐに木乃香を見つめた。

「気にしていると思うから、いちおう最初に言っておく」

その眼差しは冷ややかなほどに静かで、その口調は重い。

「〝流れ者〟がもとの世界に帰った、という記録はない」

ああ、そうか。と木乃香は思った。それは重要なことだ。

いまだ実感が乏しいせいか、あるいはなんとなく覚悟ができていたのか。取り乱すことはなかったものの何も言うことができず、彼女はただこくり、と薄くうなずく。

「……急に姿を消しただとか行方不明になったとか、そういう記録はあるが、帰ったのかどうかはわからない。まあ〝流れ者〟の全てを事細かに把握できているわけじゃないからな。ひょっとしたら戻れた奴はいるかもしれんが、少なくともおれには確実に帰してやる方法がわからない」

木乃香が寝ている間、ラディアル・ガイルが研究所所蔵の〝流れ者〟に関する文献を手当たり次第に読み漁り調べ尽くしていたのだと知ったのは、後になってからだ。

それでも決していい加減に話しているのではないと、彼の真剣な眼差しで察することはできる。

「あの、それでわたしはどうすれば？」

彼女の問いかけに、ラディアルは虚を衝かれたようだった。

彼としては、木乃香の体調と精神的なショックを考慮してその話はまた後日に回すつもりだったらしい。つまり、何も考えていなかったのだ。

「へ？　あ、ああ、そうだな。どうするかな」

横で静かに聞いていたシェーナ・メイズが「はああ」とため息をついた。

「とりあえず、彼女…ミアゼ・オーカ？　にはまだ安静が必要でしょ。今は何も考えず……っていうのは無理だとしても、とにかく休んで。ここに残るか、出ていくかはそれから決めたらいいわ」

「わたしが、決めていいんですか？」

「もちろん」

「〝流れ者〟が出たからって、別にどこかに報告する義務とかもないしな」

出たってお化けじゃあるまいし、と眉をひそめるシェーナをよそに、ラディアルが続ける。

「娘さんの能力次第では国に知らせたほうがいい場合もあるだろうが……いまのこの国は、まあ、あんまり上手く回ってないんでな。城に行きたいなら連れて行くが、見世物になって遊ばれたくないだろう」

「…………」

「部屋は空いてるから、好きなだけいていいぞ。なんにもない僻地だが」

「ここのこととか、いろいろ教えてあげるわ」

非常にありがたい申し出に、木乃香は一も二もなく頷いた。

聞いた限りでは〝流れ者〟というのは得体の知れない、下手をすればかなりの危険人物のようなのだが、彼らからは多少の好奇心はあっても警戒心や悪意は感じられない。

そもそも彼女を排除しようというなら、あの荒野で倒れたときに放っておけばよかっただけの話である。あんな過酷な環境、木乃香ならたとえ元気であっても半日でのたれ死ぬ自信がある。

ここまでお世話になったのだ。申し訳ないがもう少し甘えさせてもらおうと、彼女は判断した。

「ご迷惑おかけしますが、よろしくお願いします」

深々と頭を下げた木乃香に、ひとりは苦笑を浮かべ、そしてひとりは狼狽(うろた)えた。

「はい、よろしくミアゼ・オーカちゃん」

「……もしかしていいトコのお嬢さんか？　いやヒトをあんまり信用するとだな」

「あんたが怖がらせてどうするのよ！　大丈夫よ、ここに怖い人はいないわ」

「はあ」

こうして、宮瀬木乃香の異世界生活は唐突に、しかし比較的穏やかに幕を開けたのだった。

数日後には、木乃香はすっかり元気になった。
そして元気になると、部屋の外へ出てみたくなった。

なにしろ寝台と机とタンス以外に何もない狭い部屋である。そこで一日ぼーっとしていることにいい加減飽きたのだ。毎日のように外から聞こえてくる物音や人の話し声が気になったというのもある。

彼女がそう言うと、すぐに許可が下りた。ただし施設内はなかなか広大で危険な場所もあるということで、最初は案内を兼ねて少しずつ、シェーナ・メイズやラディアル・ガイルらと一緒に建物内を歩いていた。

慣れれば建物内に限りひとりで出歩いても大丈夫、とのことだったのだが。

ばたん、と勢いよく閉めて鍵をかけた扉の向こう側。

どんどんと扉を叩く音と、木乃香を呼ぶ複数の声がする。

はあ、と彼女は息を吐きだした。

「す、すみませんメイお姉さま」

「オーカは悪くないでしょう。まったくあいつら、いつもは部屋から滅多に出てこないくせに……」

まだ自室から出てくる人が少ないから、と朝早く出たのに、今日はそれを見越して待ち伏せされていたようだ。

ちょっと部屋を出て食堂に行こうとしただけで、これである。

もしかして見張られているのだろうか。角を曲がったとたん、お揃いの灰色のマントを羽織った男たちに無言で囲まれたのだ。思わず悲鳴を上げてしまった木乃香はきっと悪くない。

そしてどこか別の場所に引っ張っていかれそうになっていたところ。悲鳴を聞きつけた隣室のシェーナ・メイズが飛び出してきて助けてくれた、というわけだった。

シェーナはそれまで寝ていたらしい。気だるげな雰囲気に、いつもきっちりとまとめられている赤褐色の髪は解いたまま華奢な肩を覆っていて、白いシャツのボタンを二つ外し鎖骨が露わになっている様子はけっこう色っぽい。が、残念ながら栗色の瞳を隠すレンズの分厚い丸眼鏡が全ての色気を帳消しにしている。

仕事用のビン底眼鏡を着用しているということは、部屋で資料か何かを読み漁り寝落ちした、といったところだろうか。

彼女に限らず、研究所であるこの建物には寝食も忘れるくらい熱心に自分の研究に打ち込む者がいる。そこまでいかなくても昼夜の区別がなくなっている者は多い。

そして、しつこく木乃香を追い回す彼らもまた、熱心な研究者たちであった。

灰色外套の男たちは、見るからに怪しいが怪しい者ではない。

シェーナが怖い人はいないと言っていたので、たぶん、本当は怖くない人たちなのだろう。

色の濃淡に多少の差はあるが、研究所に住んでいる人々の半数以上はこんな灰色外套姿の人々である。傍らのシェーナだって、起きがけでなければ大抵外套を羽織っている。

細密な刺繍が施された、手足をすっぽりと覆い隠せるほどに大判の外套は、国に認定された〝魔法使い〟の証なのだそうだ。魔法使いの持ち物だけあって、見た目よりもはるかに軽く丈夫で汚れに強く、暑さ寒さもそれなりにしのげる。その代わり常に身に着けていなければならない代物だという。

ちなみに、ラディアル・ガイルの黒い外套もそれだ。〝魔法使い〟には実力によっていくつかの階級があり、それによって色が違うらしい。

ここ王立魔法研究所は、そのまま魔法使いが魔法を研究するための機関なのだった。

〝魔法〟。そしてそれを使う〝魔法使い〟というものが、当たり前のようにこの世界には存在する。

最初、シェーナやラディアルが「魔法使いです」と自己紹介するのを「は？」と三回ほど聞き返した木乃香である。

そして研究者たちにとって〝流れ者〟である木乃香は格好の研究対象。

いちいち「おおーご飯食べてる」「しゃべってる」と感嘆の声を上げられるのは、まるきり珍獣扱いである。

見ているだけでは満足しないのが研究者で、好奇心旺盛な人々は自らの知識欲を満たそうと積極的に話しかけてくる。

そこに、悪意はかけらもない。

素直で素朴な疑問をぶつけてくる彼らは、遠巻きに生活を観察されるよりはよほど気持ちがよく微笑ましく、木乃香もできる限り彼らに答えるようにはしていた。

おかげで彼らとそう変わらないヒトであることも理解してもらえたらしく、少しずつ過剰な関心が薄れて態度が普通になってきていたのだが。

薄れるどころか、余計に濃くなる人々もいた。

諦めずにどかどか扉を叩き続ける音に、木乃香はため息をつく。

彼らの研究テーマは、ずばり『〝流れ者〟と〝魔法〟の関係性について』。

いままでは書物の住人だった異世界からの漂流者〝流れ者〟の実物がそこを歩いているのだ。声をかけないという選択肢は彼らにないのだろう。

「ミアゼ・オーカ！」

「ミアゼ・オーカ！　頼む、話を聞いてくれないか⁉」

勘弁して欲しい、と口の中だけで木乃香は呟く。

ちなみに、名前は〝ミアゼ・オーカ〟で定着した。

ラディアルたち以外にも、やはり彼女の名前は呼びにくい様子だった。名前をはっきりと発音できないことに妙な気遣いをされてしまい、最初は一部の者たちから通称、つまり「流れ者さん」と呼ばれていた。

どうもカタギに思えないその呼び方のほうが嫌で、〝ミアゼ・オーカ〟でと木乃香のほうからお願いしたのだった。

それはさておき。

そもそも木乃香が一部の研究者たちに再び追いかけられるようになったのは、この施設の所長だというラディアル・ガイルが木乃香に魔法を使うための力、すなわち〝魔法力〟があると発言したからだ。

といっても、彼女をじーっと見つめて一言「あー、あるな」と呟いただけだ。

もちろん、木乃香にはまったく身に覚えがない。

もといた世界での彼女の日常は、火をつけるのも水を飲むのも、移動手段だって魔法のマの字もないものだった。魔法という言葉を知っていても、それは物語の中のことか単なる比喩表現だ。

研究者たちが「おいしくなーれ」の呪文の話などを望んでいるとはとても思えないので、「君のいた世界の〝魔法〟を教えてくれ！」と詰め寄られても知らない分からないとしか答えられない。

科学というものが発達していて、と話せば「それはなんだ」「なぜ」「どうして」と小さな子供のようにいちいち細かくしつこく説明を求められ、詳しく話せ再現しろと迫られる。申し訳ないが木乃香には無理である。

しかも、専門家らしくナントカ理論だのナントカ原理だの定義だの、自動翻訳の便利機能を使っていても意味不明な言葉を多用されるので、質問の内容もいまいちよく分からないことが多かった。

つまり、彼らの相手は非常に疲れるのだ。

ついでに言うと、こちらの言語がわかるのに〝魔法〟は関係ないらしい。

〝流れ者〟が言葉に苦労したという話はひとつも残っていないので、そういうものなんだろう、とのことだった。

自分の研究以外はけっこう適当なのかもしれない、というのが木乃香の感想である。

「シェーナ・メイズ！」

扉の外の魔法使いたちが、今度は傍ら(かたわ)の女性魔法使いの名前を叫んだ。

「シェーナ！　ミアゼ・オーカを独り占めとはずるいぞ！」

「あんたたちのモノでもないでしょう」

子供のような主張に、唸る(うな)ようにシェーナが返す。

彼女が舌打ち混じりに手を扉にかざせば、指先に青白く平たい何かが出現した。

手のひらサイズの、雪の結晶のように複雑な文様は浮かんだとたんに木製の扉の向こうにふっと消えていく。

直後、ばしゃん、とバケツの水がこぼれたような音と魔法使いたちの驚いたような声が向こう側から聞こえた。

シェーナ・メイズが作った先ほどの文様から本物の水が出て扉の向こうにいる人々にかかったのだろうなということが、木乃香にもわかる。

彼女の得意魔法であり研究テーマであるのがこの文様――〝魔法陣〟なのだ。

「シェーナ!?」

「頭冷やして出直してきなさい、この変態引きこもり馬鹿」

「へ……なっ！」

変態呼ばわりはかなり効いたらしい。

そ、ど、い、と意味を成さない一言をぽつぽつと発する扉の向こう側に向けて、魔法で呼び込んだ水よりもなお冷たい声でシェーナが言う。

「何回も言ってるでしょうが。オーカは若い女性なのよ？　ひょろいとはいえ複数の男で囲んで有無を言わせずどこかに連れ込もうとしてるとか、怖がらせてるのがわからないの、変質者」

「え……っ、ち、ちがうっ、ミアゼ・オーカ！」

そこで助けを求められても困る。

あらためて言われると、確かにかなり犯罪くさい行為を彼らはしている。そこに弁解の余地はない。

しかし繰り返すが、彼らに悪気はない。あるのは純粋な知的探究心だけである。

たぶん彼らは邪魔の入らない落ち着いた場所でじっくりと〝流れ者〟の話を聞きたいだけなのだ。相手が避けるのでつい強硬手段に出てしまっただけで。

研究室に籠(こも)りっぱなしのためか、彼らにはコミュニケーション能力が欠けている。自分の研究に関することだったらいくらでもしゃべるくせに、朝に会ったときに「おはよう」の短い挨拶は出てこない。

難しい言葉を山ほど知っているくせに、雑談や「今日はいい天気ですね」「そうですね」といった他愛(たわい)のない簡単な会話すらできないのだ。

シェーナ・メイズに指摘されてようやく狼狽えるほどである。おそらく彼らは木乃香を〝女性〟とみなしていなかったのだろう。

彼らにとって彼女は〝流れ者〟であり、ミアゼ・オーカという名前の研究材料なのだ。

それはそれで失礼な話で、シェーナが怒っているのはそこだ。

集団で囲んで捕獲とか、扱いが魔獣を生け捕りにするのと変わらないではないか。

「あんたたちがこんなだからオーカがここに馴染めないいんじゃない。〝流れ者〟の文献漁るまえに、女性の扱い方学んでこいってのよ」

「……っ」

「そもそもここの男ども、気遣いってものがなってない！」

研究所という施設だからか、辺境という場所柄か、ここに住む女性の割合は非常に少ない。

シェーナが木乃香の世話を焼いてくれるのはそういう環境もあってのことだが、彼女自身も日頃からいろいろと思う所があるようだ。

「それでもってオーカはお人よしすぎ！　嫌なら嫌って言えばいいのよ」

「うーん……」

きっとにらまれたが、扉の向こうに投げるより口調が柔らかいせいかビン底眼鏡のせいか、あまり怖くはなかった。

「でもここに置いてもらっている以上、役に立てることがあるんだったら協力しようかなあと思うんですけど……」

「オーカのいまの仕事はここの世界の勉強！」

中途半端に関わるとあんなのがずっとくっついてくるわよ、と扉の外を指されては木乃香も言い

返せない。

「協力しないからってここから追い出したりなんてしないわ。でも、そうね……あいつらはしばらくオーカと接触禁止にするよう所長に言っとく」

扉の向こう側から「ええー」「そんな馬鹿な」といった悲痛な声が聞こえてくる。まだ扉の向こうで粘っていたらしい。

所長ことラディアル・ガイルは、木乃香に対して「〝魔法力〟がある」と言ったことで一部の研究者たちの興味を引いてしまったのを少し申し訳なく思っているようだった。

まさかたった一言で彼女が半ストーカー行為の被害者になろうとは、さすがの彼も予想できなかったらしい。

その償いというわけではないだろうが、今度魔法の練習にも付き合ってくれることになっている。他に頼むと扉の外のような連中が我も我もと群がり、そしておそらくは練習どころではなくなるので、仕方なく所長様自らである。

魔法、使えるのだろうか。

種類によっては便利で楽しそうだが、それを使う自分というのがとんと想像つかない木乃香である。

魔法が使えるようになればシェーナのように彼らを撃退できるようになるだろうか。

……いや、余計に追い回されそうな気がする。

それどころか「もっと魔法を打ってこい」とかキラキラした目で言われそうで怖い。

けっきょく、この日の食事はすべてシェーナが運んでくれ、部屋で食べることになった。

「ほーう、おれの客人を追いかけ回すとはいい度胸だな」

後でシェーナと木乃香の訴えを聞いたラディアル・ガイルは、背筋が寒くなるような笑みを浮かべた後、さっそく一部の研究員たちに木乃香の半径十歩以内に近寄るなと釘を刺した。

研究者として彼らの執着はわからないでもないが、相手は魔獣でも道具でもなく人間なのだ。それなりの配慮をしてしかるべきだろう。

「破ったら手出ししていい？」

「おお、もちろん許可してやる。今度は水攻めとか優しいことせずに燃やしてやれ」

「わーい了解しました、所長」

だから困ったことがあったらちゃんと言うこと。

保護者のような二人からにっこり笑顔で言い聞かせられ、逆に絶対に言えないわと頭を抱える木乃香だった。

本当に指先ひとつで火の玉を作ることができる魔法使いたちだからこそ、なおさら。
こうして木乃香は日常の平穏、というには少々不安な静けさを獲得したのだった。

「魔法が使えるといろいろ便利だぞー」

そんなラディアル・ガイルの言葉を木乃香が実感したのは、〝衛生魔法〟というものの存在を知ったときだった。

最初こそさっぱりとしていた見た目のラディアル・ガイルだったが、日を重ねるごとにすぐにもっさりに戻ってしまった。

精悍（せいかん）な顔には無精としか言いようがない髭が伸び始め、整えれば艶のある髪も放ったらかしで、前髪も無造作にかき上げただけでバラバラとよく落ちてくる。色も黒銀というよりはくすんだ薄墨色だ。

基本的に身なりを気にしない所長様である。品のよさに野性味を無理なく混ぜ合わせたかのような独特の雰囲気を持つ偉丈夫が日々もっさりしていく様子は、なるほどシェーナ・メイズでなくとも「もったいない」とため息をつきたくなる残念っぷりだった。

もっとも、もっさりのほうが通常なのでもう慣れてしまったが。

所長がコレだからか、あるいは引きこもりが多いからか。

魔法使いの証であるマントさえ羽織っていれば咎められることもないので、日ごろから身だしなみに気を遣わない者は他にもたくさんいた。

しかしそれでも不快な感じがしないのは、彼らは不潔ではないからだ。

どうやらお風呂と洗濯機の機能を持ち合わせた、ずぼらにぴったりの便利魔法があるらしく、それで身体や衣服の清潔は保たれているのだという。木乃香が寝込んでいるときもこの魔法のお世話になっていたらしい。

この魔法と、建物を清潔に保っている魔法を〝衛生魔法〟という。

余談だが、浴場や洗濯場、それに付随する整った排水設備もちゃんとある。集団生活なので、衛生面には気を遣っているとのことだった。失礼かもしれないが少々意外だ。

もともと身に着ける衣服も、髪や瞳の色も日本人とは大きく異なる人々である。清潔でさえあれば、「ああこういう人たちなんだな」と受け入れることはできた。

シェーナあたりに言えば「誤解しないで！　こんなずぼらな奴らがこの国の標準じゃないから！」と慌てて訂正を入れそうだが。

とはいえ、これだけの設備が整っているのは、ここが魔法研究所という公立の施設だからである。将来ここを出る日が来ても、この魔法があればかなり気が楽だと木乃香は思った。

のだが。

残念ながら、彼女は衛生魔法のどれも習得することはできなかった。

それだけではない。魔法研究所所長ラディアル・ガイル直々の教えを受けているにもかかわらず、彼女は魔法らしい魔法を何ひとつ使うことができないでいた。

そもそも、彼女の中にあるという〝魔法力〟を、彼女は感じ取ることができていないのだ。魔法を使う以前の問題である。

魔法力というのは、魔法を使う際の燃料のようなものである。これがなければ魔法を使うことができないし、自分の内のどこにあるのか感じることができなければ、たとえあっても使うことができない。

説明はされたのだが、魔法力がどんなモノなのかいまいち分からない。

「うーん、これだけあるんだから、何か感じないか？」

ラディアル・ガイルが木乃香を見ながら不思議そうに首をひねる。

神妙な顔つきと言葉だけなら、まるで左肩にナニか憑いていますよという感じだ。

彼が言っているのは、もちろん悪霊でも背後霊でもなく魔法力の話だ。

せめて色だとか熱だとか匂いだとか、具体的に言ってもらえば分かるのかもしれないが、残念ながら魔法力を感じる感覚にこれ、と決まったものはなく、人それぞれなのだという。他人の魔法力に至っては、まったく感知できない魔法使いもいるらしい。

それならラディアルは木乃香の魔法力をどう感じているのかと問えば。

「……うーん、なんとなく？」

「………」

なんともあいまいな返事に、しかも疑問符付きである。

うまく説明はできないが、強いて言うなら勘。

彼の説明を要約すればそんな感じであったが、ぜんぜん参考にならない。

たまたま様子を見に来ていたシェーナ・メイズから「それで人に教えてるつもり!?」と突っ込みが入った。

申し訳ないのだが、聞けば聞くだけ胡散臭く感じてしまう。

火や水、光などを操る様子を実際に見ていなければ、幸運のお守りやら掛け軸やらを売りつける詐欺かと勘違いするところだ。

それとも魔法というモノは、「感じろ、感じるんだ、感じるはずだ」と言われ続ければ思い込みでもどうにかなる代物なのだろうか。

微妙な顔つきの教え子に、親愛なるお師匠様は「おれは研究者であって教育者じゃねえんだよ」と苦い言い訳をしていた。


ラディアル・ガイルも、新しい教え子の無知、というよりは無反応ぶりに戸惑っていた。

魔法、とはこの世界において特別珍しいわけでもない能力のひとつだ。

誰もが持っている資質ではないが、誰かは必ず持っている。足が速い者と遅い者がいるように、背の高い者と低い者がいるように、この世界には魔法力のある者とない者がいる。

そして、その自覚がない者はいない。幼少の頃ならともかく、成人していれば魔法力の有無を自分で気付けない者は、まずいないのだ。

だからラディアルにしてみれば、自身の魔法力がわからないという感覚のほうがわからない。偉そうに教えると言っておいてなんだが、正直ここでつまずくとは思ってもいなかった。

魔法の適性に関してもそうだ。本来であれば自分でなんとなくこの方面が得意というのが分かるはずなのだが、木乃香にはそれもない。

あるいは全ての魔法に適性があるのか、と思えばそうでもなさそうだ。

とりあえずは彼女が興味を持った魔法を片っ端から試してみたのだが、駄目だった。

「常識外れというか、そもそも常識を知らないものな……」

彼は、ようやくそこに思い至った。

いや、理解はしていた。しかし大して深刻に感じていなかったのだ。

なぜなら彼女は〝流れ者〟だから。

別の世界から来たのだ。こちらの常識がないのは当たり前。

常識に囚われていないからこそ、〝流れ者〟がもたらす知識や技はときに奇抜で斬新で、こちらの世界を大いに潤すものとなってきた。もちろん、逆に害悪となる場合もあったわけだが。

良い事も悪いことも、少々規格外なことは「まあ〝流れ者〟だし」で済まされてしまう。

ここは、そんな世界だ。

むしろ常識外れの何かを、〝流れ者〟は期待されてさえいる。

木乃香を追いかけ回していた研究者魔法使いたちは、実にわかりやすい例だろう。

彼女に魔法力があると判断した時点で、最初はラディアルもこちらの魔法使いが思いもよらない方法で勝手に魔法を発現するのではないか、と興味半分で楽観視していた。

魔法力があっても魔法は使えないかもしれない、とは思いもよらずに。

ラディアルらの期待や好奇心はともかく、彼女がここで生きていく上で魔法が絶対不可欠というわけではない。

この世界にも、魔法の使えない人間は山ほどいる。

そしてそんな彼らがなにか困っているわけでもない。

彼女が魔法使いにならなければいけないという理由はないのだ。

しかしラディアルとて腐っても研究者である。素養のある〝流れ者〟を才能無しで切り捨てられるほど、彼は短慮でも無関心でもなかった。拾った責任もある。

教え子自身が嫌がらない以上は、もうしばらくは彼女の魔法修行に付き合ってみようと思うラディアルである。

面倒見のよさから一部に親分だのアニキだのと呼ばれそれなりに慕われている彼だが、研究内容の特異性から直弟子は多くない。

なので、久しぶりの教え子に少しばかり浮かれているとか〝お師匠様〟という妙にくすぐったくも新鮮な呼び方をされたからでは……断じてなく。

自分の前にでんと置かれた皿を、木乃香はぽかんと見つめた。

柔らかく煮込まれた野菜や肉と思われるものがごろごろ入った煮込み料理である。

スープと言うにはどろりとした、けれども口に運ぶには間違いなくスプーンが必要になるであろうそれは、他の具材の色を塗りつぶすほど濃い茶色をしていた。

どろどろスープの真ん中が不自然に盛り上がっているのは、その下にほかほかの白米が隠れているからだ。

少しばかり刺激のある独特の香りが、食欲をそそる。

脇には、白っぽい野菜の酢漬けまで添えられていた。

ある意味素朴で、非常に懐かしいそれに向かって、彼女は呟く。

「……どう見てもカレーライス、だよねえ」


マゼンタ王立魔法研究所には、小規模ながら食堂がある。

最寄りの集落までの距離が遠いのと、生活が不規則になりがちな住人たちの最低限の栄養確保のため、そこで昼夜を問わず食事を提供しているのだ。

日本と同じ、一日に三食を食べる習慣があるフローライド王国だが、ほとんどの研究者たちはそもそも昼夜の区別すらない。

研究優先といえば聞こえはいいが、要するに食べたいときに食べて寝たいときに寝ているのである。

時間があれば木乃香と一緒に食堂に来てくれるラディアル・ガイルとシェーナ・メイズも例外ではない。彼らも今はそれぞれ研究に忙しいらしく、今日の食事は木乃香ひとりだ。

ラディアルは知らないが、シェーナのほうは木乃香の部屋の隣にある自室にも帰っていないようだった。

研究室に缶詰状態で数日間顔を見ない、というのもいつもの事なので、最初こそ心配していたがもう慣れてしまった。彼女のことだ。倒れない程度にうまくやっているだろう。

そしてそんな研究熱心な、あるいは自分勝手な住人たちのため。

食堂では、何種類か用意された主食やお惣菜を好きに取り分けて食べる、バイキング形式をとっている。

つまりは昼間通いの料理人に作ってもらった料理の大皿を、好きに食えとばかりに一日中置きっぱなしにしているだけだ。

時間が経っても味も鮮度も落ちにくく、温かいものは温かいまま、冷たいものは冷たいままで頂けるからこそだとは思う。これも魔法のおかげである。

料理は食堂で食べるも部屋に持ち帰るも自由で、トレイや皿と一緒に持ち帰り用の折詰まで置いてあった。もろもろの要因で部屋から満足に出ることができなかった時期は、木乃香も大変お世話になったものだ。

そしてありがたいことに、この世界に来てから木乃香は食べ物に違和感を抱いたことがない。

それなりの人数がいるという〝流れ者〟の影響か、もともと食文化が近いのか。主食だけでも米のほかにパンや麺類など、実に多様だ。副菜も同様で、見慣れない食材も見かけるがよく似た食べ物だって多く、とくべつ極端な味や色をしているわけでもない。

土地柄、新鮮な食材や魚介類などは手に入りにくいとのことだったが、それでも葉物野菜や瑞々(みずみず)しい果物だってちゃんと出るのだ。これで文句を言えば罰(ばち)が当たる。

で、本日のこのカレーライスである。

木乃香の姿を見つけたとたん、厨房係のひとりであるゼルマおばさんがわざわざこれを彼女の前に運んできた。基本セルフサービスだというのにだ。

そのときの生温かい笑顔が少し引っかかったが、おばさんの作る料理にハズレがないのは知っているので、ありがたく頂くことにする。

「カレーライス、だよねえ……」

ひと口食べて、化かされた気分で繰り返す。

まさか、異世界へ来てカレーライスまで食べられるとは。

付け加えるなら、それは辛みが少ないお子様カレーである。普段からあまり辛い味付けの料理は出ないので、辛い調味料や香辛料が手に入りにくいか、あるいは好まれないのかもしれない。

ぱく、ぱくとふた口ほど飲み込んでから、ふと思い出して、席を立つ。

その直後、なぜか厨房の奥からがったーん、と椅子が倒れるような音が響いた。

「やっぱりそれ、不味(まず)いのかい？」

厨房の騒音を気にしながらも、なぜかこちらを不安げに見守っていたおばさんが聞いてくる。

やっぱりってなんだ。

内心で首をかしげながらも「いいえ美味(おい)しいですよ」と返せば、さらに気の毒そうに顔をしかめられた。

……なぜだろう。

「ほかのおかずを取ってこようかと思って。これ、味が濃いので、何かさっぱりしたものが欲しいかなと。あと、飲み物」

「そうだねえ。なんだかドロドロだし、色も悪いし。〝流れ者〟のお国料理だっていうから作るのを許したんだけど、失敗なのかね？」

「……いえ。カレーライスなら、大体こんなドロドロですよ」

おばさんの様子から察するに、こちらでも珍しい料理なのだろう。

どうやら木乃香と同じ世界から来た〝流れ者〟の誰かがこの世界でカレーライスを再現し、そのレシピをもとに作られたのが目の前のコレらしい。

いつも市販ルーで作っていた木乃香にしてみれば、食材が似ているとはいえ異世界へ来てまでカレーライスを再現しようとするその根性がすごいと思う。

それにしても、口ぶりからするとカレーはおばさんが作ったものではないらしい。

それなら厨房の奥から滅多に出てこない旦那さんだろうか。あるいは隔日くらいで手伝いに来ている調理見習いのお兄さんだろうか。


そんなことをつらつらと考えながら、席に戻りもくもくと再び食べ始めたときである。

「それが、正式な食べ方なのか？」

どこか感心したように、厨房から声をかけられたのは。

「……っ、げふっ」

非常に聞き覚えのある、というかつい最近まで執拗に追いかけ回されていた声に、木乃香は思いっきりむせた。

さして特徴もない、強いて言うなら平坦すぎるほど平坦な声だが、しつこく話しかけられていればさすがに覚えてしまう。

例の、ストーカーもどきの魔法使いのひとりである。

名前は、知らない。

忘れたわけではないと思う。顔を見ればなんの前置きもなく〝流れ者〟に対する質問を雨あられのようにぶつけてくるくせに、この魔法使いから自己紹介された記憶がないのだ。

いつも追い払ってくれるシェーナ・メイズも変態だの研究馬鹿だの呼んでいるので、木乃香は顔を知ってはいても名前はいまだ知らないのだった。

所長ラディアル・ガイルによる罰則付き接触禁止令発布から、それまでが嘘のように周囲が静かになり、彼らの姿まで見かけなくなっていたのですっかり油断していた。

しかも、いま彼女が着ているのは白っぽいシャツである。お古とはいえ、せっかくシェーナ・メイズからもらったそれにカレー染みをつけるわけにいかない。

「白米に〝かれい〟スープをかけた。それは〝かれいらいす〟だろう」

とっさに口を手の平で覆い耐えているというのに、声をかけた側は彼女のそんな状態に気付く様子もなく、構わずに話しかけてくる。

いや、話しかけているのか単なる独り言か、それもいまいちわからない。

どこからか取り出したのか、彼の手にはいつの間にか分厚い書物があった。ぺらぺらとページをめくり〝かれい〟〝かれい〟と繰り返しぶつぶつ呟いているのだが、もしかして書物はカレーの本なのだろうか。それとも〝流れ者〟の食生活にでも関する文献か。

「〝らっきょー〟〝ふくしんじけ〟は確認しているが……〝かれい〟に卵料理を合わせるなど、文献にはなかった。ミアゼ・オーカは違う〝かれい〟文化を持つ国から来たというこ――げほっ!?」

「……いい加減にしなあんた」

ばしっと大きく情け容赦のない音があたりに響き、今度は彼がぐほっとむせる。

厨房係のおばさんの大きな手が、灰色マントに覆われた薄い背中に力いっぱい命中したのだ。

絶品ふわふわもっちりパンを作り出すふっくらとした手は、今度は木乃香の背中をやさしくさすりながらテーブルに置かれた水の入ったコップを差し出す。

「大丈夫かい？　……あんた。この子に悪いことをした、謝りたいって言うから協力してやったっていうのに何だい。いつまでたってもごめんのゴの字も出てこないじゃないか」

「あ、す、すまない……」

「それは、いったい何に対しての謝罪だろうね」

慌てて彼は本を閉じるが、おばさんはふんと鼻を鳴らす。

「この子を何度も追いかけ回して怖がらせたことかい。いつも美味しそうにあたしらの料理を食べてくれるこの子に何回も突撃して、落ち着いて食事もさせなかったことかい。いま、なんの前置きもなく話しかけて驚かせたことかい。人がむせて苦しんでるっていうのに分厚い本なんぞ取り出して勝手に観察して勝手に思案してたことかい。それとも、この忙しいのに〝かれい〟とやらを手伝ってやったあたしの同情と思いやりを踏みにじったことかい」

「……………」

もはやごめんのゴの字も言えない雰囲気である。

そもそも、謝りたかったというのは本当なのだろうか。

木乃香は内心で大きく首をかしげ、呆れかえった。

おばさんの言う通り、そんな素振りはかけらもなかった気がするのだが。

「所長様に頼んで、食堂も出入り禁止にしてもらおうかしらねえー」

「い、いやそれは……っ」

先ほどの饒舌ぶりはどこへやら。彼は、「あの、その、だから」と意味を成さない言葉をおろおろと繰り返している。

声と同じ実に淡白な、なにを考えているのか皆目わからない表情は変わらないので、誤作動を起こした人型ロボットのようだ。もともとあまり表情筋が動かせない性質なのかもしれない。

そういえば、とコップに手を伸ばしながら木乃香は思う。

しこたま観察されてはいたが、逆に相手をじっくりと見たのはこれが初めてだ。

いつかのように速攻で逃げようと思わなかったのは、口から入ったカレーライスが本来とは違う場所に入りかけてその機会を逃したからと、厨房のゼルマおばさんという実に頼もしい壁が間にあったから。

そして、ここしばらく周辺が静かすぎたことで、うっかりこの騒がしさが懐かしいなどと思ってしまったからだった。

「オーカちゃん。あんただって迷惑だろう?」

「困ったなあ、とは思います」

「……………っ」

「だよねえ。食事くらい落ち着いて食べたいだろうに。ここの男どもはまったく気配りがなってないよ」

魔法使いは、この国ではエリートの代名詞だと聞いたような気がする。

が、シェーナ・メイズといい、彼らを近くで見ている女性陣の評価は実に低い。そして木乃香も、残念ながら彼女たちと同意見だった。

目の前の魔法使いはもはや何も言えず、死刑宣告を待つ罪人のように青い顔をしていた。

自炊ができない研究者にとって、食堂への出入り禁止措置はさすがに厳しい。少々気の毒になった木乃香は、仕方なく口を開いた。

「あの、とりあえず。えーと、お名前なんでしたっけ?」

「あ」

彼はようやく思い当たったとでもいうように小さく声を上げる。

それに怒りを通り越して非常に残念なものを見る目つきになったのは、ゼルマおばさんである。

「……あんた、あれだけ追っかけまわしておいて名乗ってもいなかったのかい」

「そ、のようだ」

まあ、名乗っていないのはお互いさまである。もっとも、初対面から前置きなしに「ミアゼ・オーカ！」とフルネームで呼び捨てにされ質問攻めに遭ったので、自己紹介する機会はなかったわけだが。

「……ジント・オージャイトという。好きに呼んでくれて構わない」

「じゃあ、ジントさん」

「な、なんだ」

木乃香は、スプーンでカレーを指し示した。

異世界謹製カレーライスの上には、先ほど木乃香が自分で取ってきたとろとろのスクランブルエッグがのっていた。〝流れ者〟研究家ジント・オージャイトの疑問の種である。

「……カレーは、こうじゃなきゃ、という決まった形があるわけではないですよ。入れる野菜も違うし、卵とか、肉とかチーズとか、こんな風に上にのせたりもするし。人の好みによっていろいろです」

超がつくほどの甘口カレーは、それなりに美味しいのだがやはり少し物足りない。

そこでふと、彼女はご近所にあった洋食屋さんのオムカレーを思い出したのだ。

黒コショウを効かせたガーリックライスをふわふわの卵で包み、さらに野菜がたくさん入った甘めのカレーソースをたっぷりとかけたそれが大好きで、週に一度は通っていたものだ。

セットで付いてくるさっぱりした味付けのスープも、季節野菜のサラダも、デザートのバニラアイスも美味しかった。とくにサラダの自家製ドレッシングが絶品で、簡単な容器に入れられてレジで販売していたそれは頻繁に購入していたものだ。

律儀に疑問に答えた〝流れ者〟に対し、ジントはきらきらと灰色の目を輝かせて、厨房のおばさんは呆れたように彼女を見た。

「そ……っそれは、具体的には――」

「それで。ジントさん」

木乃香は、スプーンを構えてはっきりと言った。

「わたしはご飯が食べたいのですが」

「…………」

「おばさん……ゼルマさんの言う通りです。しゃべるなとは言いませんけど、食事のときくらいは落ち着きたいです」

「当たり前だね」

「す、すまない」

ジント・オージャイトは謝罪を口にする。

いつ新たな罰則を言い渡されるかとびくびくしている様子だが、木乃香にそのつもりはなかった。所かまわず突撃し断りもなく観察を始められさえしなければ、彼女はそれでいいのだ。

「それから、カレーライスをありがとうございます」

「……え」

「作ってくださったんでしょう。あ、でも本当に作ったのはおばさんかな？　とにかく懐かしくて美味しいです」

「あ、ああ」

「食べてもいいですか？」

「……もちろんだ。ミアゼ・オーカ」

顎に手をあてて思案してから、程なく彼は続けた。

「そうだ、食事の邪魔をしてはいけないな。異世界には霞を食べて生きるセンニンとかいう種がいるようだが、ミアゼ・オーカは違うのだろう。〝かれい〟はたくさんの野菜が無理なく摂（と）れる効率的で健康的な料理のひとつだ。ちゃんと食べて問題なく生命活動を維持してもらわねば」

「はあ……どうも」

「……なんで料理が不味くなるような言い方しかできないんだろうねあんたは」

厨房担当ゼルマおばさんの指摘はもっともである。彼女は怒りたいようなドン引きしたような、なんとも言えない顔つきをしていた。

ジント・オージャイトは、これでも彼なりに気遣っているのだとは思う。

が、実験用のマウスにでもなったような気分になってしまうのはどうしようもない。ひと口ひと口、真正面からじーっと観察されればなおさらである。

「……何か感想でも言えばいいんですか？」

もはや条件反射なのだろう。木乃香が眉をひそめると、彼はようやく凝視していたことに気が付いたらしい。

また「すまない」と口にして、こほんと咳ばらいをする。

「〝かれいらいす〟は、謝罪の代わりのつもりだった。いや、餌付けしようと思ったわけではないぞ」

「餌付け……」

せめて懐柔とか言って欲しい。

言い方はともかく、彼らに人をモノで釣るような器用な真似ができれば、最初から木乃香にイノシシのごとく突撃してくるはずがない。それくらいは言い訳されなくても彼女にだってわかる。

「〝流れ者〟の文献にあったのだ。〝かれいらいす〟は万人を幸せにする〝力〟があると」

「……」

期待と不安が入り混じったような魔法使いの言葉に、木乃香はがっくりと肩を落としかけた。

どうやら参考文献の〝流れ者〟が木乃香と同郷のようだと思い至り、その〝力〟をもって彼女に和解の意を伝えたいと、そう考えたらしい。

が、いったいどこのレトルトカレーの宣伝文句だろうか。

文献を残した〝流れ者〟は、稀代の力を持った魔法使いであったらしい。

その彼がわざわざ書き記した〝かれいらいす〟である。ジント・オージャイトが期待する〝かれい〟に宿る〝力〟とは、もちろん「おいしくなーれ」ではない実用的な〝魔法〟だ。

その〝流れ者〟はたぶん無性にカレーが食べたかっただけだと木乃香は思うのだが、何か特別な〝力〟が秘められているのでは、と期待されてしまっているようだ。

この辺の〝流れ者〟に対する思い込みも、彼女が彼らに協力したほうがいいんじゃないかと思う理由のひとつだ。

ジント・オージャイトは木乃香のカレー皿の前にどさりと一冊の本を置いた。

先ほどからぺらぺらとめくって〝かれい〟と呟いていたあれである。

「その〝流れ者〟が書いたものの写しだ。王都から取り寄せた」

なかなかの大きさと幅にそれなりの重量を思わせる本である。

この世界の紙は、木乃香のもといた世界よりも少しばかり厚く粗い、手作り和紙のような風合いのもので、見た目ほどページ数は多くないのだが。

紙の色が少々くすんでいるので、それなりに古いものであるらしい。

同じ国から来たかもしれない〝流れ者〟の文章。

そのことに興味を引かれて革張りの表紙をちらりと持ち上げてみる。

中には少しばかりいびつな、けれども見覚えがあって余りある文字と、こちらの世界へ来て見知った文字の列が交互に並んでいるのが見えた。

どうやら、〝流れ者〟が残したらしい日本語を書き写しこちらの言葉の訳をつけたもののようだ。

「……で、わたしは何をすれば？」

何気ない問いかけに、ジントは言葉を詰まらせた。木乃香の質問に困ったのか、立ちはだかるゼルマおばさんの眼光に恐れをなしたのか、それはわからないが。

「い、いや。ただ読んでくれればいい」

「はあ。訳の間違いを教えて欲しいとか、そういうことですか？」

「はっ？　ち、違う箇所があるのか⁉」

「いえ、ちゃんと見てみないとわかりませんけど」

なにしろ、ちらりと見ただけだ。

木乃香は、こちらの世界へ来てから言葉に不自由を感じたことがない。喋ろうと思えば勝手にこちらの言葉が口から飛び出し、読み書きも同様にできたからだ。

そういう意味じゃなかったのかと木乃香が首をかしげると、我に返ったらしい研究者は「そうではなくて」と咳ばらいをした。

「……ミアゼ・オーカがこちらで暮らす上で、なにか参考になればと思ったんだ。も、もちろん訳に訂正があればどんどん教えて欲しいのだが」

以前に部屋の近くで待ち構えていたのも、彼女にこれを見せたかったからなのだという。

それを聞いて、きっと第一目的は後者なんだろうなあと木乃香は判断する。が、彼へのさらなる罰則は気の毒なので口には出さずにおいた。

「こんな本があるんですね」

「それは禁書だ」

ジント・オージャイトはさらりと不穏なことを言う。

「本来は写しであっても決して王城の外に出せない代物なのだが、現在の王城の書籍管理官は仕事がずさんでな。ようやく手に入れることができた」

「……」

「大丈夫だ。ラディアル所長も黙認しているからな」

だからってドヤ顔で白昼堂々と話せる内容だろうか。

禁書というからには、一般に読むのを禁止されている書物なのではないのか。それこそ、食事抜きの罰則どころの話ではない気がする。

カレーの作り方が載っている本が禁書、というのも奇妙な話だが。

まあ、ここの責任者であるお師匠様が知っているならいいか。

そう結論付けて件(くだん)の本を引き寄せるあたり、木乃香もここの雰囲気に慣れてきたというか毒されてきたというか、そういうことなのだろう。

だって見たいか見たくないかと言われれば、もちろん見たい。

同じ日本人の〝流れ者〟が、何を考えてどう生きていたのか。それを知りたい。

それに先ほどちらりと見たときに、少々気になることがあったのだ。

カレーライスはまだ皿に残っていたが、好奇心が勝った木乃香は少しばかり黄ばんだ分厚い本をそっと開く。

「………あの」

「な、なんだ」

顔を上げれば、なぜか思いつめた表情のジント・オージャイトと目が合う。

「これ、新しい書物なんですか？」

「書かれた詳しい年はわからないが、これをまとめた著者サラナス・メイガリスは三十年以上前に没している。引用された〝流れ者〟の手記は、さらに百年近く昔のものだ」

「ひゃくねん……」

紙の色あせた具合から、そう新しいものではないだろうな、とは思っていた。

しかし書かれた言葉が妙なのだ。

「……〝異世界トリップマジキタコレ!!〟？」

おそらく本としてまとめた人物の言葉なのだろう、こちらの言葉で細々びっしりと書かれた小難しい文章のあと。突然飛び込んで来た日本語の文字がこれだった。

筆跡なども忠実に真似てあるのだろうか。一ページをめいっぱい使って、踊るようにでかでかと書かれている。

目の粗い紙と慣れない羽根ペンを使用したのなら、大きくいびつな文字は仕方がない。

しかし書かれた文章は、どう考えても百年前の日本人のそれではないのだ。

「異世界と〝りっぷまずきたこえ〟？　それは何かの呪文か？」

「いや、ただの普通の言葉というかなんというか。うーん、普通…でもないか」

「普通ではないい言葉っ？」

「………ジントさんが期待しているものじゃないと思います」

きらきらし始めた研究者にすかさず釘をさして、木乃香はさらにぱらぱらとページをめくってみる。

そしてまた。ふと、あることに気付く。

「……〝言葉が通じるし魔法使えるしみんな親切だし、なにこのイージーモード〟」

「いーじーも……？」

首をかしげるジント・オージャイトを見て、確信する。

木乃香はいま、日本語を読んだ。

別に、かじりつくジント・オージャイトに聞かせようと思ったわけではない。

もちろん、翻訳しようと思ったわけでもない。

にもかかわらず、彼女の口から出てきたのは日本語ではなく、こちらの言葉だ。

木乃香は、生まれたときから慣れ親しんでいたはずの日本語が喋れなかったのだ。

宮瀬木乃香は、これまで普通に生きてきた。

嬉しいことも楽しいことも、つらいことも悲しいこともほどほどだった。

人生でものすごく大きな挫折もなければ、ものすごく大きな成功もなかった。

日々悩むこともあったけれど、食欲がなくなるほど深く考えることはなく。自分の意思は持っていてもそこまで強い主張はなく。なんとなく周囲に合わせて、不満はないけれど充実感も薄い、そんな日々を過ごしていた。

ときどき物足りない気分になることはあったが、現状を変えようと考えるほどではなかった。

つまり、異世界に迷い込むなどという突拍子もない変化はまったく望んでいなかったのだ。

言葉の違う世界に迷い込んだ。

それでも言葉に不自由しなかったのは幸運だったのだろう。

いったいどういう原理か、あるいは思惑か。自動翻訳機能付きで始まった異世界生活は、過去の〝流れ者〟が書き残したように「イージーモード」と言ってもよかった。

もちろん、彼女を保護し面倒を見てくれている研究所の人々あってこその穏やかな生活ではあるのだが。

だがふと、考える。考えてしまう。

当たり前のように異世界の言葉を聞いて、話して、読んで、書いて。

いつのまにかもとの世界の言葉すら忘れて。

そうして馴染んでしまった〝流れ者〟に、果たして〝流れ者〟である必要はあるのかと。

そこにいったいどんな意味があるのか——と。

「オーカ?」

ぼんやりしていたらしい。

探るように名前を呼ばれて、木乃香はあらためて前を見た。

そこには苦し気に顔をしかめるジント・オージャイトと、彼の胸倉をつかみ上げているシェーナ・メイズがいる。

珍しいな、と思った。追い払うならともかく、シェーナが木乃香の前にジントを引っ立ててくるなど、初めてではないだろうか。

「どうしたんですか？」

聞けば、シェーナが微妙な顔をする。八つ当たりのようにジントの外套をつかんだままがくがくと揺さぶった。

「ぐっ……こ、こらシェーナ・メイズ」

「あんたが、またオーカに何かしたんでしょうが！」

「ち、ちが……っ」

「だって〝かれい〟の日からよ！　はっ、まさかあの〝かれい〟の中に何か入れたんじゃ」

「入れていない！　いや、いろいろと入れる必要のある料理ではあるが」

「ちょっとぉこの変態！」

「なぜそうなる！　あれはシェーナも食べただろうが！」

そうなのだ。

木乃香が久々のカレーライスを味わった後。ジント・オージャイト（とゼルマおばさん）の作った怪しげな茶色い物体を食べたと聞きつけ、毒を盛られたと言われたかのような深刻な形相でシェーナ・メイズは食堂に乗り込んで来た。

そこで彼女も木乃香と同じものを食べたのだった。「……意外と美味しいじゃない」という不本意そうな感想付きで。

「カレーがどうかしたんですか？」

「〝かれい〟じゃなくて、だからオーカが……っ」

「わたしが？」

きょとんと瞬き（またたき）する木乃香に、シェーナはぐっと何かを無理やり飲み込んだかのように口をつぐんだ。

彼女のほうこそ何かおかしなものでも食べたんじゃなかろうかという有様であった。

さいきん木乃香に元気がない。

それは比較的彼女に近しい者たち共通の認識だった。

特別体調が悪いわけではない。面と向かって問えば、にこりと笑って「いえいえ元気ですよ」と彼女も答えるだろう。

が、だがまず、確実にぼんやりとしていることが増えた。

そして口数が減った。聞けばちゃんと答えるが、何かに耐えるようにふと口をつぐんでしまうことがある。

そんな状態で「大丈夫」と言われても、言われた側は余計心配になろうというものだ。

そもそもミアゼ・オーカは実に手のかからない〝流れ者〟だった。

すでに成人しているせいもあるのだろう。彼女は周囲に当たり散らすわけでもなく、閉じこもり周囲を拒絶するわけでもない。突然見知らぬ土地にまで流れてきて、恐慌状態に陥る者だって少なくないというのに。

逆に積極的に外へ出ようという意欲もないようだった。

まあ、一時期は外を歩けば十中八九ストーカーもどきに当たる生活だったせいもあるだろうし、そもそも最寄りの集落でさえ徒歩で半日かかるような荒れ地に接する辺境では、若い女性が外に出たところで面白いものなど何もないだろうが。

手がかからないことに変わりはないが、彼女の様子がなんだかおかしいと思い始めたのは、あのカレーの日からだ。

となれば、どう考えても怪しいのはカレーとカレーを提供したジント・オージャイトである。そして彼女に貸したという王都から取り寄せた希少本。

「ぜったいまたこのキチガイに付きまとわれて困っているんでしょう!?」

「なっ、誰が気違いだ！　わたしはミアゼ・オーカに〝流れ者〟関連の本を渡しただけなんだぞ」

ジント・オージャイトの言うことはほんとうだ。

彼は禁書だというその本をあっさりと木乃香に渡した後、通りすがりの挨拶がてらに「本を読み進めているか」「何か質問はないか」など、当たり障りなく聞いてくるだけだった。

ちゃんと冒頭に、ぎこちないながら「おはよう」「ご機嫌いかが」などの挨拶が入る。前触れもなく突撃してこない、そのことだけで木乃香はほんのり感動していた。やればできるじゃないか。

確認するようにこちらをうかがってくる彼女に、肯定の意味で頷いてみせる。

それに、渋々ながらも引き下がろうとしたシェーナ・メイズだったのだが。

「サラナス・メイガリスによる〝ヨーダ〟の手記とその解説本だ」

やましいことは何も存在しないと胸を張るジント・オージャイト。

そんな彼の言葉を聞くなり、シェーナの切れ長の瞳がきりりと吊り上がった。

胸倉をつかむだけでは物足りず、べしべしと頭をはたく。

「あんた馬鹿！　真正の馬鹿！」

「いたっ！　シェーナ、本気で痛いぞ……っ」

「サラナス・メイガリスなら禁書扱いでしょうそれ！」

「もちろん所長にも了解を得ている」

「んなことは分かってるのよ！」

収まると思われた騒動の思わぬ悪化に、木乃香は小さくため息をついた。

禁書というのは、広く読まれると世間に、あるいは時の権力者たちに悪影響を及ぼす危険のある思想や方法などが載っているから厳重に保管され、ときに処分され閲覧を制限されている本、のはずだ。

つまり、誰もが簡単に見ていい代物ではない。それくらいは彼女にだってわかる。

いちおうあれが禁書だというのは知っている。貸してくれたジントがさらりと暴露したからだ。

だが、シェーナに言われるまであの書物が禁書だということをすっかり忘れていた。

言い訳のようだが、あれのどこに禁止する理由があるのか、ひと通り読んだ今でもわからないのだ。

書物に出てくる日本人と思われる〝流れ者〟ヨーダこと高道陽多(たかみちようた)氏は、こちらに来たとき中学生だったらしい。

もともと文章を書くのが得意ではないのか、紙質が悪くて書きにくかっただけか。おそらく両方だろうが、とくに最初は簡単で短い文章ばかりが並んでいた。

それでも未知の体験をとりあえず文字に残さなければと思ったのだろう。いろいろと拙(つたな)い文章ながら、彼は他愛のないことでもこまめに書き留めていた。

かなりの魔法力を持っていたらしい彼が魔法を習得、研究、そして開発する様だとか、どこそこで和食に似た料理を見つけたとか牛丼やラーメンが食べたいだとか、さらには異世界風カレーライスの作り方など、比較的ほのぼのとした記述が目立つ。

ちなみに彼は最初から魔法力を〝なんとなく〟感じ取ることができ、〝なんとなく〟魔法を使うことができたらしい。しかも、強力なやつを。

もともとの素質か、あるいは十代の頭の柔らかさ故か。いずれにしろ羨ましいことである。

参考になったかと聞かれれば、大変参考になったとも、ある意味そうでもなかったとも言える内

容だが、やはりそこに危険な要素はないように思える。

強いて気になる点を挙げるなら、「オレは勇者や救世主として召喚されたんじゃないのか」「魔王（ラスボス）はいないらしい」という少々痛いような微笑ましいような記述くらいだ。

その手のゲームや物語が好きでも、彼のもともとの性格は野心的でも好戦的でもないらしい。

本人曰くの〝規格外（チート）〟な魔法力で誰かと争ったとか戦ったといった記述は、少なくとも本文にはなかった。

ついでに体力もあまりなかったらしく、自分の名前が〝ヨーダ〟と発音されたことに大ウケし悪ノリした挙げ句に光の剣を召喚して、振るってみたけど重いわ長いわで扱えずに断念した……という非常に残念な、かつ非常に平和的な記述もあった。

残した文字を見る限り、どうしても残念感が漂う高道陽多氏だが、魔法に関してはほとんどの種類を使いこなしていた。

解説だけを読めば、著者のサラナスという人がいかに彼を尊敬し崇めていたのかがわかる。彼の文章だけを読めば、〝ヨーダ〟は勤勉で高潔、そして革新的な大魔法使いに早変わりするのだ。

まさしく無用の長物だった光の剣召喚でさえ、さながら天の裁きが形を取ったようだとべた褒（ぼ）めである。使えないのに。

あの本の中で、いちばん引っ掛かりを覚えたのはサラナス・メイガリスの熱すぎるほどの熱狂ぶりかもしれない。

そんな大魔法使い様の前例があるのだ。サラナスほどではないにしろ、ジント・オージャイトらも〝ヨーダ〟と同郷であるらしい木乃香に過度な関心を寄せていたのだろう。

ご期待に添えず、大変申し訳ないことである。


ふと気が付けば、いがみ合っていたはずの二人がじーっとこちらを見つめていた。

「……あれ。どうかしたんですか？」

騒がれるのは困るが、騒いでいたものが急に収まっても気になってしまう。

シェーナ・メイズが眉をひそめた。

「オーカ……あの、ほんとうに、大丈夫？」

「具合でも悪いのか？　ミアゼ・オーカ。まだ身体がこちらに慣れていないのではないか？」

ジント・オージャイトにまで気遣われてしまう。

内容は的外れもいいところだが、これはなかなかショックだった。

「ごめんなさい。ちょっとぼんやりしてました。ええと、それでサラナス・メイガリスさんがどうしたんでしたっけ？」

「……」


おかしい。明らかに、おかしい。

こちらがやきもきするほどに事なかれ主義のミアゼ・オーカが、目の前のケンカを止めるどころか困った顔すらせずにぼんやりと眺めているなんて。

人の話には、たとえそれが研究馬鹿の意味不明な戯言（たわごと）であろうとちゃんと耳を傾ける彼女が、話をまったく聞いていないなんて。

シェーナ・メイズは彼女のにこやかに取り繕った表情を見つめたまま、同じように呆（ほう）けていたジント・オージャイトの薄い肩を、とりあえずもう一度ばしんとはたいた。

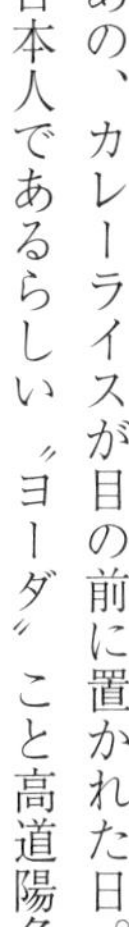

あの、カレーライスが目の前に置かれた日。

日本人であるらしい〝ヨーダ〟こと高道陽多氏の手記を読んで、生まれた頃から慣れ親しんだ言語がとっさに口から出てこなかったことに驚いた木乃香だったが、ひとりになり落ち着いてしゃべってみれば、ちゃんと話せた。

もとの世界で辞書片手に外国語を勉強していたときとは違い、なにしろ勝手に翻訳してくださる便利機能である。原理も謎だ。何か制約でもあるのか、彼女が使いこなせていないだけなのか、そのへんも分からない。

ただ再び日本語を話すことができ、ほっと安堵したときに、木乃香は思ったのだ。

あえて考えないようにしていた事柄を改めて突き付けられた、ともいう。

この世界にやってきた自分はいったい〝何〟なのか、と。

よりによってどうして自分だったのか。

好きで迷い込んだわけではない。誰かに呼ばれたわけでもない。

誰も望んでなどいなかったのに、なぜ来てしまったのか。

いっそ問答無用で「魔王を倒せ」だの「世界を救え」だのと言ってくれたほうが、気は楽だったのかもしれない。それは自分がここにいることの意義となり、ある程度の諦めがつく。

迷惑なことに変わりはないが、少なくとも、呼んだ相手を問い詰めるなり文句を言うなりすることはできるだろう。

だがこの世界の人々を拒絶し高く分厚い壁を作れるほど、彼女は自分勝手でも、悲劇に酔えたわけでもなかった。

冷ややかに接してくれたなら遠慮なく恨むことだってできただろうに、〝流れ者〟に慣れたこの世界の人々は木乃香に対してあまりにおおらかで優しいのだ。彼女が、何もできないのが申し訳ないと思ってしまうほどに。

ただ。先が、まるでわからない。自分の立つ場所はあまりに不安定で、いつさらさらと崩れ落ちてしまうかと気が気ではない。

それで、途方に暮れる以外に何ができるというのか。

物語のような世界に迷い込み、特殊な能力を得て、高道陽多氏は最初浮かれていた。

異世界の珍しい物事を楽しみ、自らに与えられた能力を試すことに熱心だった。

しかし本の後半になると、彼は異世界の中に故郷との類似点を探すようになる。

他の〝流れ者〟の記録を探したり、噂を聞けば直接会いに行ったり。どこそこの景色や食べ物が日本に似ていると記したり、あちこちから材料を集めカレーライスを作り上げたりしたのもこの頃だ。

〝ここは、異世界だ〟

そんな、今さらとも当たり前とも思える記述が目立つようになるのも。

「ああ、〝ヨーダ〟な。〝虚空の魔法使い〟の」

珍しく無精ひげをきれいに片づけたラディアル・ガイルの口から飛び出した異名に、木乃香は苦笑をなんとかこらえた。

虚空の魔法使い。これまた本人が机を叩いて喜びそうな二つ名である。

だがその謂われを聞けば、とても笑えるものではなかった。

「コレの晩年は空間魔法の研究に没頭していたらしくてな。島をひとつ、消したんだ」

「島、って……」

「絶海の孤島というやつだな。手品のようにぱっと、一瞬で消えたらしいぞ」

事もなげに話すラディアル。

ぽかんと口を開けた木乃香に、慌てて「ま、まあよくある事なんだが」とさらに物騒な言葉を付け加える。

別に〝流れ者〟に限ったことではなく、魔法使いによるこんな暴走は、歴史の中では特別珍しくもないらしい。

たとえばすぐ近くに広がるからっからに乾いた広大な荒野も、そこに点在する水量が不自然に豊富で多彩な泉も、生息する凶悪な魔獣の固有種でさえ元は過去の魔法使いたちが作り出したものなのだという。

島とはいっても無人島で、周囲に対する深刻な被害もない。他人様(ひと)に迷惑をかけていない〝ヨーダ〟はまだマシなのだそうだ。

虚空に消えたから、〝虚空の魔法使い〟である。なかなかに深刻な二つ名だった。

「晩年の〝虚空の魔法使い〟は、もとの世界に帰る方法を探すことに没頭していた。この魔法によって、彼はもとの世界に帰ったとも、島ともども消滅してしまったのだとも言われているが、真相は誰にもわからん。本人が消えて二度と姿を現さなかったんでな」

それは、最初にラディアル・ガイルが木乃香に言った言葉だ。

〝流れ者〟がもとの世界に帰った、という記録はない。

確証がない。

それでも、彼は帰りたかったのだろう。

自分の生まれた、自分の本来生きるべきだった世界へ。

無条件で存在することが許されていた、確かな場所へ。

もしも術があるのなら、島ひとつを吹き飛ばしてでも帰りたいかもしれない。

そう、木乃香も思うのだ。

被害は少なかったとはいえ、島ひとつ消し飛ばすほどの魔法である。

当然ながら、高道陽多氏の作り出したこの空間魔法は〝禁断魔法〟に指定され、他の者が使うことを禁止された。

この魔法に関する記録も、もちろん禁書。閲覧厳禁である。

「まあ、こちらの言葉とあちらの言葉らしきモノと意味不明な記号なんかがびっちりと無秩序に書きなぐられてあって、読みたくてもとても解読できなかったんだけどな」

言語研究はおれの専門外だし、と少し悔し気に、ラディアル・ガイルは無精ひげがなくなった口元をかきながら言った。

閲覧厳禁をちゃっかり見てるんですね、とはあえて指摘しないでおく。

言ったところで、きっと「昔ちょっとなー」とかなんとかケロリと答えるに違いない。

どうやらお師匠様には、世間一般の基準とは別にお師匠様基準があるらしい。

「で、それを長い時間かけて解読したのがサラナス・メイガリスでな。解読するだけでやめとけばいいものを、〝虚空の魔法使い〟の魔法を再現しちまった。よりによってこの国の王都でな」

「ああそうです……か？　は？」

近所の悪ガキが塀に落書きしていきやがった、とでも言うような忌々（いまいま）しいながらも深刻さがまるで感じられない口調で、ラディアル・ガイルはぼやく。

「島がまるごと消えた魔法ですよね？」

「王都がまるごと消えかけた」

いやー大変だったらしいぞ。と他人事（ひとごと）のように付け加える。

まあ、今でこそ国内屈指の実力を誇る魔法研究所所長様も、当時はいたいけな青少年だったということだから、居合わせたとしても傍観するしかなかっただろうが。彼がほんとうにいたいけだったかどうかはともかく。

「先々代の国王はいろいろとできた人でな。最小限の被害で済ませることができたんだが。サラナスは捕らえられ、魔法力を封じた上で幽閉。彼の書いた書物は全て処分された。あれの所業はもちろん、特にあの思想は危険だからな」

「思想？」

「〝流れ者〟は、たまに流れてくるだけだから影響が少なくて済んでるんだ。サラナス・メイガリスがお前たちのいた世界に行こうとしたのか、こちらに意図的に呼び込もうとしたのかは不明だが、どちらにせよ世界の均衡を崩す恐れがある。そもそも魔法のたびに頻繁にあちこち吹き飛ばされてみろ。物理的にだってこの世界が壊れるだろうが」

それはそうだ。

しかも、理由は「〝流れ者〟ともっと交流を持ちたいから」。

やりそうな人間が、とくにこの研究所にはウヨウヨいる。世界を滅亡させたいとか征服したいとかいう野望がないだけ、ある意味余計に性質が悪い。

しかも結果が付いてくるかどうかも怪しい魔法なのだ。壊され損である。興味本位で繋げられてしまう異世界のほうもいい迷惑だ。

ともあれ。それが高道陽多氏による面白異世界日記まで禁書扱いになった理由のようだった。

まさか本人も、後に大げさな解説付きで翻訳されるとは思ってもみなかっただろう。高道氏のためにも、あまり世間に広まらないほうがよかったのかもしれない。

サラナス・メイガリスの解説は、同じ〝流れ者〟である彼女には笑ってしまうものだったとしても、〝流れ者〟本人を知らない者が読めば何か勘違いしそうな雰囲気は、確かにある。

ふと視線を感じて顔を上げれば、困り顔のラディアル・ガイルがこちらをじっと窺（うかが）っていた。

「……えーと、どうしました？」

「ジントの奴が〝虚空の魔法使い〟の手記を持ってきたときな」

しゅん、と眉尻を下げて彼は言う。

「同郷の〝流れ者〟で魔法使いの話だから、何かオーカの役に立つんじゃないかと思ったんだが。こちらへ来ていくらも経ってないんだ、逆に故郷を思い出させて辛（つら）かったんじゃないか」

「……………」

つらいかと問われれば、つらいですと即答できる。

それくらいには、木乃香もホームシックなのだろうと思う。

ほかの〝流れ者〟がどうだったかは知らないが、彼女はこちらの世界に迷い込んだ前後の記憶が、いまだに曖昧だ。

そのせいだろうか。夢ではないと自覚していても、まるで雲の上を歩いているように目の前が白濁しぼんやりふわふわとした感覚が抜けない。

ふわふわと、地に足が着かない。そんな足場の頼りなさによる不安のほうがむしろ大きい。

戻るどころか、また別のどこかへ今にも飛んでしまいそうな。

――と、思っていたところにぽんぽん、と大きな手で頭を押さえられる。

ここに居るんだぞ、と小さな子供に言い聞かせるように。

木乃香は何とも言えない気分になった。

この人も顔に似合わず面倒見が良すぎるんだよなあ、と思う。こっそりアニキと呼ばれ――真面から呼ぶと嫌な顔をされるからだ――慕われているのがよくわかる。

保護者がこんなだから、木乃香は落ち込む暇も、八つ当たりする毒気もなくなってしまうのだ。

「……そんな顔しなくても〝禁断魔法〟なんて危ないモノ、やりませんよ。そもそもわたしに魔法が使えないのは、お師匠様だって知ってるでしょう」

「はあ？　ああ、いやそんな心配はしてないんだが……うん？」

何か言いかけたラディアルは、しかしけっきょく口をつぐんだ。

魔法を教える師としては、ここで彼女に「すぐに使えるようになるさ」と発破をかけるべきなのかもしれない。

だが〝虚空の魔法使い〟の手記を読んで思い悩んでいる様子の彼女に、果たしてそれを言って良いものかどうか。

仮にいま魔法が使えたとして、彼女の性格上、効果があやふやで周囲に迷惑をかけるだけのものに手を出すとは思えないが、万が一ということもある。

なにしろ彼女とて〝流れ者〟だ。

……まあ、自身の魔法力の多さについてはいずれ嫌でも自覚するだろうし、それから魔法の使い方を教えてもじゅうぶんだろう。話す機会だってこれからいくらでもあるし。

魔法に関しては初心者中の初心者、無知も同然の弟子に、いま詳しく説明するのが面倒だった、というのもある。

これが後々こじれる遠因とは思いも寄らず、ラディアル・ガイルはこの場を「まあいいか」で済ませてしまったのだった。

マゼンタの王立魔法研究所は、大きく分けて居住棟と研究棟の二つの建物から成る。

研究員である魔法使いたちにはそれぞれ自室の他に研究室が与えられていて、彼らはつまり二つの棟にそれぞれ部屋があることになる。

分かれている理由は単純、研究棟がいろいろと危ないからだ。

いきなり魔法が飛んでくるようなことはないが、大がかりな魔法ややこしい魔法、はた迷惑な魔法、凝り過ぎてわけがわからない魔法を研究し実践する研究者などはいる。もちろん、静かに大人しく籠っている研究者もいるが。

防音と魔法防御と物理防御が効いているので表向きは静かで平和そうな場所だが、中ではたまにぶつぶつと何かを低く呟く者や廊下の隅で頭を抱えて奇声を上げるなどの不審者が出没する。しかも、彼らは一様にフード付きの灰色外套を目深に被っているので、怪しさ倍増である。

だからというわけではないが、木乃香が研究棟に足を踏み入れるのは初めてだった。

立ち入りを禁止されているわけではない。むしろ〝流れ者〟研究の魔法使いたちには連れ込まれそうにもなったが、これまであえて自分から入ろうとは思わなかったのだ。

ここは研究員たちの仕事場でもある。会社勤めを経験している木乃香としては、単なる興味本位で訪ねていい場所に思えなかったのだ。

研究がひと段落したというラディアル・ガイルの研究室に通された木乃香は、「ああ」と思わず呻いた。

弟子という肩書を持っている彼女だが、なるほどコレは部屋に「入れない」わけだ。

入れない、ではなく入ることができない。

その惨状は、所長様の研究室ではなくゴミ置き場ですと説明されたほうがよほど納得できる。形や大きさがばらばらの木箱や紙箱が絶妙なバランスでうずたかく積み上げられ、書物や紙の束やくしゃくしゃの紙片、何に使うのかとんと分からないガラクタや食堂でもらってきたらしい折詰の空箱や飲みかけの酒瓶などがいたるところに転がっている。そんなゴミの中に大きな執務机や応接セット、きれいな茶器が並べられた棚などが埋もれていた。

それで埃っぽさも悪臭も感じないのは、例の衛生魔法のおかげだろうか。中途半端に清潔が保たれているからこそ、逆にきれいに整理整頓しようという意欲が湧かないのかもしれない。

日ごろの身だしなみの無精具合から散らかしていそうだなとは思っていたが、これはひどい。もっとひどいのは、こんな汚部屋に平気で弟子とはいえ若い女性を通すことができる師匠の無神経さである。

もしかして、コレは弟子の自分が片づけなければならないのだろうか。魔法もろくに使えないのに弟子にされたのは、コレのためだったりして。そんな暗い考えまで浮かんでしまう。

「おーい、こっちだこっち」

気が遠くなりかけていた現在唯一の弟子を、能天気な師の声が引き戻す。

見れば、ガラクタの山の合間にかろうじてあった細長い隙間の先で、ラディアルがひらひらと手を振っていた。奥にもうひと部屋あったらしい。

両側から崩れてこないかと冷や冷やしながら獣道を過ぎ、通された部屋は前の部屋よりは幾分マシだった。足の踏み場があるという点では、の話だが。

巨大な箒でさっと掃いて真ん中だけ退けた。そんな感じで部屋の中央の床が、ぽっかりと空いている。

そして継ぎ目の見当たらない黒い石の床に、細かな文様がうすぼんやりと円形に浮かんでいた。

どうやら前室が研究所所長の応接室兼執務室、この部屋が研究室に当たるようだ。

「あれは、結界ですか？」

長身の師が大の字で寝転んでも余裕がありそうな円形の文様を指さして問えば、師は驚いたように目を見開いた。

「オーカ、おまえ……見えるのか？」

「何がですか？」

「何ってそこの……。あー、そういや、メイの作る魔法陣が見えたんだったな」

ぶつぶつと勝手に納得したように呟くと、ラディアル・ガイルは弟子に言った。

「お前が部屋の中央に見えているソレは、結界じゃない。まあ、同じ魔法陣の一種ではあるんだが。ソレはな、召喚陣という。もう終わったやつだから、正確には召喚陣の跡、だがな」

「ショーカンジン？」

「何かをここへ召喚するためのモノだ」

「ええと……普通は見えないモノ、なんですか？」

「展開中は見えるぞ。だが終わった後の残滓まではなかなか見えない。しかも、おまえにはちゃんと形になって見えているらしいな」

「……」

木乃香は首を傾げた。

普通は見えないモノ。しかし、彼女の目にはそんな不確かなモノには見えない。

角部屋のくせにぴちりと締め切られた部屋は薄暗いが、暗闇で光る蛍光塗料のようにぼんやりと青白く光っているのだ。光り方はぼんやりではあるが、はっきりと模様のひとつひとつを見分けることができる。

「つまり、召喚術に適性があるんだ」

少しばかり嬉しそうに師は言った。

こんなものがあるならどうして早く教えてくれなかったのかと文句を言いたい気分にもなったが、周囲を見回して口を閉じる。

魔法の危険性云々よりも、やっぱりこの散らかり具合では人を入れたくても入れられない。

そういえば、となぜか少し言いにくそうに、師が続ける。

「〝流れ者〟はな。召喚魔法に長けた者が多い。まあ自分も異なる世界から来てるしな。潜在的に何かコツのようなものが分かるのかもしれん」

この師匠、〝流れ者〟は専門外である。

言い方からしておそらくは裏付けも何もない適当な考察なのだろうが、なぜか木乃香にはすとんと納得できるような気がした。

召喚するモノも〝流れ者〟も、異なる世界からやってくる点は同じだ。

大雑把な考え方だが、彼女はああそうだなと思ったのだ。

だから、自分には召喚魔法が使えるのかもしれないな、と。

そう、〝なんとなく〟。

「お師匠様は、召喚魔法を研究しているんですか？」

「ん？　言ってなかったか？」

火や水を自在に操ることができれば、大地を裂き大空を飛ぶこともできる。

魔法に関しては実にマルチな才能を持つお師匠様だが、何を専門としているかは、実はいま初めて聞かされた木乃香である。

「見たことはあるだろう、これだ」

ふわり、と周囲に積み上げられたものが崩れない程度の風が周囲に巻き起こった。

かと思えば、ラディアル・ガイルの手元には鈍い光を放つ黒々とした大剣が出現する。

荒野において乾燥し岩のように硬くなった地面を事もなげに割り裂き、そして跡形もなく外套の中に消えた、あれである。

木乃香が荒野で拾われたとき、彼は召喚した剣の試し切りをしていたのだという。

こんな大きな剣を日常的に振るっているのだ。道理でお師匠様の体格がいいはずである。

「……お師匠様」

「うん？　どうした？」

「それ、わたしには無理じゃないかと」

木乃香はがっくりと肩を落とした。

〝ヨーダ〟こと高道陽多氏も光の剣を召喚していた。が、扱えなかった。

身体を動かすのは嫌いではないが得意でもない。デスクワークが主な仕事で「最近運動不足だわー」が口癖だった木乃香が扱える刃物は、せいぜいハサミか包丁くらいのものだ。剣など扱えるわけがない。

そもそも、めぼしい敵もいないのに扱えたところで誰になんの得があるのだろう。

ラディアルはにやりと笑った。

「別に剣やら斧やら出すだけが召喚じゃないぞ。まあ、こっちはむしろ特殊なほうだな」

大抵の魔法使いは、召喚さえすれば勝手に召喚主を守り代わりに戦ってくれる〝使役魔獣〟を召喚するという。ちなみに動く召喚物は人型も獣型もすべて〝使役魔獣〟である。

だから誰相手に戦うんですか、と突っ込みたいところだがやめておく。

ちなみにラディアル・ガイルは荒野周辺の害獣駆除と治安維持を、剣の試し切りを兼ねて請け負っている。平和な世の中では戦うといってもそんな程度だろう。

魔法使いだらけの研究所だが、その中で自ら武器を持って戦えるくらいの体力派は、おそらく一握りどころか一つまみもいるかどうかだ。

「で、だ。やってみようか、ミアゼ・オーカ」

召喚魔法を試してみることが前提の言葉に、木乃香は苦笑する。

師匠本人やほかの魔法使いたちが使う魔法を、これまで彼女はいくつも見せてもらっている。魔

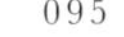

法を見せて、どうだ試してみるかと聞いてくるのはこれまでの流れだった。

本人が興味を持たない魔法は使えない可能性が高いだろうということで、これまでラディアルは彼女に強制したことはなかった。

が、彼女の反応を見て、今回は試すべきだと踏んだらしい。


木乃香が頷けば、後は非常に速かった。

「まずは〝場〟作りなんだがな。オーカには研究室がないことだし、ここを貸してやるよ」

「え、ここはお師匠様の研究室じゃ」

「見ればわかるだろう。次の陣を組むまで、ここは空いてる」

あるのは召喚陣ではなく、残滓。そう言ったのはお師匠様だ。

苦虫を噛み潰しているところをみると、今回の召喚結果もあまりいいものではなかったらしい。

そういえばこの前も「失敗だ」とぼやいていた。研究とはそうそう上手くいくばかりではないのだろう。

残っていたぼやけた光すら、ラディアルの腕一振りで無くなる。

代わりに少しばかり小さく、模様も何もない円が石床に浮き上がった。

地は作ってやるとラディアル・ガイルが言えば、円の中にぽつぽつと簡素な文様が浮かぶ。

そして「ミアゼ・オーカ。これからどうしたい？」と聞くのだ。

説明も何もない。

そんな急に言われても、と言い返そうと思った口は、ふと止まる。

そして次に出た言葉は、円と曲線で作られた召喚陣のある部分に直線を足すというものだった。

面白そうに、ラディアル・ガイルが目を見開く。

召喚陣などという代物、いま初めて知ったというのに、基本のきの字も理解していないはずなのに、〝なんとなく〟の感覚だけで木乃香は召喚陣に指をさしては曲線や直線を足していく。

その内いつの間にか、木乃香は自分の手で文様を描いていた。

無意識に、自らの魔法力まで込めて。


――――これは、まずいかもしれん。

頬をひくつかせてラディアル・ガイルが呟いたのは、木乃香の作る召喚陣がほぼ完成に近づいたと思われた頃だ。

なぜ完成間近とわかったかと言えば、召喚陣の輝きが尋常ではないからだ。

それにも気付いていないのか、木乃香は取り憑かれたように黙々と作業を続けている。

おそらくミアゼ・オーカは召喚魔法に適性があるのだろう。

だからこそ、彼はあえて何も教えなかった。

この世界の魔法使いは、いちばん適した魔法の使い方を自力で探し当てることがほとんどだ。宿る魔法力にあらかじめ刻まれている、とも言われる。

〝流れ者〟である彼女の魔法力はほんとうに〝白紙〟なのか、あるいはいまだ感じ取れないだけなのか。いま一度、確かめたかったのだ。自覚がない弟子にラディアルが教えてしまえば、それは彼のやり方になってしまう。

彼女が召喚に成功するかどうかは、正直どちらでもよかった。最近なにやら元気がない様子なので、ほんの少しでも気分転換にでもなればくらいの軽い気持ちで自分の研究室を見せたのだ。

彼が最初に描いたのは召喚陣のほんとうに基礎の基礎で、それから召喚できる状態に持っていくためにはかなり手を加える必要があった。

適性さえあれば、ある程度の召喚は誰でもできる。

さらに上を目指そうと思えば潜在能力以外に緻密な計算と呆れるほどの努力と根気が必要で、だからこそラディアルの研究材料にもなり得るのだが。

それが今。

あるかどうかもわからないと首をかしげていた自分の魔法力をふんだんに使って、ミアゼ・オーカは召喚陣に次々と細かな文様を描いていく。

その精巧さと込められた魔法力の強さに、最初こそ面白そうに見守っていたラディアルの顔つきもだんだんと強張（こわば）っていった。

正直、魔法力の使い過ぎではないかと思う。

彼女が召喚しようとしているのは、おそらく武器ではなく〝使役魔獣〟。

通常、それは力が大きければ大きいほど身体も大きくなる。

このまま召喚陣が完成し召喚が成ってしまえば、それは相当大きな〝使役魔獣〟になるだろう。

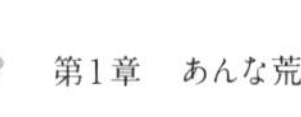

決して狭くはないこの研究室が崩壊するほどに。それくらい大きなモノを呼び込むことができる魔法力が、すでに注ぎ込まれていた。

中断させ研究室を守るべきか、納得いくまでやらせるべきか。

召喚陣前にうずくまる不肖の弟子の後ろ姿を見ながらラディアルが悩んでいたとき。

急激に陣の文様がいっそう強く光り出した。

「あ、しまっ……………」

ついあっけにとられて、防御も何もしていない。

慌てて彼が周囲に防御魔法を展開しようとした次の瞬間。

ぽん、と。

何か小さなものが爆(は)ぜたような、あまりに軽い音が研究室に響いた。

同時に、あれほどまばゆかった光が急速に消えていく。

失敗か。

そう思って召喚陣をのぞき込んだラディアルは、片眉を上げた。

「…………なんだこりゃ」

座り込み呆然とする木乃香の陰に隠れるようにして、何かがいる。

そう、隠れるくらいにやたらとソレは小さかった。

状況からして〝使役魔獣〟らしいソレは、人型、をしていた。

ふわふわと宙を彷徨う赤い髪に丸々とした同色の瞳。

ほんのりと色付くふっくらとした頬、指がそろった褐色の手足。

召喚主を見上げると同時にさらりと流れた赤髪の合間に、一本の小さなツノがのぞく。

身体を形成する全てが小さく柔らかく、稚けな子供のようなソレはきょと、と瞬きした。

そうして、やがて「にぱっ」と満面の笑みを浮かべる。

まるで、生まれたばかりの雛が親鳥を認識するように。

——なにこの可愛い生き物。

驚きに固まっていた木乃香は、ぼんやりと、いやむしろ恍惚としてソレを見つめた。

そこに師匠の声が飛ぶ。

「お、おいオーカ、名前だ。名前付けとけ」

「名前……」

名前は、召喚したモノを繋ぎ留めるための手っ取り早い楔となる。

そんなことを急に言われても、いまだに頭がうまく回らない彼女にはまったく浮かばない。

えーと、名前、名前、名前。

焦って口をぱくぱくとさせるだけの召喚主を前に、まるで彼女の真似をするようにして〝使役魔獣〟が口を開いた。

「こ、のか」

木乃香が目を見開く。

赤く小さな存在は、こてんと首をかしげた。

「このか？」

「……………うん」

「このか」

誰も呼んでくれなかった本当の名前に、くしゃりと顔がゆがむ。

少し慌てたように、〝使役魔獣〟が彼女に向かってもみじのような手をのばす。

小さな身体を精一杯のばして頭をそっと撫でられれば、涙があふれた。

「このか」

「うん」

「だいじょぶ？」

「……うん。大丈夫だよ」

ありがとう。ありがとうね。

そう繰り返した木乃香のほうが、よほど頼りない子供のように見えた。

余話1　部屋とお師匠様とわたし

道なき道をずんずんと進んでいく黒くて大きな背中に向かって、木乃香は思い切って言ってみた。
「お部屋の片付け、しないんですか？」
「………」
積まれた木箱に半分ほど隠れた肩が、びくりと震えた気がした。

「お師匠様」

「うん？　なんだ」


ラディアル・ガイルは背が高い。

高くはないが低くもない身長の木乃香の目線は、彼の胸あたりにくる。顔を見ようとすると見上げる格好になるので、長く立ち話をしていると首が疲れてきてしまうほどだ。

で。そのお師匠様の身長ほどの山がいくつもある部屋というのは、なかなか怖いものがあった。

足元も散らかっているので、これまでうっかり体勢を崩したりしてぶつかるとか山が崩れるといったことはなかったのだろうか。

これからはこの部屋にもお邪魔することになるのだ。お師匠様が掃除をしたくないのか、できないのかは分からないが、せめて通り道くらいは自分で確保したほうがいいかもしれない。と、木乃香が密かに片付けを目論んでいると。

「勝手になんでも触るなよ。危ないからな」

何かを察したらしいお師匠様から釘を刺された。

「……でも、これなんか捨てていいのでは」

木乃香は足下に落ちている紙の束を拾い上げる。

ついさっき彼が踏みつけて、足でぞんざいに横へどかした物である。が。

「いや、それは今後見るかもしれないから取っておく」

素早くひったくられた。

「………」

だめだ。物を捨てられない典型的な例がここにいる。

いくら衛生魔法で不快なホコリや匂いがないとはいえ、これは精神衛生上よろしくない。大変よろしくない。

ここは木乃香が、部屋に出入りできる弟子の特権を駆使して長期計画で少しずつでもなんとかせねばなるまい。どうせ現状、魔法の勉強以外はすることがないのだ。

まずはぱっと見で〝研究資料〟が少なそうだった執務室からかな、と振り返った木乃香は、ふとあることに気が付いた。

物があふれかえっている室内だが、部屋の一部分、執務室へと続く扉がある壁の一角が、ぽっかりと空いていたのだ。

不思議に思って近づいてみれば、想像した以上にしっかりと空間が空いていた。

壁の前にはちゃんと物が積んである。が、壁面との間に人ひとり寝転べるくらいの隙間がある。

ふつうは壁際から荷物を置いていくものだと思うのだが。

石造りの床が広範囲で見えているのは召喚用の魔法陣がある部屋の中央と隅のその一角だけだったので、なおさら怪しい。

「お。そこに気が付いたか」

ラディアル・ガイルが少し楽しそうに言った。

「これはな。おれの武器コレクションだ」

「武器？」

武器なんてどこに、と言いかけた木乃香は瞬いた。師に視線を移した一瞬の間に、目の前の壁がなくなっていたのだ。

消えた壁の少し後ろに、色の違う壁がある。これが本来の壁なのかもしれない。

そしてその壁に掛けられていたのが、いくつもの武器だったのだ。

剣、槍、斧。形は違うものの、共通しているのは大ぶりであること、それから刃がよく知る金属の色ではないことだ。

それらは全体的に黒や焦げ茶色などの暗い色をしている。刀身に光を跳ね返すような艶はなく、刃先も鋭くないので切るための武器ではなさそうだ。

かといって単なる飾りでもないだろう。ところどころに模様のような文様のようなものがあしらわれているが、装飾品としては地味だ。整然と並んでいる様は圧巻だが、そもそも隠されていたのだから観賞用ではなさそうだ。

そのうちに木乃香は、中に見覚えのある黒い剣があることに気が付いた。

「……もしかしてこれは全部、お師匠様の召喚ですか？」

正解、とばかりににやりと笑ったラディアル・ガイルは、ぽんぽんと彼女の頭に手を乗せた。

「どれも完璧というにはほど遠いがな。比較的に出来が良かったものや、今後の参考になりそうなものを残している」

「ずっと召喚しっぱなし、ということですか？」

使役魔獣は、そこにいる間はずっと召喚主の魔法力を消費する。木乃香はそう教わったばかりである。でも自分から動かない武器はどうなのだろう。

「使役魔獣よりは魔法力が少なくて済むだろうが、さすがにこの数はおれでも厳しいな。普段は封印をしている」

「ふういん」

召喚したモノを、魔法力を消費しない形で留めておく。それを封印というらしい。

封印状態のモノは、封印を解除しない限りは使えない仮死状態のようなものだ。

しかし解除すれば元通りに使えるし、もう一度召喚するよりは魔法力がはるかに少なくて済む。

封印と解除の術そのものがけっこう複雑なので、あまり一般的な方法ではないらしいが。

ひとくちに魔法といっても、いろいろな種類や手段があるようだ。なかなか奥が深い。

「…そういえば、この武器にも名前が付いているんですか?」

名前を付けたほうが存在が安定する。そう教えてくれたのも目の前の師匠だ。

もとの世界でも、博物館に展示されているような剣には銘が刻まれていたり名前が付いたりしていた。仰々しい名前があればそれはそれで面白いなと思ったのだが。

ラディアル・ガイルは満足そうに頷いた。

「そうだな。たとえば…それは〝ニク〟という」

「にく?」

他よりも刃の分厚い、それこそ肉切り包丁に見えなくもない剣を指さして彼は言う。

弟子の微妙な顔つきには気付かないようで、彼は次にあの黒い剣を指さした。

「それから最近作ったこれは〝イチコロ〟だな」

「いちころ……」

それもコレも、えらく名前が物騒な気がする。

どう反応したものかと、木乃香は微妙な表情になった。

「うまく名付けただろう」

「……はあ」

「〝ニク〟は二十九番目。〝イチコロ〟は百五十六番目の召喚でな」

「はあ。……え？」

「あとは〝三十五（さんご）〟だろ、〝八十二（はにー）〟だろ、〝六十九（ろっく）〟とかな。ははは っ」

まさかの語呂合わせ。

しかもそれを話すラディアルは、かなり得意げである。

まあ、百五十六回も召喚しているのだ。ほとんどが保存しない失敗作という話だし、いちいち凝った名前など付けていられないのだろう。

――〝ろっく〟って音楽のロックかな。この世界にあるのかな。

その後も続くお師匠様の召喚武器解説を、そんなどうでもいいことを考えながら半分以上聞き流していた木乃香だった。

第２章

どんな愉快な仲間たち

Episode 2

「というわけで、〝使役魔獣〟の〝一郎〟こといっちゃんです」

はいごあいさつ、と木乃香が視線を落とした先に、ソレはいた。

彼女の身に着けたひざ丈チュニックの裾をきゅっと握りしめて小さな子供、いや子供のような何かが目の前に立つ大人たちをきょとんと見上げている。

赤いどんぐり眼に浮かぶのは、純粋な好奇心と少しばかりの緊張。怯えも警戒心もなければ、敵意のかけらもない。

お下がりらしいだぼっとした白いシャツと茶色のズボン、赤いベストを着たそれは、ぺこんとお辞儀したかと思えばにぱっと人懐こい笑みを浮かべた。

「はじめまして。いちろー、です」

はいはじめましてー、とついつられて微笑み返してから、シェーナ・メイズははっと我に返った。

「な、なんなのこの可愛い生きモノ」

「だからな。〝使役魔獣〟なんだよ。オーカの」

いや使役魔獣って、と呻くシェーナ。

隣でラディアル・ガイルも困った顔つきでこりこりと髭のまばらな頬をかいている。

魔法使いが召喚する〝使役魔獣〟。

それは、異なる空間から呼び出した〝力〟の塊を入れ物に入れ、形を整えたモノ、である。

その姿かたちや能力は召喚主が作るので、比較的自由だ。

自由、なのだが。

「いっちゃん。お世話になってるシェーナ・メイズさん。メイお姉さまだよ」

「めいねーさま?」

「こっちの人はわかるよね?」

「うん。ししょー」

「そうそう」

よくできましたー、と木乃香に頭を撫でられて、くふ、と誇らしげに胸を張る人型の使役魔獣。

「……いやいや。何をどうやったらこんな使役魔獣ができるの」

何よりもコレはまず、小さい。小さすぎる。

そして庇護欲そそりまくりの幼い外見。立ち位置だけは常に召喚主である木乃香の前だったが、客観的にはどう見ても使役魔獣のほうが守られるべき存在だろう。

戦力どころか、盾にだってなりはしない。

しかも。

「しゃべってるし……」

ヒトの言葉を話す使役魔獣など、聞いたことがない。

研究機関、それも国内から優秀な魔法使いや奇人変人変わり種が集まるとされるここ、マゼンタの魔法研究所に籍を置いているシェーナでも、そうなのだ。

作ろうと思えば、可能かもしれない。

しかし、使役魔獣とは召喚主の手足となって働くモノという概念がある。

非力な魔法使いに代わって戦い、召喚主を守れるような戦闘能力を誇るモノが多く、そこにおしゃべりは必要ない。

召喚主と意思の疎通ができれば、むしろ命令を聞いてさえくれればいいのだ。限りある自分の魔法力で、わざわざ会話能力を付けようという物好きはいない。

その辺を、木乃香はラディアルから教わってはいた。〝大きい〟〝強い〟〝外見が怖い〟の三拍子揃って良い使役魔獣、というのが昨今のこの国の流行であるらしいことも。

第一号の使役魔獣を生み出した後に、ではあるが。

そういう意味では〝一郎〟は良い出来とは言えない使役魔獣なのだろう。

先輩魔法使いである彼らの微妙な反応を見ても、それは明らかだ。

しかし部屋に入らないほど大きくて無意味に強くて強面（こわもて）の僕（しもべ）を持ったところで、何が楽しいのか彼女にはさっぱりわからない。

そもそもこの世界よりも格段に治安がよく、魔獣のような大型危険生物も存在せず、戦争のような争い事とも縁遠い場所でぬくぬくと暮らしていた木乃香である。

戦場のど真ん中に落っこちたわけでも、いきなり身を守る必要に迫られたわけでもなし。

しかも事前にほとんどなんの説明もないままの召喚である。これで急に戦う使役魔獣などが出せたらただの戦闘狂か危険思想の持ち主か、もしくはもとの世界でその手の本やゲームを愛していた、異世界に順応性の高い人々だ。

「ええと、話し相手にでもなればいいなあと思いまして。なんとなく？」

そう。なんとなく。

彼女は、その直感に従ったまで、である。

魔法とは感性、別名〝なんとなく〟の感覚で使うもの。

天才肌の師匠のもとで、そんな当たらずとも遠からずな認識を植え付けられた木乃香は「やっとその感覚がわかった気がします」とむしろ得意げである。

別に、彼女に話し相手がいなかったわけではない。

ただ、研究所の研究員や従業員である彼らのそれぞれの仕事の邪魔をするわけにはいかず、むしろ積極的に話しかけてくるジント・オージャイトら〝流れ者〟研究の人々は、最近マシになってきたとはいえ質問ばかりで言葉のキャッチボールはできない。あれは会話というより尋問に近い。

だから好きなときに、変に気を張る必要もなく、ただ他愛のない話を聞いてくれる存在がいればいいなあ、と思ったのだ。あと、どうせ身近に置くなら可愛くて小さくて、外見でも癒されそうなのがなおいい、と。というようなことを大雑把に話すと、シェーナ・メイズは栗色の瞳をほんのりと潤ませてぎゅっと抱き着いてきた。

「寂しい思いをさせてごめんね！」

「ええっ？　別に、そういうことじゃなくて……っ」

どこの子供だ。

そう突っ込みながらも、そういえば迷子のようなものだったかもしれないと思い直す。

知らないうちに異世界に迷い込んで、帰る手立てもなく、しかしこちらの世界で生きる意味も意義も見出せない不安定な立場。

〝一郎〟は、彼女の作った彼女の使役魔獣であり、彼女なしには存在し得ないモノである。その彼がきゅ、と手を握ってくれるだけで、「このか」と本来の名前をきれいな発音で、嬉しそうに呼んでくれるだけで、足が地に着いたような、そんな心地になったのだ。

この世界をようやく受け入れることができたような。

あるいは、ようやくこの世界に受け入れられたような。

少なくとも、この小さな使役魔獣がいてくれるだけでほっこりして笑顔になれるのは確かだ。

ぎゅうぎゅう絞めてくるシェーナ・メイズの華奢な背中を困ったように撫でていると、くい、と彼女の服の裾を引っ張る気配がする。

見下ろせば、そこにいるのは彼女の愛すべき使役魔獣第一号。

彼なりに木乃香の境遇を思いやったのか、単に抱き着かれているのが羨ましかったのか。真っ赤などんぐり眼でじいいっとこちらを見上げてくる。

一郎は、もう片方の手でシェーナの魔法使い用のマントも握っていた。

期待を込めて見上げてくるつぶらな瞳に負けて、シェーナは、つい手を伸ばす。

さわさわと頭を撫でれば、一郎がぱああっと笑う。赤く柔らかい髪がふわふわと嬉しそうに揺らいだ。

つられてにっこりと笑い返してから、シェーナははっと我に返った。

急に顔を強張らせた彼女に、木乃香は少しだけ首をかしげる。

「……もしかして、お姉さま子供が苦手ですか？」

「そ、ういうわけじゃ」

「めいねーさま？」

少しばかり悲し気に、がっかりしたように見つめてくる無垢な瞳に、シェーナ・メイズはうっと息を詰まらせる。

それから少し後、ぽっと顔を赤らめて「ううう、負けた」と呻いた。

「……オーカ、この子触ってもいい？」

「？　もちろんいいですよ。抱っこしますか？」

あっさりと承諾し、にっこりと微笑む木乃香とその使役魔獣。

差し出されたもみじのような小さな手に、シェーナが今度は苦笑をもらした。

「………あのね、オーカ。普通、使役魔獣は召喚主以外には懐かないのよ」

そもそも彼らには感情がない。

少なくともない、というかいらないとされている。懐く懐かない以前の問題なのだ。

凶暴な使役魔獣になると、相手に敵意があろうがなかろうが近寄っただけで攻撃を加えようとする。それを頼もしいと評価する輩すらいる。

だから誰のであれ使役魔獣には近づくな、というのがこの世界での暗黙の了解となっていた。いかにも無害な外見につられてつい頭を撫でてしまったシェーナは、途中でそんな常識をようやく思い出したのだ。

これが罠なら、実に恐ろしい使役魔獣である。

ちなみに、自分の使役魔獣を他人に自慢はしても、あえて触らせようとする魔法使いもいない。

木乃香に説明すれば、理解できないという風に眉をひそめた。

「誰彼構わず襲うのって、単なる躾(しつけ)の問題じゃ？」

「躾!? う、うーん……むしろ使役魔獣の存在意義の問題かしらね」

「めいねーさま」

甘い声が微妙にすれ違う会話に割って入る。

抱っこをねだられているとしか思えないきらきらしたどんぐり眼に逆らえず、シェーナは両手をのばして木乃香から彼女の使役魔獣を受け取る。

一郎は「わあい」と歓声を上げて、ふくふくとしたほんのりと温かい腕で彼女の細い肩に縋(すが)りついてきた。

「……いいかもしれない」

「そうでしょう？」

どうやら、一郎の癒し効果はシェーナ・メイズにもばっちり有効らしい。

得意げな彼女ととってもご満悦な笑顔の赤い使役魔獣に、シェーナもにっこりと笑い返した。

そして、彼女は笑顔のままで後ろを振り返る。

「……で。ラディアル・ガイル王立魔法研究所所長さま？」

「…………ハイ、ナンデショウ」

低い声にびくりとラディアルの肩が波打った。

「あなた、オーカの師のくせに、ほとんど何も説明してないんでしょう」

そうでなければ、最初からこんな意外性満載の使役魔獣、できるはずがないのだ。

こちらの魔法に疎い〝流れ者〟であれば、なおさらだ。

彼は、何も知らない彼女に召喚陣の基礎を描いて寄越しただけ。

シェーナは自身が魔法陣を使用した魔法の使い手であるだけでなく、過去の魔法陣や結界を解読することを研究材料としている。木乃香がそうだったように、陣の痕跡もある程度は見ることができる。

だからこそ、彼女にはラディアル・ガイルの監督不行き届きぶりが目に見えるようだった。

おそらくその辺まで痕跡から読み取ってしまえる彼女だからこそ、彼女を召喚現場に招いたのだろう。

自分に対する説明まで省こうとしているのが見え見えで、非常に腹立たしい。

生まれてまもない使役魔獣と一緒にじいいっと穴が開くほど見つめてやれば、その視線はふいと気まずげに逸らされる。

「い、いやあのな。説明しようと、思ったんだが」

「だが？」

「途中からオーカは自分で組み立て始めてな。ここは邪魔しないでおこうと」

「組み立て始めるまで、説明しなかったと」

「……いやそれは」

「しなかったと」

「……あ、ああ」

だんだんと声が低くなるが、恐ろしいことにシェーナは笑顔のままだ。

「半分、面白がってたんでしょう」

「…………」

ラディアル自らが、基礎だけとはいえ私用以外の召喚陣を敷いてみせるくらいだ。彼は弟子に召喚魔法の素養があると察したのだろう。

「まさか、最初から成功するとは思わなくてな」

ラディアルのこんな無責任な言い訳も、まあ理解できないわけではない。

しかし、そうですねと苦笑しながら納得できるほど、木乃香の潜在的な魔法力は低くない。

「できた使役魔獣がこんな可愛いコだからよかったものの。とんでもないのが出てきたらどうするつもりだったんです」

「……………」

召喚間際、それで一瞬焦ったことは絶対に言えない。

いや、今でもじゅうぶんとんでもない。

召喚は成功、注がれた木乃香の魔法力が漏れた形跡もないのに、あの膨大な力はいったいこの小さな使役魔獣のどこに入ってしまったのだろうか。

言葉を話す。身体をわざと小さくする。それだけで相当の魔法力を消費しているが、まだまだ余剰はあったはずだ。

いろいろ疑問や問題点はある。むしろ山積みである。

シェーナ・メイズははあ、と大きくため息をついた。

「とりあえず、さしあたっての問題は、ここが研究所で、研究者がたくさんいるってこと」

「あっ」

「ああー、それもあったか」

木乃香の顔から血の気が失せ、ラディアルが遠い目をする。

「物珍しいものは即、研究対象だな」

ラディアルやシェーナでさえ、彼女の作り上げた陣や使役魔獣には興味が湧いてしまう。研究対象としている者たちにとっては、なおさらだ。

ストーカー被害、再びである。

◇◆◇

ところは食堂。

大人用の椅子に腰かければ顔がかろうじてテーブルから飛び出るサイズの小さな使役魔獣〝一郎〟は、それでもお行儀よくちょこんとそこに座り、ぱくんぱくんとオムレツをほおばっていた。

「イチローちゃん、おいしいかい？」

「ん」

むぐむぐと口を動かしていた一郎は、口の中の物をごっくんと飲み込んでから、こっくりと頷いた。

この使役魔獣、使役魔獣のくせに反応が少しばかり鈍い。

形を与えられて間もなくで慣れていないせいなのか、のんびりやさんなだけなのか。単に遅いというよりは、ひとつひとつの動作を丁寧にこなしている印象だ。

なので使役魔獣のくせにひとつも怖いところがなく、礼儀正しく、しかもなんでも美味しそうに食べる一郎に、すでに厨房のゼルマおばさんはデレデレだった。

「イチローちゃんは、何がいちばん好き？」

「このかのつくった、ちーずおむれつ！」

オムレツのようなふわとろ笑顔である。

ゼルマおばさんも、まったりと見守っていた厨房手伝いのお姉さんやシェーナら女性研究者たち、もちろん召喚主の木乃香までがつられるようにしてとろんとした笑顔になった。

本来使役魔獣は、ヒトのように口から食物を食べたり水分を摂ったりする必要はない。

召喚主の魔法力さえあれば生きていられる。だからたとえ口に入れたとしても、それによって使役魔獣が強くなったり、大きく成長したりすることはないのだ。

つまり〝一郎〟がわざわざ食堂に来て食事をする必要はないのだが。

この笑顔が見たいがために木乃香はついオムレツでもなんでも作ってあげたくなるし、ゼルマおばさんはどこからか貴重な甘いお菓子や瑞々しい果物を出してきてしまうのだった。

研究所産の風変わりな使役魔獣ということで、どんな恐ろしくもはた迷惑な能力がと怯えられていたのは、実物を見るまでの非常に短い期間だった。

シェーナ・メイズが怖くないと説明して回ってくれたこともあり、無害そうな、そして実際無害な使役魔獣に、可愛いモノ好きや母性本能やら庇護欲やらをくすぐられまくった女性陣があっという間に陥落した。

実はこれ、シェーナの作戦でもある。

彼女たち『一郎を愛でる会』が常に取り巻くことで、無粋で無遠慮な研究者たちが簡単に木乃香たちに近づけないようにしたのだ。

辺境の地のさらに端っこに位置する、女性の少ない施設である。女性たちの連帯感といざというときの団結力は侮れない。

もともと〝流れ者〟である木乃香の置かれた状況に同情的だったこともあり、彼女たちはすすんで、むしろ嬉々として防波堤となってくれていた。

違う意味で騒がしいといえば騒がしいが、おかげで前回のように部屋から一歩も出られないような事態は免れている。

師であるラディアル・ガイルが「おれになんの断りもなくウチの弟子に勝手に手出すんじゃねえぞ」とけん制していることもあり、むしろ拍子抜けするほど平和だった。

——表向きは。


ふと、一郎が食事の手を止める。

そしてゆっくりと、自分の座る椅子の足元へと視線を落とす。

まるで添え物のゆで野菜を落としちゃった、とでもいうように。何も、落ちてはいないのに。

「だめだよ」

感情が追い付いてこないような平坦な口調でそう呟いたのと、シェーナ・メイズがまさにその床部分をげしっと足蹴(あしげ)にしたのは、ほとんど同時だった。

「どうかしましたか?」

使役魔獣の様子よりも足音にびっくりしたらしい木乃香が瞬きする。

そして、彼女の使役魔獣も不思議そうにシェーナを見上げていた。

「いま、そこ……〝魔法陣〟ができかけてたわ」

「えっ」

「たぶん〝転送陣〟ね。誰かの使役魔獣でも送り込もうとしたんじゃないの?」

真正面から木乃香に突撃してくる研究者は以前よりも減った。

しかし使役魔獣の一郎を召喚してからというもの、こんな風に魔法や使役魔獣をぶつけられるこ

とが増えた。彼らにしてみれば力試しのつもりらしい。

「勝負しろ！」と申し込んでくる者はまだいいほうで、今のように不意打ちで、気付かれないよう巧妙に仕掛けてくる場合もある。むしろ、そっちのほうが多い。

もちろん研究所の長であるラディアル・ガイルは認めていない。しかし新しい魔法や使役魔獣が出来上がったときのこの手の勝負事は実はあまり珍しくもないそうで、本人たちも悪いと思っていないから余計に厄介だ。

ばれたら所長に大目玉だが、ばれなきゃいいやと思っているふしもある。上が上なら下も下ということだろう。

「食堂で仕掛けてくるなんて。随分焦れてきてるのかしらね」

「向こう見ずなだけじゃない？」

「ここでの迷惑行為はご法度なのにね」

食堂においてむやみに魔法を使ってはいけない理由は簡単。食事を提供してくれる場を壊せばみんなが困るからだ。

そして研究棟をのぞけば、この施設でいちばん魔法が使われている場所が食堂と厨房である。火薬の置き場所が火気厳禁であるのと一緒で、下手な魔法や仕掛けを持ち込んで何か起きる可能性も否定はできない。

シェーナ・メイズと研究仲間のお姉さま方がほくそ笑む。

「お仕置きでしょうこれは」

「お仕置きよね」

「こんなことする考え無しは、だいたい見当がつくんだけど……残念ね。尻尾をつかむ前に逃げられたわ」

「メイ、分からないの？」

「特定する前に跡形もなく消されちゃったのよ。こういうのだけは上手いのよね」

研究職じゃなくて諜報部か殺し屋のほうが向いてるんじゃないの。

忌々し気にシェーナ・メイズが呟く傍らで、木乃香が自分の使役魔獣をのぞき込んだ。

「いっちゃん、誰か来てたの？」

「うん」

え、と痛いほどの視線がふたりに集中する。

「誰だったの？」

「くさ」

「………〝くさ〟？」

「うん」

こっくり頷く使役魔獣。

それはなんだと首をかしげれば、とある魔法使いの使役魔獣の名前なのだという。

「シェブロンのところの〝草〟ねえ。まったく予想通りで呆れるんだけど」

食堂を荒らそうとする馬鹿は出禁だ、と目を吊り上げて怒るゼルマおばさんと手伝いの娘さん、

厨房から顔を出した旦那さんに同意を示しながらも、シェーナの顔つきは微妙だ。

「……イチロー、あなたまさか、魔法陣の痕跡がわかるの？」

「ううん」

一郎はふるふる、と首を横に振る。

「おなじ、しえきまじゅう、だからわかるの」

「いっちゃん、他の使役魔獣とも仲良しになったって言ってたね」

「うん。きたよ、ってくさがいってた」

主の言葉に、にぱっと笑って頷く使役魔獣。

ちょっと待て、と主に研究職の面々が内心で突っ込みを入れた。

「な、なかよしって……」

「このかとぼくをつかまえる、っていったから、だめ、っていった」

このときばかりはむう、と口をへの字に曲げてみせる子鬼の姿をした使役魔獣。

機嫌を損ねていることはわかるものの、全然怖くない。

むしろ、これはこれで愛嬌がある。実際、木乃香と魔法使いではないゼルマおばさんをはじめとする面々は、「ああー怖かったねえ。頑張ったねえ」とにこにこでれでれしながら彼の頭を撫でたりしている。

まさか、とシェーナ・メイズが呟く。

転送陣を察知し、彼女が壊すつもりで足蹴にした頃には陣はとっくに消えた後だった。てっきり犯人が勘付いて取り消したのだと思ったから、逃げ足の速い奴め、と忌々しく思ったのだが。

「い、イチロー？　もしかして、あなたがダメって言ったから〝草〟は逃げてった……の？」

「うん」

そんな馬鹿な。

それが使役魔獣を知る魔法使いたち共通の意見だった。

使役魔獣は召喚した主の命令しか聞かないし、そもそも主以外と意思疎通もできない。

そのはずの使役魔獣が、他人の使役魔獣と仲良くなり、しかも戦いもせず追い払ったなど有り得ない。

どう考えてもおかしいはずなのに、その召喚主は「いっちゃんすごいねー」とにこにこ赤い頭を撫でているし、使役魔獣は褒められて「えへへー」とこちらも照れたようにはにかんでいる。まったくもって平常運転であった。

が、ふと木乃香の顔が曇る。

「……でも、皆さんに、迷惑かかってますね」

「え、わたしたち、そんな迷惑だなんて思ってないわよ？　悪いのは見境のない研究馬鹿と戦闘馬鹿だし」

「でも、いつまでも守ってもらうわけにはいかないでしょう」

「それは、そうかもしれないけど……」

シェーナ・メイズらだってここの研究所に籍を置く研究者なのだ。仕事が一段落しているからこそこうして近くで目を光らせてくれてはいるが、甘えてばかりもいられない。

「使役魔獣だけなら、いっちゃんが何とかできるんですけどねえ……」

「…………」

他人様の使役魔獣をどうにかできるだけでもじゅうぶんすごい、という自覚が、イマイチこの世間知らずの〝流れ者〟には足りない。

というか本当の本当に、他人の使役魔獣を抑えることができるのだろうか。

嘘をついているようには見えないが、かといって前代未聞の珍事である。いまだに半信半疑のシェーナが言葉を濁している間に、無自覚の召喚主はよし、と手を打った。

「お師匠様に相談してみます。それで、なんか作ってみますね」

相談するという選択肢を選んだだけ、ひとり内で考え込むよりはまだいい。

しかし彼女の言う「作る」とは、もちろんオムレツでもカレーでもない。使役魔獣である。

どうやら前回の召喚で少しコツをつかんだらしかった。ひとつの魔法もできないと悩んでいた以前に比べれば、その目にはいちおうの自信が見える。

ちなみにその後もいろいろと試してはみたのだが、やはり彼女が使えたのは召喚術だけだった。

師ラディアル・ガイルは「落ち着いたら、あー、その、もうちょっと普通の使役魔獣を召喚してみろ」と彼女に勧めていた。

しかしそれを言ったラディアルも、彼に状況を吐かせたシェーナ・メイズも、こんなに早く木乃香自らそれを言い出すとは思っていなかった。

周囲の反応がどうであれ、最初の使役魔獣に彼女が満足しているのは知っていたし、なによりその召喚に費やした彼女の魔法力は膨大だったのだ。一郎を消さずに四六時中傍らに置いているだけでもそれなりの魔法力は使うので、とても次の使役魔獣をすぐに召喚するのは無理だと思われていたのだが。

周囲の心配をよそに、さっそく師匠を訪ねた木乃香は、彼の助けをもらってさっそく第二の使役魔獣を召喚した。

「で。コレはなんなんだ?」

呆れ三割興味が六割、あとの一割が「もうどうにでもなれ」という悟りの心境でラディアル・ガイルが弟子に問いかける。

その隣でシェーナ・メイズも「何このちっさいの」と呟いていた。

「使役魔獣の〝二郎〟こと、じろちゃんです」

視線を落とした先には、ころっとした黒い物体がいる。

ふさふさつやつやの短い黒毛に覆われた、片手で抱え上げられるほど小さな体。

ぽってりと太く短い四本の脚。

先端だけがほんのりと白い、三角耳。

ぴこぴこと忙しなく揺れる丸い房飾りのような短い尻尾。

主の声に重なるようにして、ソレは元気に吠える。

わん、と。

「番犬をイメージしてみたんですけど……」

「イヌ？　小さすぎないか」

「子犬ですから」

「コイヌ、でも小さいだろう。使役魔獣なら」

「え、そうですか？」

「……」

「……？」

礼儀正しい〝一郎〟と違い、使役魔獣第二号はとにかく騒がしかった。

ただただ主である木乃香を見上げ、何かを訴えるようにわんわんと全身で吠えまくっている。小さな体のどこにそんな体力があるのか、鳴きやむ気配もない。

傍らで、先輩である一郎が小さな手でよしよしどうどう、と背を撫でてやっていた。

小さいので、一心不乱に鳴いて吠えてもそんなに迫力はない。

が、続けば耳障りには違いない。

召喚した木乃香ですら、困ったように〝二郎〟を見下ろしていた。

「……それで、なんでコイツは騒いでるんだ？」

吠えるからといって、何かが起きるわけではない。ただただ、この子犬は吠えているだけだ。

「魔法探知犬、なんですけど」

「……はあ？」

「なんでこうなったんでしょう？」

魔法の発動、もしくはその気配を察知して吠えて警告してくれる使役魔獣。木乃香はそれを召喚した。

いまも、そこ此処にこんな仕掛けが、魔法が、と彼は一生懸命に教えてくれているのだ。ただしその量が多すぎて、教えられている木乃香もめまいを覚えるほどだった。

そんな特殊能力を説明された師ラディアル・ガイルは、がっくりと肩を落とした。

「あのなあ。ここは魔法研究所だぞ。魔法なんてあちこちに転がっている。コイツが騒ぎ続けるのは当たり前だ」

「あ。そうか……」

まず、魔法の暴発から建物を守るために、研究棟には生活棟よりも強固な防御魔法が張り巡らされている。

それぞれの研究室では日夜魔法の研究がなされており、もちろん魔法の試し打ちなどは日常茶飯事だ。いまいるラディアル・ガイルの研究部屋だって作りかけの召喚陣があり、壁には召喚した武器が並んでいる。

魔法が込められた書物や道具も、その辺のガラクタの山に腐るほど――実際もう腐っているかもしれないが――潜んでいるのだ。

そもそも、向けられた魔法に対抗する使役魔獣を作るという話だったのに、どうして魔法探知になったのか。探知したところで、防げなければなんにもならないだろうに。

「うう。めちゃくちゃ可愛いのにもったいない……」

シェーナ・メイズが呻く。

「オーカ。これは失敗だ。残念だが……」

やり直したほうがいい。そうラディアルが言いかけたときだ。


「じろちゃん」

すっとしゃがみこんだ木乃香は、それでも視線が合わないほどに小さい使役魔獣に話しかけた。

黒い頭の上にぽすっと手を乗せる。

すると二郎は「わふ」と少し不満げに小さく鳴いてから、後ろ足を曲げてちょこんとそこにお座りした。いままでの落ち着きのなさが嘘のように大人しくなる。

まだ待てだよ、と頭を押さえたまま、木乃香は口を開いた。

「じろちゃん、ごめんね。大変だったでしょう」

小さな子供に言って聞かせるように、彼女は言う。

少なくとも、このときはただ言っているだけのように、見えた。

「ありがとうね。でも、全ての魔法を教えてくれなくてもいいよ。えーと……じろちゃんたちとかわたしとか、あとはお姉さま方とか、わたしの味方の人たちが危ないな、とか迷惑だな、と思った魔法だけ教えてくれる？」

できる？　と首をかしげる召喚主。

そのとき、すでに消えたはずの〝二郎〟の召喚陣が彼の足元に再び現れた。

「……は？」

ラディアル・ガイルが目を見開いた。

魔法使いたちの目の前で、召喚陣の一部が書き換えられる。

ぼんやりと光る文様が再び跡形もなく消えた頃、黒い子犬はぴこぴこ、と左右に毛糸玉のような尻尾を振った。

できる、と言うようにふさふさの小さな胸まで張って。

「わん」

それはたったひと声だった。

あれだけ騒がしいと思っていたイヌの鳴き声に、なぜかラディアルはほっとする。そう簡単に変えられないよなあ、と。

床に見えた召喚陣らしきモノもきっと見間違いだ、そうに違いない。

あまりの規格外続きに、さすがの彼も現実逃避しようとした。

が、それは当の規格外な弟子と使役魔獣が許さない。

木乃香は二郎に向かって「ええっ」と声を上げた。

「盗聴？　そんな魔法まであるの⁉」

「わん」

ふんふんと鼻をひくつかせ、こっちだよと言いたげに山のひとつに向かって二郎は吠える。

そして魔法の種類、その正確な位置。

さらには魔法を仕掛けた時期——木乃香がラディアルの弟子になってからだった——とその犯人——正確には、盗聴した声を聞いていると思われる部屋——まで暴いてみせたのだ。

盗聴魔法が仕掛けられているらしいとある木箱に向かって、健気にわんわんと吠えている子犬型使役魔獣の後に続こうと、木乃香が足を踏み出したときである。

かくん、と膝が折れた。

「……………あ。あれ？」

そして比喩ではなく目の前が真っ暗になり、ひどいめまいに襲われて思わずぎゅっと目を閉じる。

「おっと」

「オーカ⁉」

そのまま前のめりに傾い（かし）だ彼女の身体を支えたのは、ラディアル・ガイル。

腕一本で弟子の身体を押し留めた彼は、もう一本の腕を膝裏に通すとすくい上げるように彼女を抱き上げた。

大きな大きな、ため息混じりに。

「まあ、こうなるよな」

「……………お、ししょ、さ」

「しゃべらなくていい。いいから寝とけ。眠いだろう」

「は………」

「大丈夫だ、寝れば治る。あとで説明してやるからな」

小さな子供に言い聞かせるようにしてできる限り穏やかに告げれば、木乃香は無理にこじあけようとしていた目を大人しく閉じた。安心したように。

シェーナが心配げにのぞき込む。

「まさか、オーカ……」

「ああ。完璧に魔法力の使いすぎだ。部屋連れてって休ませるぞ」

なにしろラディアルの研究室はヒトが休めるような環境ではないし、そもそも盗聴魔法がいまだに仕掛けられたままになっているのだ。話などできるはずがない。

なんとなく、いつかはこうなるような予感はしたんだよな。

木乃香に与えた部屋のベッドに彼女を寝かせてから、ラディアル・ガイルは呻いた。まったくこの弟子は、と。

「所長？　いちおう、聞いてみるんですけど。教えました？」

「教えるわけないだろうが。あんな変則技」

シェーナ・メイズが確認したのは、魔法に関する基礎知識の話ではない。

使役魔獣を召喚した、その後からの召喚陣書き換えである。

できるかできないかで言えば、できる。

現にあっさりと——それはそれで問題だが——木乃香はやってのけていた。

だが、魔法使いの中でもできると知っている者は少ないだろう。それくらいに誰もやらない非常に珍しい技でもあった。

この場に召喚術の研究者と魔法陣の研究者が揃ってはいるが、彼らだって文献で読んだことがあるだけで、実際目にしたのはこれが初めてだ。

なぜならこの書き換え、とにかく効率が悪い。

手順そのものは簡単。召喚した使役魔獣を置いて変更前の召喚陣を描き、その後に変更後のそれをはっきりと描き直すだけである。

しかし一度消してしまった召喚陣を寸分違(たが)わず復元し、完成していたソレを壊すことなく部分的にただ変える、というのは非常に難しい。

そして、作業のひとつひとつに術者の魔法力をこれでもかと大量に使う。似たようなモノを新しく召喚し直したほうがはるかに簡単で楽なのだ。

木乃香にはそれだけの魔法力が備わっていた。それ自体は別に構わないし、〝流れ者〟ならばもっと驚異的な魔法力を誇るものだってザラにいる。あの〝虚空の魔法使い〟ヨーダだってそうだ。

問題は、彼女に魔法力を使っているという自覚が薄いことである。

魔法力は、体力に似ている。

走れば身体が疲れるのと一緒で、魔法を使っても同じように身体は疲れる。身体を休めれば、ちゃんと回復もする。

この「疲れた」という感覚が、彼女は魔法力に限って鈍いらしい。

というか、魔法力を使うということ自体、召喚術を成功させた後になっても、よくわかっていない様子だった。

それでどうして召喚できたのか謎だが、まあ彼女は〝流れ者〟だ。そんなこともあるのだろう。

現状、そう考えるしかない。

まったく分からないわけではなさそうだが、極めて鈍感。自分の持つ魔法力の大きさも、実際に使っている量も把握しないまま、ばかすか無駄遣いしている。

疲れたと自覚できれば足をゆるめるなり立ち止まって休むなりできるのに、力尽きて倒れるまで全力疾走をやめられない。

いや、そもそも自分で全力疾走しているのか歩いているのか、それすらもわかっていない。例えるなら、彼女はそんな状態だ。

今回のようにいつどんな大ワザを使って勝手に倒れているか、わかったものではない。

「常識はおいおい教えるとして……教えて鍛えてどうにかなるものなのか、この鈍さは？」

途方に暮れたようなラディアル・ガイルのぼやきに、シェーナ・メイズも答えることができなかった。

本来なら自分でわかるはずの感覚なのだから。


はあああ、とため息をついて額に手を当てる。

ふと見れば、頭痛の種のひとつである使役魔獣たちが、主の周りでおろおろしていた。

つま先立ちになり心配そうに寝台をのぞき込む赤毛の人型使役魔獣と、枕元でふんふんと彼女に鼻面を押し付けては労わるようにぺろぺろと頬を舐める黒毛の犬型使役魔獣。

いっそ、召喚主の意識がなくなった時点で消えてしまうような脆弱(ぜいじゃく)な使役魔獣だったならば、余計な心配もしなくて済んだのに。

この使役魔獣たちは、そういうところは実にしっかりと作られていた。

詳しく教えたわけでもないのにこの完成度。扱う魔法力には鈍感なくせに、である。

なにやら末恐ろしいような気がするが、さしあたっての問題がある。

召喚主の魔法力で動く使役魔獣は、存在している限りはずっと魔法力を供給しなければならない存在だ。

それを無駄と考える魔法使いは、必要なときに召喚し用が済めば消してしまう。言葉は悪いが、使い捨てである。召喚陣を書き換えるより新しく書き直す魔法使いが多いのには、そういう理由もある。

いま、この小さいながらも膨大な魔法力を消費して生まれた使役魔獣たちを消せば、木乃香はより早く回復することができるだろう。

相手は戦闘能力をまるで持たない使役魔獣たちだ。

ラディアルが攻撃して消し去ることは簡単だ、が。

「消す……わけにはいかないんだろうなあ」

「当たり前でしょ！」

一緒になってベッドの側に膝をつき、慰めるように一郎の赤毛をさわさわと撫でていたシェーナ・メイズがきっと彼をにらんだ。

本来なら他人の使役魔獣に触れるなど、自殺行為である。まして今は使役魔獣を制御できる召喚主も意識がない。

が、ここ数日で彼女はその非常識にもすっかり慣れてしまったらしかった。

ラディアルもまた、寂し気にこちらと木乃香を交互に眺める極めて大人しく無抵抗の小さな存在を葬り去るのは、さすがにいい気分ではない。

いま現在多大な迷惑を被っているとか、召喚主であり保護すべき弟子である木乃香が死に瀕しているとかならともかく、だ。

「……イチロー、ジロー」

主に呼ばれたわけでもないのに、ぴくんと反応する使役魔獣たち。

ちょっとこっちに来い、と手招きすれば、主を気にしながらも素直にラディアルの足元にとことこと寄ってくる。

よその使役魔獣に無邪気に寄り付かれる。そんな未知の体験に奇妙な気分を味わいながらも、彼は長い足を折って彼らに目線を近づけた。

この様子なら試してみる価値はあるだろう。

「お前らの主であるオーカが倒れたのはなぜか、お前らはわかっているな」

神妙な顔つきで一郎がこっくりと首を縦に動かせば、二郎はちろちろと控えめな動きで左右に尻尾を振る。

赤毛の小さな子供と黒毛の小動物の前にしゃがみこんで、彼らに何事か諭そうとしている黒ずくめの大男。それも小さいモノ可愛いモノとはまったく縁のなさそうな、国内有数の強面上級魔法使いラディアル・ガイルの図は、なかなか異様であった。

一郎の横で同じように聞いていたシェーナでさえ、一瞬だが微妙な顔つきをしてしまうほどの。

ともあれ、本人たちはいたって真面目だ。

「死ぬわけじゃない。だがこの様子だと、何日かは寝込むことになるだろう——お前らがいればな」

こくんと首を縦にふる一郎に、ちろりと尻尾を振る二郎。

召喚主以外の言葉でも、彼らはやはりちゃんと理解できているらしい。

そんな使役魔獣たちだからこそ、彼は言う。

「お前ら、おれに〝封印〟されてくれないか」と。

木乃香は現在死んだように眠っているが、放っておいても死にはしないだろう。ある程度魔法力が回復すれば、自然と目覚めるはずだ。

しかしその間眠ったまま、飲まず食わずでいるわけで、当然体力は落ちる。それもあって、元通りになるにはさらに数日を要することになる。

「〝封印〟することで、お前らにオーカの魔法力が流れていくのを止めようと思うんだ。それでオーカの許可もなくオーカの使役魔獣であるお前らを消さなくて済むし、オーカの魔法力もより早く回復できる。お前らにしても、そのほうがいいだろう？」

やはりこくんと首を縦に振る一郎に、ちろりと尻尾を振る二郎。

こちらの世界産のせいか、主人の木乃香よりも飲み込みが早いような気さえする。

〝封印〟とは使役魔獣の動きを封じる、つまりは使役魔獣に流れていく魔法力を止める術だ。

電池を抜いた電動おもちゃと同じで、魔法力を絶たれると使役魔獣は動けない。しかし存在はそのまま消えることはない。もちろん封印を解けば、また動けるようになる。

ラディアル・ガイルの研究室の壁にかけられた多数の召喚武器は、それが施されている。いくら彼が優秀な魔法使いでも、あれだけの数に魔法力を注ぎ続けていれば、身体がもたず研究どころではない。

「オーカの目が覚めたら、封印術も教えないとだめだな。とりあえずおれので我慢してくれるか」

彼が使役魔獣にわざわざ言い聞かせているのには、理由がある。

ラディアル・ガイルであっても、他人の使役魔獣を相手に〝封印〟を施したことなどないからだ。

敵対した相手の使役魔獣を止めたいならば、使役魔獣を攻撃して消してしまえばいい。〝封印〟

などというまどろっこしい技は必要ないのだ。

術の間は、じっとしてもらわなければならないというのもある。

そして、それらを理解した上で——理解、しているのだと思う——一郎はこっくりと強く頷き、二郎はぶんぶんと少し強めに尻尾を動かしたのだった。


後日。

たっぷりと眠った木乃香がすっきりと目覚め、保護者たちに「勝手にお気軽になんでもやらかすな」とお説教を受けた後。

必要に迫られた形で、〝封印〟を身に着けた。

しかし、魔法力の加減のほうはとんと身に付かず、彼女はそれから何度も倒れることになる。

「ああーっもう、またか！　お前らは〝はうす〟!!」

それは、木乃香が作り出した〝封印〟の呪文だ。

それを唱えれば、木乃香の使役魔獣たちはぽんぽんと音を立てて消えていく。正確には、彼女の部屋にある彼らの〝寝床〟に戻って寝る。

そしてこの呪文、主である木乃香と、やたらと彼女の使役魔獣に懐かれたラディアル・ガイルが唱えることで効果を発揮するモノとなった。

弟子とその小さな仲間たち相手に悪戦苦闘するラディアルを見たとある研究所の職員は、しみじみ呟いたという。

なんか所長、急に所帯じみてきたよね、と。

——ちなみに、盗聴魔法が仕掛けられていた件だが。

「ほーう。所長サマの研究室に盗聴魔法を仕掛けるとは、実にいい度胸だなおい」

地を這うような声で呟いたラディアル・ガイルは、ニヤリと真っ黒な笑みを口元に浮かべ。

そして。

「このおれを出し抜くとはなかなか見事だ、いやあスゴイ見どころがあるぞー」

と褒め言葉という名の圧力をかけ。

さらに。

「世の中、やっていいことと悪いことがあるだろう。な？」

と説教という名の脅しまでかけた。

のちに。〝流れ者〟に対するあくなき探求心と好奇心に負けた、ある意味非常に研究員らしい哀れな魔法使い研究員は、「その隠密能力をフルに使ってこい」と王城の諜報部に異動という名の研究所追放を言い渡されたのだった。

◇◆◇

「ホンモノの使役魔獣ってのを見せてやるよ！」

不敵な笑みを浮かべてそう木乃香に言い放ったのは、声変わりもまだの高い少年の声。

魔法使い見習いにして召喚魔法の使い手、クセナ・リアンであった。

続けて彼がぴゅいっと指笛を鳴らせば、どこからか「きしゃーっ」いう雄叫び（おたけび）と、ばっさばっさという羽音が聞こえてくる。

程なく現れたのは全身真紅のドラゴン。

「るびい、だー」

召喚主より先に使役魔獣の名前を言い当てて、一郎はにっこりと笑う。隣の二郎も、警戒心のかけらも見せずにちろちろと尻尾を振っている。

その様子を見て、木乃香は内心でほっと胸をなでおろした。どうやら外見の迫力とは違って良い使役魔獣のようだ。

ここフローライド王国では、魔法が使えるとはいっても簡単に〝魔法使い〟と名乗れるわけではない。

言ってみれば国家資格である。指定の魔法学校に通い卒業するか、一定階級以上の魔法使いのもとに弟子入りして認定試験を受け合格しなければ〝魔法使い〟にはなれない。

〝魔法使い〟でなければ魔法を使ってはならないという決まりはないが、肩書があるのと無いのとではその信用度は大きく変わってくる。フローライドで少しでも魔法を使って生計を立てようと思うなら、必要な資格と言えるだろう。

クセナ・リアンは、魔法使いを目指す近所の少年である。

近所、とはいっても歩いて半日以上かかる集落なのだが、王都付近や主要都市に集中していると いう魔法学校よりは格段に近い。そして、学費がほとんどかからない。

その代わり誰でも受け入れてくれるわけではないし、学校に通うほど広く知識が学べるわけでも ないし、あるいは付いた師によっては雑用ばかり押し付けられて何も教えてもらえない場合だって ある。

幸い、クセナ少年の師である魔法使いは、弟子の面倒を見る甲斐性はあったらしい。もともとの 素質はあるのだろうが、彼の年齢からみてもこれだけの大きさを持つ使役魔獣を召喚できるのはす ごいこと、なのだそうだ。

自分で試行錯誤を繰り返し、彼がこの赤いドラゴンを召喚したのは二か月ほど前。それからずっ と傍に置いていた。彼は現在、このドラゴンに乗って家から研究所に通っている。

そう、ずっと。研究所にいても、家に帰っても、ずっと一緒である。彼が召喚陣ではなく指笛で 使役魔獣を呼んだのは、そういうわけだ。

家族や周りの人に迷惑をかけない。周りの物を何でも壊さない。これを両親から固く誓わされた クセナは、なんとこれをちゃんと守れているらしい。

それどころか、まだ幼い弟妹たちの面倒をクセナと一緒に見たり、集落に入り込んだ小さな魔獣 や害獣などを追っ払ったりと、むしろけっこう役立っているようだ。

それでそのクセナ・リアンの使役魔獣・ルビィだが。

羽のある種類の恐竜をもう少しトカゲかワニ寄りにしたような外見。その背には身体の倍はあろうかというコウモリに似た翼が広がっている。そしてそれらは全て鮮やかな赤色をしていた。荒野の強い日差しの下ではきらきらと輝いて見えるが、少々暑苦しい見た目でもある。

そして隣の召喚主を砂埃で真っ白にするほど威勢がよかった。

「おいこらルビィ！　もうちょっと離れて着地しろって！」

叱られてルビィと呼ばれたドラゴンはしゅうん、と大きな翼を縮こまらせた。

主に向かって頭を下げ「くるる」とか細く鳴く。

「ごめん、ていってる」

一郎が通訳をしてくれたが、それくらいは木乃香にだって態度でわかる。

ペットは飼い主に似るというが、この使役魔獣はまさしくそれだ。

あり余る元気といい、人懐こさといい、興味津々といった風で木乃香たちをきょときょとと見つめる赤い瞳といい。図体は大きいが、召喚主そっくりである。

ルビィは、口から炎を吐きだすドラゴンだ。本気で炎を吐けば半径十数メートルほどは軽く炭化できるし、背中にクセナを乗せてもけっこうな速さで飛ぶことができる、らしい。

かつての〝流れ者〟の影響でもあるのか、もとの世界でも彼くらいの年頃の少年たちが喜びそうな、いかにもな姿形をした王道であった。

使役魔獣に、決まった形はない。

使役魔獣をどんな姿形にするかは魔法使い次第。人型であったり獣型であったり、どこかで見たことのある生き物であったり未知の化物(ばけもの)であったりと、ひとつとして同じモノはない。が、クセナ少年が「ホンモノ」と豪語したくなるのもうなずける。

召喚できた時点で使役魔獣は全部〝本物〟なのだが、木乃香の使役魔獣は「使役魔獣？」と周囲に首をかしげられるようなモノなのだから。

なるほどなあ、と木乃香は自らの使役魔獣たちと一緒にクセナの使役魔獣を眺めた。

姿形はともかく、口から炎を吐きだす使役魔獣はそう珍しいモノでもない。

地・水・火・風に属する魔法は、一般的に扱いやすく、使える適性を持つ者も多いのだという。

クセナ少年も、ドラゴンが火を吐くことこそ自慢したいらしかった。

こんな暑いカラカラに乾いた場所で火力を自慢されても、申し訳ないが木乃香は素直に感心できない。少ない樹木や乾いた土を焼いてなんの得があるのやらとつい考えてしまう。

この辺で火をおこして喜ばれるのは、厨房のかまどくらいではなかろうか。

むしろ歩いて往復丸一日以上はかかる実家と研究所の間を、使役魔獣に乗って日帰りで楽々通っていることのほうがすごいと思うのだが。

よくできた使役魔獣の判断基準は、大きい、強い、見た目が怖いの三点らしいので、ただ背中に乗せて飛べるだけでは評価されにくいのだろう。

評価されにくいという点では、木乃香の使役魔獣たちこそそれである。

評価のしようがない、と言うべきか。

「オーカのとこのイチローとジローは何ができるんだ？」

「……ええとね。いっちゃんは話し相手になってくれて、他の使役魔獣たちとも仲良くできるよ。じろちゃんは魔法探知犬」

クセナ・リアンは、ほかの魔法使いたちがそうだったようにハテナマークを頭上に浮かべて首をひねった。

「……それ、何か役に立つのか？」

「現在進行形で、たいへん癒されてます」

「いや、能力関係ないだろソレ」

ほんわりと笑う木乃香に、クセナが呆れたように突っ込みを入れる。

が、否定もしない。彼は最初におっかなびっくりで二郎の背中を撫でてから、ときどきその黒い毛並みを堪能しにやってくるのだ。ついでにやたら嬉しそうに、一郎の赤い頭もぐりぐりと撫でくりまわしていく。

夢に夢見るお年頃な元気少年にも、もふもふセラピーは有効なようだった。

それに、彼の使役魔獣だって迫力はあるがなかなか愛嬌がある。主に対して明らかに甘えた様子で、ときに猫のようにのどをゴロゴロ言わせて押し倒す勢いですり寄っているのだ。

一郎や二郎ともすぐに仲良しになり、今では木乃香にもその艶やかな背中や翼を撫でさせてくれている。

近づくな危険、と口を酸っぱくして注意される他人の使役魔獣だが、やはりそれは躾の問題なのでは、と再認識している木乃香である。だってルビィは大きくて強そうで外見も迫力があるが、こんなに愛嬌があって良い子なのだ。

何もない荒野と怪しげな魔法使いたちしかいないこの不毛の土地では、物騒な輩は滅多にお目にかからない。いたとしても生息する魔獣や野生動物たちに襲われているか、より凶悪なとあるお師匠様の召喚武器の錆（さび）になっているかのどちらかだ。

そして、そのお師匠様が木乃香を「危険だから」とひとりで荒野に出したがらないので、木乃香も甘えてしまっている。

こんな状態では、なおさら木乃香に危機意識だとか強い使役魔獣を召喚しようという意思だとかが生まれてこないのだ。

ところでそのお師匠様ラディアル・ガイルだが、現在この魔法研究所にはいない。

年に一度の大きなお祭りがあるとかで、国内屈指の魔法使いにして王立魔法研究所所長である彼は王都まで出かけているのだ。

お祭りというから楽しいのかと思いきや、堅苦しい式典への出席義務があり、しかも祭りの間中魔法を使って盛り上げたり治安を維持したりと大忙しらしく、楽しむどころか王城の外に出る暇もないのだという。お気の毒なことである。

しばらく不在にするからとのことで、彼は事前にクセナ・リアンを木乃香に紹介したのだった。

召喚術を使う魔法使いや、それを題材としている研究者はほかにいるのに、なぜ見習いの彼だったのか。

それは同じ見習い同士、いろいろと相談しやすい事もあるだろうという理由ともうひとつ。

何より、彼とその使役魔獣がいちばん単純で、普通だったのだ。〝普通〟を弟子に教えてやりたいラディアルにとって、そこが重要だった。

自分が目を離した隙にまた変な使役魔獣を作り出さないか。

そんな心配をして。

ラディアル・ガイルが出かけていったその数日後。

「何このちっさいイキモノは」

もはや言われ慣れた言葉に、木乃香はいつもの通りさらっと答えた。

「使役魔獣の、〝三郎〟ことみっちゃんです」

「ぴっぴぴー！」

「………」

広げた手のひらに収まる程度の丸みのある身体。オレンジがかった艶やかな長めの尾羽。磨き上げた宝石のように澄んだ真っ赤な目と同色のくちばし。

使役魔獣第三号だという小さな小さな黄色い鳥は、召喚主の頭の上でぱたぱたっと羽ばたいては上機嫌にさえずっている。訳せば「よろしくー！」という感じだろうか。

実に友好的な鳥さんであった。使役魔獣では、あり得ないほどに。

が、周囲はそろそろ慣れてきたので、シェーナなどはにこにこ様子を見守っている。二郎を抱っこして黒くもふっとした毛並みを堪能しながら。

「……で。何このちっさいの」

あらためて、クセナ・リアンが呟いた。

小さい、弱い、怖くない。

コレは、昨今の良い使役魔獣と呼ばれる条件のことごとく反対をいく。

知ってはいたが。すでに前例だって二体いるわけだが、変わり種が多いこの王立魔法研究所の使役魔獣たちの中でも、とりわけ変わっていることは間違いない。

「だから、使役魔獣の〝三郎〟」

呆れたようなクセナ少年に、木乃香は軽い口調で繰り返す。

「この子はルビィちゃんと一緒で、口から火を吐くんだよ」

「えっ」

急に、同じ炎を吐く使役魔獣を持つクセナ少年の顔がぱっと輝いた。

「ルビィちゃんも、よろしくね」

「るびぃ、よろしくね」

彼女のかたわらで、一郎も小首をかしげながら言う。

そして、よろしくされた赤いドラゴンも急にそわそわと落ち着きがなくなった。

「ぴぴぃ」

「くるる」

ずい、と赤いドラゴンが立ちはだかる。

すると黄色い小鳥もまた、ぱたぱたと前に出た。

「くるるぅ」

「ぴっぴぃ」

「くるるるるー」

「ぴっぴっぴい」

「きっしゃーっ」

青い空に向かって、人の頭ほどの大きさの炎をごうっと吐くルビィ。

それに続くようにしてぽんとくちばし程度の火の玉を吐く三郎。

「くるるっ」

「ぴぴぴっ」

もう一度、赤いドラゴンがごおっと炎を吐く。

すると今度は、黄色い鳥がぽむっと握りこぶし大の火の玉を吐きだした。

「ぴぴぴー」

「くるるー」

なんとなく得意げにさえずる三郎に。

なんとなく満足そうに喉を鳴らすルビィ。

彼らと召喚主以外、見守る人々にはまったく意味が通じない。

が、通じなくてもなんとなく心あたたまってしまう光景であった。周囲は吐きだした炎で灼熱地獄だったが。

「ルビィ、おまえも弟分ができたんだなー」

「きええええっ」

しみじみとクセナ少年が呟けば、その僕(しもべ)も嬉しそうにばっさばっさと赤い翼を動かした。


基本的に、使役魔獣は召喚主以外には懐かない。

それは使役魔獣相手でも同じことだ。別の主を持つ使役魔獣同士が、問答無用でケンカを始めることはあっても馴(な)れ合うことはない。

はずなのだが。

「……やっぱり、躾の問題なのかしら」

シェーナ・メイズは、首をひねった。

自分の知る召喚魔法の使い手たちを思い浮かべてみる。

……揃いも揃って社交性ゼロの人見知りであった。

この辺境にある研究所は、人もモノも王都に比べて格段に少ない。出世など考えもしない研究馬鹿が多いので、対人スキルを身に付けた者がそもそも少なく、また磨く機会だってほとんどないのが現状である。人間関係が嫌になって辺境に逃げてきた者もいる。

召喚主がコレでは、確かに使役魔獣の躾などできないだろう。

ううむ、と難しい表情で考え込んではみたが、彼女はすぐに考えることを放棄した。もともと彼女が考えるべき分野ではないのだ。

〝流れ者〟研究者にして実は召喚術も扱うジント・オージャイトなどは、木乃香の使役魔獣を見ては日々うんうん唸っている。彼の様子からも、そう簡単に解明できる謎ではないことが分かる。

その道の研究者でなければ「だって〝流れ者〟だもの」という理由で済ませてもいいような気がするのだ。

そしてそれに加えて、思考を放棄せざるを得ない理由がもうひとつ。

「あ、暑い……」

そう、とにかく暑い。ものすごく外気温が高い。

そもそも現在この場所は、効率よく頭を働かせられるような環境ではなかった。

辺境の地マゼンタは、今日も今日とてカラカラの快晴。

ただでさえじゅうぶん暑い屋外で、使役魔獣の生み出す見た目以上に強力でしつこい炎に熱い地面はさらに熱を持ち、周辺温度はぐんぐん上がっていく。かまどの中でこんがり焼かれるパンの気分である。

地元民のクセナ少年はけろりとしていたが、インドア派のシェーナと木乃香はぐったりと肩を落とす。地面からも恐ろしい熱気が上がってくるので、座ることもできないのだ。

「み、みっちゃん……そろそろ、止めてくれないかなあ」

「ぴぃ」

「くるるぅ」

使役魔獣には、暑い寒いの感覚はないのだろうか。

炎を吐かない一郎や二郎まで一緒になってわいわいとはしゃぎだし、さらに調子に乗ってぽこぽこ炎を出していたルビィと三郎は、きょとん、と主たちを見た。

お揃いに小首をかしげて「えーどうして？　迷惑かけてないよ？　楽しいよ？」とでも言いたげに。

「あー嫌だ。もう嫌だ。二度と行かないからな」

お気に入りの――というか、そこしか座れるスペースの空いた椅子がない――ソファ兼仮眠ベッドで、王都から帰ってきたラディアル・ガイルはぐったりと沈んでいた。

思えば、行く前からすでにげっそりしていた。整えたはずの黒銀の髪でさえ、なんとなくくすんで見えたものだ。

文字通り飛んで帰ってきたらしいが、強行軍で疲れただけではないのだろう。

それは本人だけでなく、二郎の様子からもわかる。

「あの、お師匠様」

くうん、と甘えるように、あるいは何かを訴えるように頭を擦りつけてくる使役魔獣第二号の背中を撫でながら話しかければ、ラディアルはむく、と顔を持ち上げる。

「どうした？　留守中に何かあったか？」

「い、いいえ。わたしじゃなくてお師匠様が」

「おれが？」

「……何か、いろいろくっついているようなんですが」

彼は深緑の双眸をぱち、とゆっくり瞬かせた。

黙っていれば渋いアニキと評されるラディアル・ガイルだが、これはちょっと可愛いかもしれない、と頭の片隅で木乃香は思った。

「……ああ」

思い当たるふしがあるのか、彼は視線を少し彷徨わせたあと、心底疲れたようなため息をついた。

弟子の傍らで小さな尻尾を震わせる、黒い子犬を見る。

「さすがはオーカのところのジローだな。よくわかったな」

身に着けていた漆黒の外套（マント）を、付いているモノと一緒にばさりと脱ぎ捨てる。

心配そうな顔つきで見守る弟子に、彼は笑ってみせた。

「面倒くさくて、放っておいたんだ。これでも毒魔法とか、呪いとか、やばそうなやつはちゃんと避けていたつもりだぞ」

なるほど、外套を脱いでグレーのシャツ姿になった彼からは物騒な魔法は感じられなかったし、外套に付着した魔法だって発動せずにくすぶっていたものばかりだ。

明らかに悪意を直接ぶつけた魔法の他に、この間のように盗聴魔法やら追跡魔法やら、それこそストーカーの仕業かと疑いたくなるような類の魔法も複数見つかった。

これだけの数の魔法をマントひとつで防ぎきるのもすごければ、短期間でこれだけの魔法を放たれるのもすごい。とりあえず、お師匠様の様子からして、この状況は大して珍しくもないのだろう。

「お師匠様、実はけっこう敵が多いんですか？」

「敵になった覚えはないんだがな……」

彼は、肯定も否定もしなかった。

「――ほんとうに厄介なのは、敵意を持った奴じゃないが」

そんなかすかな呟きは、小さな羽ばたきにかき消されるほど力のないものだった。

そう。小さな羽ばたきが聞こえたのは、まさにそのときだ。

ぱたぱたというどことなく拙い音に、ラディアルは顔を上げてみた。

そこに飛んでいたのは、小さな小さな黄色い小鳥である。

――こんな鳥、いたかな。

彼は生物学にはあまり興味がない。とりあえず巷(ちまた)では見かけない鳥ではある。

まずこの小ささ。飛行の遅さ。雛ならばともかく、こんなひ弱そうな形をした鳥は、早々に荒野の魔獣の餌食になってしまうだろう。いや、小さすぎて餌とも認識されなかったのか。

研究所の誰かが飼っている、という話も聞かない。

奇妙な小鳥は、あいかわらずぱたぱたと緊張感のない羽ばたきでぽすんと木乃香の頭に着地した。そして小さな黄色い胸を張ると、ぴっぴぴーと嬉しそうに鳴く。なんだか上機嫌らしい。

「……嫌な予感がする」

思わずこぼすと、それに応えるように木乃香はにっこりと笑った。

「この子は、使役魔獣第三号〝三郎〟ことみっちゃんです」

「ぴぴぃ」

「…………」

ラディアルは頭を抱えた。

散々小さすぎる、わざと小さくするのは魔法力の無駄遣いだと言ったはずなのに、二号よりさらに小さくなっているのはどういうことだ。

どちらかと言えば一般的で模範的なクセナ・リアンの使役魔獣を見てもこれかと。

ラディアルのがっくり落ちた肩に、いつの間にか新たな悩みの種がとまって「ぴぴぴ」と能天気にさえずった。人懐こいのは、先輩使役魔獣とまったく一緒である。

「リアン君のルビィちゃんを見て、翼を持たせてみました！」

火も吐けるんですと木乃香が言えば、応えるように小鳥の赤いくちばしから同じ色の炎の塊がぽんと飛び出した。ろうそくに灯されたような、小さくのんびりとした炎だ。お世辞にも「火を吐きます」と自慢げに語れる火力ではない。

師が呆気にとられて何も言えないでいる隙に、三郎は軽く飛び上がった。

ぴ、ぴ、と鳴きながら彼の頭上でぱたぱたと羽ばたく。

見方によってはけっこう人を小馬鹿にしたような態度だが、違うのは羽を動かすたびにきらきらと金粉のような何かが降ってくることだ。

火の粉のように熱くはない。鳥の羽毛のように軽そうなそれは、ラディアルの頭や肩にふわりと落ちては染み込むように跡形もなく消えていく。

「……なにをやってるんだ？」

「火を吐くだけでは面白くないので、ほかの能力を追加してみました」

ラディアルの周りにひと通り金色の雨を降らせて満足したのか、黄色い鳥は召喚主の頭へとぱたぱた戻る。まるで餌を探すように黒髪を啄(ついば)み引っ張る使役魔獣に「こらイタズラしない」とたしなめて、木乃香は続けた。

「〝火の鳥〟といえば、やっぱりこれかなあと思いまして……治癒能力を」

「はああ？」

思わず声を上げたラディアル・ガイルだが、そこでふと気が付いた。

なんだか妙に身体が軽い。

とくに座りっぱなしの厳粛な式典やら海千山千の高官たちの相手やらをこなして凝り固まっていた肩が、嘘のようにほぐれていた。

木乃香のもといた世界ではなかなかに有名な物語に出てくる、架空の鳥。

不死鳥とも言われ、その生き血を飲めばどんな病気もたちどころに治り不老不死も手に入るという。

もっとも、彼女も詳しく覚えてはいないので、雰囲気だけである。物語の火の鳥はたしかこんなひよこのような外見ではなかったはずだし、可愛い使役魔獣に血を流させるわけにもいかない。

治癒とはいっても、重症患者をあっというまに治したり死人を生き返らせたりするような超絶能力はない。できたとしても、何度倒れてもおかしくないほどの莫大な魔法力を使うだろうと予想できるので、さすがに実用性は低いだろう。それに、そこまでの必要性も感じなかった。

同じく心の病気やストレスなどにも効果はないが、簡単な傷を癒したり日々の身体の疲れを取ったりするくらいは朝飯前である。

というようなことを師匠に説明すれば、彼は言葉の代わりに重いため息を吐きだした。

いろんな魔法があるのだから身体を治す魔法だってあるだろうと、木乃香は軽い気持ちでそれを三郎に付与した。

治癒魔法は、ないわけではない。が、極めて少ない。

軽症を治せる〝だけ〟の能力だって、この国で確認されているのは片手で足りる数だ。それを、しかも使役魔獣が使ってみせるなど前代未聞である。

なるほど。三郎の治癒能力は心労には効かないらしい。

格段に軽くなった身体で、格段に重くなった胸に手をあてて数秒。ラディアル・ガイルは「ま、いいか」と呟いて強引に前を向いた。

もともと自分の研究以外で深く考えることが苦手な彼は、弟子の使役魔獣について悩むのを放棄した。出来てしまったモノは仕方がない。

便利な能力であることに違いはないし、要はばれなければいいのだ。

知ったら間違いなく彼女を利用しようとするであろう輩たちに。

ところは、荒野のど真ん中。

大きな石がところどころ頭をのぞかせている他は、木や草の一本も見当たらない。

歩くとざくざく音がする、足を取られるほどの砂地は、もはや砂漠地帯といってもいい場所であった。

じりじりと肌を焼く大きな太陽のもと。

頭からすっぽりと灰色の外套を被った不審者――――いや、王立魔法研究所の魔法使いたちが立っていた。

「ミアゼ・オーカ！　いざ、勝負!!」

そんな言葉を、口走りながら。

熱烈なお呼び出しは、木乃香が研究所に来てから現在まで、頻繁にあったらしい。

らしい、というのは、本人にはまったく身に覚えがないからだ。

彼女を〝研究対象〟とみなす人々からの接触は、手紙だろうと直接だろうとその他の手段だろうと、彼女が気付く前に全てラディアルら保護者様方が蹴っ飛ばし踏み潰していたようだ。

研究所に在籍する魔法使いが、研究所の長であり国でも屈指の魔法戦闘能力を誇るラディアル・ガイルを敵に回すのは、あまりにも危険である。

だからこそ彼らも、最初に一部の魔法使いたちがやらかしたストーカー紛いの行為以降は大人しくしていたのだ。あくまで表向きは、の話だが。

が、裏も表もそろそろ限界であった。

最初のきっかけは、木乃香が召喚魔法を成功させたことだ。

風変わりな使役魔獣を召喚しそれを連れて出歩くようになれば、〝流れ者〟研究の魔法使いたちに加えて召喚や使役魔獣の研究を行っている者たちの関心も引く。

そして、見習いのクセナ・リアンが召喚魔法の使い手として彼女に紹介されたこと。

単にクセナが木乃香にとって安全と判断されただけなのだが、他のどの魔法使いでもなくただの見習いが間近で彼女の使役魔獣を見る権利を得、しかもなんだか仲良しになっているとくれば、正規の魔法使いたちが黙ってはいなかった。

つまり、彼らはクセナ少年が羨ましくて仕方ないのだ。

「リアン！　なぜおまえがそっちにいるんだ！」

怒鳴る、というよりはもう悲鳴に近い声音（こわね）で灰色魔法使いのひとりが声を上げた。

おまえわたしの弟子だろう、という訴えに、クセナ・リアンは「えー」と誠意のない返事をする。

そもそも、呼び出したのは木乃香ひとり。

だから、彼女がひとりで来るだろうと思われていたらしい。

彼らにとって、ラディアル・ガイルが保護者面（づら）で付いてくるのはもちろん、クセナ・リアンまで隣にいるのはとんだ計算違いであった。

「だって、男が複数で待ち構えているところに、女ひとりで行かせられるわけないじゃん。てか来ないよ普通」

「い、いいや来るだろう魔法使いなら！」

「魔法使いだって来ない奴は来ないって師匠。オーカが〝流れ者〟だからって、適当なこと言うなよな。あと、いちおう言っとくけどおれもオーカもまだ魔法使いじゃなくて見習い」

なに常識みたいに言ってんだよ、と呆れた声を上げるクセナ少年。

あちら側の、彼の師匠と思われる魔法使いは「うっ」と呻いて固まった。まるで白を黒だと諭されたかのような驚愕ぶりであった。

「そもそもオーカはここの場所知らなかったって」

「えっ」

「〝マゼンタ西区第三地域東南第二砂丘地帯〟なんて字だけ書かれてたって、地元民でもそんな公式の地図名称知らねえし」

「……………」

こくこく、と木乃香がうなずく。

ちなみに地元では通称で〝白砂場〟と呼ばれているらしい。どちらにしろ、研究所の敷地からほとんど出ない彼女にはわかるはずがなかった。

ついでに言えば、ここは環境が過酷すぎる。

おそらく、多少派手な魔法を使っても問題のない場所なのだろう。砂と岩以外なにもない。

しかし容赦なく照りつける太陽に、焼け付く白砂からの熱と目を開けていられないほどの照り返し。見渡す限り休めるような日陰もなく、普通の生き物なら数分で干からびること確実である。

そんな場所に呼び出した彼らがすっぽりと頭から被っているのは、正式な魔法使いの証であるという、蔦模様が浮かぶ外套。施された魔法によって暑い場所では涼しく、寒い場所では温かく、あり得ないほど快適に過ごせるように作られている逸品である。

灼熱地獄に呼びつけておいて自分たちだけは便利マント着用。身勝手もいいところだ。本人たちは単にそこまで気が回っていないだけだと思うが。

正式な魔法使いではない木乃香とクセナ・リアンには、当然ながら便利マントがない。

こんな場所に女性を呼びつけるなんて、ホント女の敵お肌の敵冗談じゃないわあの変態ども、と怒り狂っていたのはシェーナ・メイズだ。木乃香に魔法の付与つきの快適な外套を貸してくれたのも彼女である。

「自分たちの研究に没頭するのはいいけど、もうちょっと周りの迷惑も考えてくれよ」

簡素な日よけの外套を羽織っただけのクセナ少年の言葉は、至極まっとうなものだった。

……この場で彼がいちばん良識あるオトナに見える。いちばん年下なのに。

クセナ・リアンの言葉に、魔法使いたちはそろってがっくりと肩を落とす。

いざ勝負と高らかに言い放ってからしばらく。魔法を使ってもいないのに、すでに敗色濃厚であった。

その通り、と言いたげにきしゃーっと雄叫びを上げたのは彼の使役魔獣であるルビィ。

さらにその頭の上に乗っかった木乃香の使役魔獣・三郎がぴっぴーと囃(はや)し立てるように囀(さえず)って追い打ちをかけた。この二体、同じ火を吐く使役魔獣だからか、妙に仲がいいのだ。

真紅のドラゴン・ルビィの翼の先ほどの大きさしかない極小使役魔獣に、向こう側の魔法使いたちはがばりと顔を上げ、釘づけになった。

「あ、あれが使役魔獣の噂の三番目か!?」

「翼がある……鳥型か？　いやしかし飛ぶのもあまり得意に見えないが」

「い、いや確かな筋の情報だと、属性は炎だと――」

「待て、リアンの使役魔獣と共にいるのだぞ。あれはリアンの使役魔獣の可能性も……」

「……オーカのとこのサブローだよ。知らねえの？」

クセナ少年とルビィ、ついでに木乃香の使役魔獣たちも一緒になって小首をかしげる。

今や厨房に出入りしてぴぴぴっと鳴いてはかまどの火加減調整を引き受けている黄色い鳥は、食堂ではすでに顔なじみである。けっこうな頻度でお目にかかることができる。

知らないのは木乃香たちへの接触禁止に加えて食堂への出禁を言い渡されたストーカー魔法使いたちだけだ。

「あー、お前ら。気が済んだんなら帰っていいか」

勝負と言いながら指をさしたり何事か書きつけたり議論したり。別のことに忙しい研究者たちに、半眼でラディアル・ガイルが問う。

「あっ、い、いや所長、待ってください！」

「待ったはもう聞かないぞ」

「ひいいいっ」

こんな風に他の魔法使いから勝負を持ちかけられるのは、木乃香だけではない。

品評会、といったほうが近いかもしれない。勝ち負けに関係なく、新しい魔法や物珍しい魔法に対してその出来不出来を確かめたり、魔法使い同士意見を交換したりするのが主な目的だ。

ただしこの対象が召喚術、とくに使役魔獣の場合。

昨今はとくに大きい、強い、見た目が怖いの三拍子が揃って優秀な使役魔獣とされているため、どうしても対戦という形での見せ合いになってしまう。

灰色魔法使いたちの行動は、魔法使いとしては的外れというわけでもないのだ。

ラディアル・ガイルがクセナ少年やシェーナ・メイズのように真っ向から彼らを否定しないのは、そういう理由があるからだ。

自分の目をかいくぐって世間知らずなうちの弟子をこんな場所に呼び出しやがってこの野郎ども、という苛立ちはあるが。

でもまあ、戦ったところで木乃香相手に彼らが勝てるとは思えない。

正確には、戦いにすらならないだろう。

急(せ)かされ、慌てて魔法使いたちは足元の白砂に召喚のための陣を描き始めた。

最初に現れたのは、クセナ少年が「師匠」と呼んだ魔法使いの使役魔獣だった。

どっぱーん、と勢いよく白い砂を押し上げて出現したそれは、この場で最も身長の高いラディアル・ガイルの二倍以上の体長を誇る。

漆黒と蛍光緑がマーブル模様で合わさったそれはつるりとして凹凸がなく、ひどく細長かった。

川底の水草のようにゆらゆらとゆらめくそれは、長短合わせて全部で三本。

――あれ？　水草？

「くさだー」

傍らでぴんと指をさす自らの使役魔獣を見て、木乃香も「ああ」と頷く。

あれか、食堂に出ようとしたという使役魔獣〝草〟とやらは。

ソレはふよふよくねくねと短いほうの身体を動かした。

傍目(はため)には威嚇しているように見えないこともない。が、木乃香たちには赤毛の使役魔獣が「やっほー」と手を振ったのに「やっほー」と応えているようにしか見えなかった。

どちらにしろ、グロテスクな外見に似合わず妙にコミカルな動きではあったのだ。

「ほう。これか、伸縮自在の触手というのは。しかも三本ともか？」

感心したようにラディアル・ガイルが呟いた。

魔法研究所の所長である彼も、明るい場所で〝草〟をはっきりと見るのは初めてらしい。

「使役魔獣の器をただ動かすのと違って、出来上がってしまった器そのものを変化させる、つまりこの場合は伸ばしたり縮ませたりだが、それは難しい技術なんだ」

「へえー、そうなんですか」

「そうなんだよ」

魔法使いが作り出した器に、召喚した〝力〟を注入する〝使役魔獣〟。

それは、コップに水を注ぐのにも似ている。多すぎる〝力〟を注げば溢れて収まらず、コップを大きく、あるいは小さく変化させても、その都度〝力〟は揺れ動き安定しない。〝力〟が漏れ出るか、器が壊れてしまう確率が高いのだ。

いきなり始まった師匠の講義に、まじまじと向こうの使役魔獣を観察する弟子。

その難しい技術よりさらに難しい超絶技巧をいきなりぽんとやらかした自覚が、この弟子にはない。それはもう、清々しいくらいきれいさっぱり皆無である。だから他人事のように他の使役魔獣を眺めていられるのだ。

ラディアルがため息混じりに足元を見れば、黒い子犬がぴこぴこと尻尾を動かして「わん」と吠え、赤毛の子鬼が「うしろからくるの？」と小首をかしげている。

この小さな使役魔獣たちは、実に見事な安定をみせていた。

手のひらに収まるぐい呑み程度の小さな器に、その何十倍、何百倍の質量を持つ〝力〟が注がれているというのに、だ。

「たった三本、ではありませんよ！」

得意げに向こう側の魔法使いが言い放つ。

と同時に、今度は木乃香たちの背後から砂柱が上がった。

新たに二本。正面の三本に比べれば小ぶりだが、それでも人の身長より高い位置から彼らを見下ろしている。

鎌首をもたげ、蛇が獲物に襲いかかるかのごとく、ソレは小さな使役魔獣たちに文字通り触手を伸ばす。

「あ、師匠増やしたんだ」

「おおー」

「うわあ……」

「くるるー」

「ぴっぴー」

いっぽう、小さな使役魔獣とその仲間たちの反応は、緊張感のないものだった。

せっかく背後に回っていただいたが、一郎と二郎がとっくに勘付いているのであまり驚きもない。

水中の水草のようにゆらゆらと揺れては意外な俊敏さで木乃香の使役魔獣第一号にくるんと巻き付いたときでさえ、である。

なにより、巻き付かれ持ち上げられた一郎が楽しそうにきゃっきゃっと声を上げているのだ。お父さんに高い高いされている子供のようだ。

根元にかぷんと噛みついた二郎も、攻撃するというよりは玩具（おもちゃ）相手に遊んでいるようにしか見えない。

「な……っなぜだ!?」

魔法使いたちがかくんと顎を落とす。

そして次々に召喚された使役魔獣たちだが、超重量の肉食恐竜のような姿をしたモノも、ゴリラを二回りほど大きくしてさらに腕をもう一回り太くしたようなあからさまな腕力自慢大猿も、その辺の砂と岩で作り上げたような巨大土人形（ゴーレム）も、召喚主の命令通りに向かっては来るものの攻撃らしい攻撃は仕掛けてこない。大きな鷲（わし）のような外見の鳥型使役魔獣などは、同じく翼を持つ赤ドラゴン・ルビィとどちらが速く飛べるか競争を始めている。この二体がいちばん召喚主の命令通りに動いているのかもしれないが、その後をぱたぱたーっと三郎が付いていくのが妙に微笑ましい。

「だから、オーカとやっても勝負にならないんだよ」

おれはちゃんと忠告したんだからな、とラディアルが言う。

まあ、この目で見るまで彼も半信半疑ではあったのだが。

木乃香の使役魔獣第一号が、他の魔法使いの使役魔獣を従わせ――いや、オトモダチになっているのだと。

難しい指示はできないが、自分と木乃香たちへの攻撃を止めさせるくらい、簡単にやってのけるのだ――と。

「シェブロン。これで気が済んだか？」

あまりに和気あいあいとした使役魔獣たちの空気に衝撃を受けていた魔法使いのひとりが、名前を呼ばれてはっと我に返る。

反射的に使役魔獣を呼び戻そうとするが、自信作の忠実な触手〝草〟はまったく帰ってくる気配がない。摩訶不思議だ。極めて不可解だ。

「その使役魔獣、それから盗聴魔法、どう見ても裏方向きだろうが。〝流れ者〟相手にコソコソやるくらいなら、王都の諜報部で思う存分力をふるってきたらいい」

「し、しかしわたしは……っ」

「いま、諜報部の立て直しをやってるらしいんだ。長が前よりかは話のわかる奴に代わった。どうも最近、国境がきな臭いらしくてな」

「……」

「弟子は他の魔法使いに師事できるよう取り計らう」

え、とクセナ・リアンが目を見開く。

その傍らに、ひと通り飛んで遊んで戻ってきたドラゴンがばっさー、と降り立った。

「師匠、追い出されるのかと思ったら出世じゃねーか。王宮に行くんだろう?」

「リアン……」

「頑張ってくれよ。いつか遊びに行くから!」

「くるるるっ」

「……」

王宮勤めの魔法使い。それは、ここフローライド王国では尊敬と畏怖の対象である。エリート中のエリートなのだ。

ただしここの研究所に比べれば、いささか窮屈なことは間違いない。王立とはいえこんな辺境の研究所に籍を置く魔法使いは、大抵がその窮屈さを苦手としている変わり者たちなのだ。

シェブロンとて、フローライドの魔法使いだ。中央に憧れがないと言えばウソになる。

……ただ、ちょっとくらい寂しがってくれてもいいんじゃないだろうか。

かつてないほどのきらきらと輝くような尊敬のまなざしを不肖の弟子から向けられ、シェブロンはなんとも複雑な表情を浮かべた。

◇◇◇

木乃香が四番目の使役魔獣を召喚しようと思った理由は、とても単純だった。

涼しい使役魔獣が欲しい。これである。

マゼンタの魔法研究所があるこのあたりは、年間を通して気温が高い。湿度が低くからっとしているので、日陰にいればそれなりに過ごしやすいのだが、それでも暑い。

毎日快晴の炎天下に加え。

炎を吐く真っ赤な使役魔獣ルビィに会い、自身も炎を吐く三郎を召喚し。

先日などは〝白砂場〟とかいう灼熱地獄に呼び出しをくらってしまった。

建物の外に出る機会が増えるにつれ、彼女は思ったのだ。

少しでも涼しくなる手段はないものかと。


そんなこんなで出来上がったのは、見た目からして涼しげな使役魔獣だった。

柔らかく艶やかで、そしてふんわりとした真っ白い毛並み。

サファイヤのように鮮やかで透き通るような青色をしたアーモンド形の目。

へたりと倒れた三角耳に、ゆらめく尻尾。

にゃあー、と甘えた声で鳴く子猫〝四郎〟は、氷を生み出すことができる特性を持つ。

そこにわずかでも水分があれば、どこであれすぐに氷を作ることができるし、逆に氷を溶かすこともできる。

この子猫、瞬く間に人気者となった。

ここに暮らしている誰もが、暑さには辟易していたのだ。

この頃になると、周囲の人々も木乃香の使役魔獣たちについて大して驚かなくなっていた。

ソレがどれだけ変でどれだけ規格外でも「だってミアゼ・オーカのところの使役魔獣だしね」で片付けてしまう。慣れというのは恐ろしい。

そして周囲がこんな様子だからか、いちばん人懐こい性格をしているのが四郎だ。

他の使役魔獣は召喚主である木乃香にべったり引っ付いていることが多いのだが、四郎だけは勝手気ままに研究所の敷地内を歩き回る。

構って欲しければ自分から「にあー」と甘えた声で足元にすり寄っていき、またあるときは人様の膝上にお邪魔してのほほんと丸くなっていたりする。これにはとくに『一郎を愛でる会』改め『オーカの使役魔獣を愛でる会』のお姉様方が悲鳴を上げて喜んでいた。

そのくせ研究目的で捕獲しようと企んでいるような者はするりとかわし相手にもしない。これには一部の魔法使い研究員たちがっくりと肩を落としていた。

なかなか強(したた)かで、世渡り上手な白猫さんであった。

そんな四郎のお気に入りは、師ラディアル・ガイルのお膝の上である。

「よくもまあ、こんな変なのばっかり作るものだな」

呆れ半分、諦め半分でラディアル・ガイルが呟けば、彼の膝上で丸くなる白猫が「にゃーあ」とのんびり応えた。

黒くて大きなお師匠様と、白くて小さな使役魔獣。

なんでこっちに寄ってくるんだよ、と言いながらもぎこちない手つきで頭や背中を撫でてやる大男と、ぎこちなくても気持ちよさそうに目を細めてゴロゴロと喉を鳴らす白猫の図は、なんだか妙に和む。

ゆらん、と白い尻尾が満足げに揺れた。

「あまりに対照的すぎて、逆にしっくりくるのよね」

シェーナ・メイズが言えば、木乃香も苦笑いである。

召喚主を目の前にしてもぜんぜん寄ってこない使役魔獣ってどうなのだろう。ちょっと寂しいが、まあこれはこれで楽しいかもしれない。

ラディアルが首根っこをつかもうとすれば、白猫は「にゃっ」と抗議の声を上げて伸びてきた指を素早くすり抜け、今度は広い肩に軽く跳びあがる。

「あ、こら」

なおも伸びてきた手を巧みに避けてもう片方の肩に飛び移り、ねこじゃらしのような尻尾で頰をひと撫で。

さらにすとんと床に着地すると、今度は彼の足元にちょこんと座った。

ふよ、ふよと少し気取ったように白い尻尾が泳ぐ。

「にああー」

「……」

遊ばれている気がする。

むう、と口元をゆがめたお師匠様に、こらえきれずに、シェーナが「ぷっ」と噴き出した。

ラディアル・ガイルが憮然とした表情になる。

「……おまえら、コレを迎えに来たんじゃないのか」

「迎えに来たというか……しろちゃんがお師匠様の部屋にいるのは、わたしがお願いしたからです」

木乃香が言う。

相槌を打つように、四郎が「にあー」と鳴いた。

その気になれば、足元の小さな使役魔獣など、簡単に蹴飛ばして追い払える。もしくは、その辺の壁に引っかかっている召喚武器の一振りで消し去ることができる。

あえてしないお師匠様だからこそ、試してみよう。木乃香は、そうシェーナと話し合ったことがあった。

「はあ？　なんだ、また変なのに狙われているのか？」

「狙われる前に、なんとかしたいんですよね」

にっこりとシェーナ・メイズが言った。

先ほどの笑いを引きずっているのかと思いきや、よくよく見れば彼女の明るい栗色の瞳はむしろものすごく冷ややかである。

彼女のにっこりから、ラディアルはそうっと視線をずらす。

――これはマズイ。

何を企んでいるのかは皆目わからないが、なんだか逃げられない気がする。

体力派魔法使いの直感と、彼女たちとの浅くはない付き合い、そして相変わらず得体が知れない使役魔獣たちが揃っていることから、ラディアル・ガイルは悟った。

のだが。

「お部屋を片付けましょう」

そんな言葉に、彼は拍子抜けした。

「はあ？　片付けって……なにを今さら」

「そう。なにを今さら、なんですが」

ぴきぴきと冷たい微笑みを絶やさないシェーナ・メイズが丁寧に繰り返す。

「それこそオーカが来る前から、何度も何度も何度も何度も！　言ってきましたよね。いい加減、このガラクタの山を片付けろって」

「ガラクタじゃない。研究資料だぞ」

ラディアルが反論する。

視線を外したまま、ぼそぼそと言うあたり、少しはマズイと思っているのかもしれないが。

研究棟最上階角部屋。

ラディアル・ガイルの執務室と研究室は、相変わらず見渡す限り、足の踏み場もないほど〝研究資料〟だらけであった。

雑然として混沌としているので、どう考えても大事なモノの置き方ではない。

ちなみに居住棟の私室も似たようなもので、扉を開けるとなだれが起きるから所長は研究棟に泊まり込んで帰って来ないのだともっぱらの噂だ。

シェーナが大げさにため息をついた。

「大事な資料だっていうなら、もうちょっと整理整頓したらどうですか。崩れないようにこっそり固定魔法かけるんじゃなくて」

「な、なぜそれを！」

「こっちにはジロがいるんですよ。ジロに感知できない魔法があるとでも？」

呼ばれた魔法探知犬が、毛糸玉のような黒い尻尾をぴこっと震わせた。

木乃香の使役魔獣第二号は、普段は自分たちに害のある魔法だけを知らせてくれる。が、お願いすれば、もちろんそれ以外の魔法もちゃんと教えてくれる。

それがたとえどんな他愛のない魔法であっても、だ。

二郎の特殊能力の精度を身をもって思い知り、ひくっとラディアルの無精ひげ面が強張った。

シェーナはさらに追い打ちをかける。

「その中に、この間は盗聴魔法が仕掛けてあったのを忘れたんですか。もうどこに何があるのか、どうせ自分で把握しきれてないいんでしょう」

反論できない。

「あれを仕掛けたのがシェブロンだったから実害がなかったものの！　もっと悪意のある魔法使いのものだったらどうするんですか」

「……その辺は何とかしている」

「何ともなってません！　そもそも、所長は自分に向けられた魔法に無頓着すぎるんですよ」

「そう、そうですよ」

これには木乃香も頷く。

王都の建国祭から帰って来たときだ。お師匠様は、魔法というものをよくわかっていない彼女でさえ眉をひそめたくなるほど、その黒マントによろしくない魔法をベタベタくっつけていた。

それでも放っておくとマズイと判断したものは排除したと言っていたから、一体どれほどの迷惑魔法を浴びてきたのか、想像もつかない。

シェブロンの盗聴魔法など、まだ可愛いものだ。

「所長だけならわたしだって言いませんよ」

今さら、ですからね。

シェーナ・メイズはきっとラディアルをにらむ。

「でも、今はオーカが、ここに、いるんですよ」

「………」

ラディアル・ガイルがこれまで以上に顔をしかめた。

木乃香には、そこでどうして自分の名前が強調されて出てくるのかわからない。

ただ、保護者のような彼らが心配してくれていることだけは嫌というほど伝わってくる。

さらには彼女の足元にいた一郎はこくんと首を縦に振り、二郎はぴこぴこ尻尾を振り、肩の上の三郎は「ぴぴぃ」と小首をかしげ、四郎も青い目を細めて「にあー」と鳴いた。

先ほどの主の真似をして同調してみたのか、あるいは彼らなりに考えているのか。それはわからない。

木乃香は、以前盗聴魔法を仕掛けられていた目的が、彼女の使役魔獣だったことをきれいさっぱり忘れていた。

自分自身だって〝流れ者〟という、とっても珍しい存在であることも。

まあ、誰がなんの目的で何を狙っているのかはともかく。

得体の知れない迷惑魔法やら危険魔法やらがその辺に潜んでいるかと思うと気分が悪いし、それ以前に足の踏み場もないほどごちゃついた部屋は、いい加減なんとかしたほうがいいとは思うのだ。

「お師匠様、わたしも手伝いますから、ここをきれいにしましょう。ね？」

木乃香は言った。

なんとなく小さな子供に言い聞かせるような口調になったのは、保護者様が大人げなくむっと口をとがらせていたからだ。

「そうは言っても、すぐにどうこうできる量じゃないだろうが」

「そこまで溜め込んどくほうが悪いんですよ」

開き直るラディアルに、冷ややかに返すシェーナ。

「もともと、簡単にやってくれるとは思ってないわ」

言われてできる人なら、所長室はここまでゴミ屋敷化しない。

強硬手段に出ます、とシェーナ・メイズは宣言した。


「おい、何を……」

「オーカ！」

「はい。しろちゃーん」

「にゃあー」

主に呼ばれて、嬉しそうに白い子猫が応える。

すると、研究室の床全体がぼんやりと青く光り、やがてすぐに消えた。

光る前の部屋と光った後の部屋は、変わりないように見える。

あくまで、表面上は。

「……なにをしたんだ？」

「衛生魔法、止めてみることにしました」

さらりと言い放たれた弟子の言葉に、師はぽかんと口を開けた。

「衛生魔法って……」

「もちろん、建物全体にかかっている清潔を保つための魔法ですよ」

木乃香だって、これまで何もしなかったわけではない。不要なものを捨てて、片付けようとはしたのだ。

だがいくら弟子とはいえ何でも勝手に触れるわけではなく、明らかなゴミでも部屋の主が「要る」といえばそのままにせざるを得ない。

「便利ですけど、逆にこの衛生魔法があるから積極的に片づけようって気にならないんですよ、きっと」

片付けなくても最低限の清潔は保たれているのだから。

「なので、止めてみました」

あっさりと弟子は言う。

ついでにこの魔法の有り難みを思い知ればいいと思う。

「…………は!?」

「言ってもやらないんだから、追いつめて強制的に片付けさせるしかないでしょう」

シェーナ・メイズが無情にも言い放つ。

ラディアルが慌てて探れば、確かにその魔法効果はなくなっているようだった。

そこにあるのが当たり前すぎて、普段は意識もしない衛生魔法。

しかしその効果は絶大かつ複雑で、作り上げるには手間も時間もかかっている。魔法使いが何人かで集まってもすぐにどうにかできるほど単純な代物ではない。

ない、はずなのだが。

ないものはない。

今すぐどうにかなるわけではないが、この汚部屋は数日もすれば足を踏み入れることも恐ろしい場所に変わり果ててしまうだろう。掃除をせず放置したままであれば、確実に。

「い、いや、ちょっと待て」

「待ったなしです。今までやらなかった所長が悪い」

「そうだが！　いやそうじゃなくて！　おかしいだろうが!?」

ラディアル・ガイルだけではない。この研究棟に、衛生魔法がないと生きていけない魔法使いはたくさんいるのだ。

ある意味、無差別の攻撃魔法や暴力的な使役魔獣より性質が悪い。

「いったい何をどうやったら消せるんだ。というか誰が直すんだよコレは。さすがに所長として認められんぞ」

シェーナ・メイズがにやりと笑う。

「だから、魔法を消すんじゃなくて、止める、んですよ。魔法効果を、一時的に止めるだけ」

「はあ!?」

「にあー」

のんびりとした白猫の鳴き声と、王立魔法研究所の所長様の驚愕の声が重なった。

はっとラディアル・ガイルは足元の使役魔獣を見下ろす。

「ま、まさか……」

「はい。しろちゃんの〝凍結〟能力ですよ」

のん気に木乃香が頷けば、「にゃん」と白い使役魔獣が同意した。

そういえば、とラディアルは思い返す。

四番目の使役魔獣〝四郎〟を召喚した際。この不肖の弟子は、その特性を〝凍結〟だと説明した。

その後すぐに使役魔獣が氷をぽこぽこ出して、みんなで厨房のゼルマお手製果実ジャムをかけたかき氷で涼むことができたので、氷を作るのが得意なんだな、と単純に考えていたのだが。

今までの使役魔獣の傾向を考えれば、推測できたはずだった。

……それだけで済むわけがない、と。

「いやしかし、そんなことが……」

「できるのよ、シロなら」

「なんだその特殊能力！　おれは聞いてないぞ」

「あれ、そうでしたっけ？　すみません」

「わたしはあえて教えてませんのでー」

素直に謝る木乃香に、しれっと答えるシェーナ・メイズ。

むう、とラディアルが唸った。

「大丈夫ですよ。〝凍結〟したのはお師匠様のこの部屋だけですし。すぐに元に戻せますから。ほら、〝封印〟と一緒です」

だから安心してください。

「は……？」

木乃香の言葉は、ぜんぜん安心できない内容であった。

〝封印〟と〝凍結〟が一緒？　とんでもない。

〝魔法〟を止める、という点では、広い、広い意味では一緒と言えなくもない。

しかし自分の召喚魔法で生まれた使役魔獣を〝封印〟するのと、まったく縁もゆかりもない他人が何年も前に作った範囲魔法に干渉するのは、まったく違う。

しかも、範囲魔法なのにその一部分だけを止められるってなんだ。

その上またすぐに元に戻せるって、だからいったい何をどうやっているんだ。

弟子の所業にラディアルは頭を抱えたが、弟子本人はけろっとしている。相変わらず、ちっともとんでもないと思っていない顔つきだった。

世間知らずの〝流れ者〟に、少しずつ魔法の何たるかを教えてはいる。

ただしひと口に〝魔法〟と言っても方法も種類も多すぎて、どれが「アリ」でどれが「ナシ」なのか、魔法研究所所長をもってしても、いや豊富な知識を持つ所長だからこそはっきりと断言できないのがつらい。

木乃香の召喚した僕たちはイロイロと珍妙だが、何かと役立つ上に話を聞けばナルホドと納得してしまう部分もあるから、「そんなモノは駄目だ」と否定もできないのだ。

そして四番目の使役魔獣の特殊能力であるらしい〝凍結〟。

なんでそんな面倒くさいことを、と思わないでもない。が、ただ壊すより、周囲への影響や被害は格段に少ない。

シェーナ・メイズが嬉しそうなはずだ。過去に作られた魔法陣や結界の解読と分析を研究内容にしている彼女にしてみれば、壊さずに保存できる〝凍結〟は恐ろしく便利で画期的な能力だ。

そのシェーナが、近くにあった書物の山にげしっと蹴りを入れた。

「ほんっとに邪魔っていうか小賢しいっていうか……」

けっこう容赦のない蹴りだったにもかかわらず、書物は一冊も落ちることなく、それどころかちらとも揺るがない。

こちらは、固定魔法が効いている。

魔法力という名の糊を、書物の山全体に振りかけて固めているような状態である。積み重ね方が不安定でも、これなら多少の衝撃でもびくともしない。

ただし、その中の書物を一冊取ろうと思っても、簡単には取れない。

この〝研究資料〟の山をほとんど活用していない、触る気すらない証拠であった。

「なんて魔法力の無駄遣い。オーカ、これも〝凍結〟しちゃって」

「はい。しろちゃんー」

「にゃあ」

「待った!!」

だから待ったなしって言ったじゃないですか、というシェーナの冷ややかな言葉を無視して、ラディアルは手のひらをばっと木乃香とその使役魔獣たちに向けた。

「簡単に崩すな！　そこは安易に触ると危ない魔法具だってあるんだ！」

そんな取り扱い注意のモノを無造作に積んでおくなと言いたい。

が、木乃香はにっこり笑って答えた。

「大丈夫です。そんなのがあったら、じろちゃんが教えてくれますから」

「わん」

さっそく「怪しい魔道具がここにあるよ」と吠えて教えてくれる子犬姿の使役魔獣の背中を、よしよしと撫でてやる。

お役に立てて嬉しいのか、ぴこぴこと忙しなく尻尾が揺れていた。

「じゃあ、この辺はそのまま固定」

「にあー」

子猫姿の使役魔獣がのんびり鳴けば、一部分を残して書物の山がどさどさと崩れ去った。

ついでに中身の残っている酒瓶が何本か転がり出てきた。これは間違いなく不用品である。

「お師匠様、ぼけっとしてないで、要るものは教えてください」

「……………」

「要らないなら、みっちゃんが燃やしちゃいますよー」

「ぴぴぃ」

外に持っていく手間を省くため、ここで燃やすという。

なるほど。使役魔獣の小さいながらも驚異的な燃焼力を誇る炎なら、燃やすモノはきっちり燃やしてくれるだろう。延焼させることなく。

「ああそうだ。リアン君も必要なら手伝うぜって言ってくれてましたよ。……いっちゃん、ルビィちゃんを呼んできてくれる？」

「ん」

彼女が言えば、足元に散らばった酒瓶を拾い抱えていた赤髪の使役魔獣第一号がこっくりと頷く。

そして炎を吐く他人の使役魔獣を呼ぶため、ててっと速くはないが遅くもない足で部屋を飛び出していった。

なにこの連携。そしてなにこの万能感。

ただでさえぐちゃぐちゃなのに、いっそう混沌とし始めた室内を目の当たりにして。

部屋の主は、ただ呆然と立ち尽くすしかなかった。弟子とその使役魔獣は次々に固定魔法を〝凍結〟させていく。

「大丈夫ですって所長。あの子たちに限って危ないことはないですから。あなたはあなたの仕事をしてください」

言いながら、シェーナ・メイズが足元の魔法具を拾ってラディアルにぽいっと渡す。

何かの魔法が付与された小刀である。きっちり鞘に収めた状態で固定魔法がかけられているので、危険ではないがその辺に無造作に置いていていい物でもない。

「……よく知っているな」

「ちゃんと試しましたから。最初オーカから聞いたときは、わたしだって半信半疑でした」

「試したって、どこで」

聞いてないぞと眉をひそめるラディアルに、う、とシェーナが怯んだ。

ふい、と視線があさっての方向を向く。

「ど、どこだっていいじゃないですか」

「……………あー」

「なんですかその目は！」

王立魔法研究所の魔法使いたちは、実に研究熱心な者が多い。

ひとたび机に向かえば、周りのことなど簡単に目に入らなくなるほどに。

それは、シェーナ・メイズも同じであった。

「わたしの研究室なんてここよりは全然マシですから！」

彼女の主張を嘲笑（あざわら）うように、あるいは掃除しろと彼らを急かすように。

またがらがらどっしゃんとガラクタ山を崩す音がした。

◇◇◇

ざり、と乾いた土を踏む者がいる。

「相変わらず、ここは静かで………いや、静か？　まあいっか」

ほんとに変わらないなー。

研究棟最上階の騒音は、そんな苦笑交じりの外の呟きをもかき消した。

余話2　真っ赤なたんぽぽ

食堂に使役魔獣を入れてあげたい。
そうシェーナ・メイズに頼まれたゼルマは、最初はあからさまに嫌そうな顔をした。
だってあの〝使役魔獣〟である。大きくて、やたらと周囲の物を壊したがり、そして暴れ終わったら片付けもせずにさっさと消える、あの。
なにより、使役魔獣は食事なんかしないだろう。なぜわざわざ食堂に来なきゃいけないのかと。

「はじめまして、いちろー、です！」

赤いふわふわの髪、赤い大きな瞳、小さなツノを頭につけた小さな子供、いや子供姿の使役魔獣は、そう言ってぺこりと頭を下げた。

「ね。可愛いでしょう？」

赤い頭にぽんと手を置いて、ふふんと笑うシェーナ・メイズ。

その子供を抱っこしていた召喚主の木乃香も、「ちゃんとごあいさつできたねー」とにこにこ笑っている。

「おばさん、これからもよろしくお願いします」

「おねがいします」

多少の警戒をしていた厨房係のゼルマは、予想外の〝使役魔獣〟の姿にぽかんと口を開け。

そして、そのぱっとお花が咲いたような満開笑顔に速攻で陥落した。

「まあまあ！　イチローちゃん、だったかい？　遠慮なくいつでも遊びに来てねー！」

ここの研究所の住人たちは、食事を単なる栄養補給としか考えていないのか、適当な時間にやってきて適当に取って適当に食べ、そして一言も話さずに戻っていく。

たまにシェーナら女性研究者たちがお茶とお菓子でおしゃべりを楽しんだりしていたが、彼女たちもそれぞれに仕事があるからいつもというわけではない。

それでいい、それが普通だと、これまでは思っていた。

が。最近のゼルマはちょっと違う。

食堂に来るようになったミアゼ・オーカは、大人しくて礼儀正しい、感じの良い娘だった。

あと、いつもゼルマたちの作った食事を美味しそうに、味わって食べてくれるのもいい。

そしてあんまり彼女が美味しそうに食べるものだから、「そんなに美味しいのか」と周囲の人間も味わって食べるようになった。

彼女が食堂に姿を見せるようになってから、ゼルマはなんだかこれまで無いほどに楽しいのだ。

そして。主と同様幸せそうにむぐむぐと口を動かすイチローが来るようになってから、よりいっそう楽しくて仕事に張り合いが出てきた。
小さい子供――使役魔獣なのだが――が嬉しそうに料理を頬張り。「おばさんいつもありがとう」と小さな手をぱたぱた振られたら、そりゃあもっと美味しい物を作るしかないではないか。

そんなある日。

「イチローちゃん、嫌いな物はないかい？　ほかに食べたいものは？」

ゼルマの言葉に、一郎は少しだけ何か言いたそうな顔をして召喚主を見上げた。

「あったら言ってみて」

木乃香も促してみる。

この使役魔獣、与えた食べ物はなんでも美味しそうに食べてくれる。嫌いな食べ物はいまのところなさそうに見えるが、逆により好きな食べ物もわからなかったのだ。

「このか」

「うん。なあに？」

珍しく、迷うような素振りを見せた後。赤髪の使役魔獣は、ぽつりと言った。

「……このかの、おむれつ」

まるで今から叱られるのがわかっている子供のような、恐る恐るの上目遣いである。

「おむれつ、たべたい」

うっと木乃香が胸を押さえた。

その場にいたゼルマやシェーナも同様だ。もちろん、誰も怒る気なんかない。怒れるわけがない。

そういえば数日前。今や定番になりつつあるカレーが出たときに異世界の食べ物の話になり、オムレツが得意だと話をしたのだった。それほど料理が上手というわけでもないが、自分が大好きだから本や動画を見たりして特訓したのだと。

一緒に来ていた一郎もそれを聞いていた。確かに、聞いていた。

ここの食堂でもオムレツはあまり見かけない。ひとつひとつ焼かなければいけないオムレツは、こういった食堂では手間を考えるとなかなか出せないのだろう。

「……オーカちゃん、いまならコンロが空いてるよ」

あらかた料理を作り終えたお昼過ぎ。気を利かせたゼルマがそう言ってくれた。

そう。一郎が食べたいのは〝木乃香の〟オムレツなのだ。


厨房でいちばん小さなフライパンを貸してもらい。かまどの火加減調整に四苦八苦しながらなんとか出来上がったオムレツは、思ったよりは上手くできたと思う。

一郎はお皿に載せたそれを見て、大きな目をより大きくして「おおー」と声を上げた。

「これはなかなかだね」

「すごい。なんかぷるぷるしてる」

皿を動かすと、その上の黄色い山もふるふると震える。よし。好みの柔らかさである。

「いっちゃんもよく食べてる、とろとろチーズも入れてみました。それから」

木乃香はここからもうひと手間、加えてみることにした。

食堂で出されていた混ぜご飯――本日はケチャップライスがあった――を、小鉢を使って丸く皿に盛り、その上に先ほどのオムレツをそっと載せる。

一郎たちが見つめる中、オムレツの真ん中にナイフを入れていくと。

ふわり、と花が開くようにオムレツが広がり、ケチャップライス全体を覆ってオムライスになった。

これにはシェーナとゼルマもわっと歓声を上げる。

「すごい、きれい！」

「へえ、面白いね」

「たんぽぽオムライスっていうんです」

「ぽ、ぽ……？」

「たんぽぽ、っていうのは、花の名前ですけど、こちらにないのかな？」

空に向かってぱっと咲く、丸くて小さな黄色い花。

黄色い花なんてこのオムライスみたいだと言われると思ったのだが。

「なんかイチローちゃんみたいだねえ」

しみじみとゼルマが言った。

ふと視線を移せば、一郎はそれこそぱあっと小さなお花がたくさん咲いたような笑顔でオムライスを眺めている。

「そうね。イチローは小さくて可愛いお花みたい」

シェーナもにこにこ、というかでれでれと一郎を見守っていた。

「黄色じゃなくて、赤いお花だけどね」

「真っ赤なタンポポだね」

ふふふ、と笑う女性たちに囲まれた一郎はふわふわとした笑顔のまま。

そうっと、宝物のようなオムライスにスプーンを入れた。

第３章

そんな彼女と魔法使い

Episode 3

Konna Isekai no Sumikkode

「ジェイル・ルーカ!?」

驚愕、という形容がぴったりの調子で呼ばれて、彼はスプーンをくわえたまま顔を上げた。

前髪だけを少し伸ばした癖のある赤っぽい茶髪。その合間からのぞく同色の瞳はすっきりと細く、どことなく面白そうにきらめいている。少しばかり軽薄そうな印象を受けるのは、そのためだろうか。

魔法使いの証である灰色の外套（マント）をまとう、まとっていても痩身とわかる男は、食堂の入口に向かってへらりと笑った。細目が、いっそう細くなる。

「ふぁー。びんひゃ、ひひゃひぶひ」

「スプーンを咥（くわ）えて話すな行儀悪い」

「ジンちゃん、久しぶり」

「誰がジンちゃんだ」

嫌そうに顔をしかめたのはジント・オージャイトである。

茶化すように「おお不機嫌面あー」と彼が呟くのでなおさらだ。

そう。無表情ではなく、不機嫌。表情筋がちゃんと仕事をしている。

わずかに眉をひそめ、そしてわずかに口元をゆがめただけの表情ではあるが、彼の不快が見て取れる。これだけが、ジント・オージャイトに関して言えば珍しいことなのだ。

しかも、彼に食事のマナーを注意される日が来るなんて。

なんとなく微笑ましい気分になってののほほんと笑っていれば、彼の眉間にしわが寄る。

「ジェイル・ルーカ。王宮勤めのおまえが、どうしてここにいるんだ」

「遅い朝ご飯を頂いてる。もしくは早いお昼ご飯？」

「どっちでもいいが、そうではなく」

「この〝かれい〟ってやつ、美味しいなー。王都の職員食堂でも作ってくれないかな」

「〝らっきょー〟を添えると一段とうまいぞ。それはともかく、何しに来た」

ふざけたやり取りでも真面目に相手をしてくれるのが、ジント・オージャイトである。冗談が通じない、ともいう。

とはいえ、こんな辺境に閉じこもっているくせに妙に会話のテンポが良くなっていると思うのは、気のせいだろうか。

「……ねーちゃんあたりに鍛えられてんのかな」

「だからいったい何の話だ。何しに来た」

ここらで「もういい、おまえの言うことは理解不能だ」とため息をついて諦めるのが常だが、どうでもいい話に惑わされずにちゃんと食い下がってくる。

進歩するもんだなー。

ジェイル・ルーカと呼ばれた男は内心でほくそ笑んだ。

と、ふと思い出したように手元のカレーライスをぱくりと口に入れる。

「ぶぉいふぃ――」

「だからスプーンを口から離せ。でもって飲み込んでから話せ米粒を飛ばすな」

「……ごめんごめん。で、美味しいけどこれ、ちょっと辛くない？」

「それが〝かれい〟だ。卵料理を合わせると辛みが緩和されるぞ」

「的確なアドバイスだなあ」

「それを最初にここで作ったのはわたしだ」

ジェイルはうっかり本気で米粒を噴き出しそうになった。


ミアゼ・オーカによれば、〝かれい〟は辛い食べ物だという。

辛さの度合いは、作り方や好みによっても違いがある。辛みの少ない〝あまくち〟から、それこそ口から火を吹きそうなほどの〝げきから〟まで様々らしい。

記録に残る異世界の料理は美味しいと感じるものがほとんどだ。が、ときに過激で不可解だ。

〝流れ者〟の魔法と同様、ジント・オージャイトの興味は尽きない。

口から火を吹くとはなんだろう。炎を食べるのか？　革新的な攻撃魔法だろうか？

――いちおう言っておきますが、もののたとえですよ。本当に火が出たりしませんからね？

クセナ・リアンの使役魔獣ルビィが口から炎を吐くさまをじーっと観察していたら、ミアゼにそう言われてしまった。比喩表現か。なんだ。


ともあれ。

そんな彼女から大人向けはもう少し辛いかも、と言われて改良したのがこの〝かれい〟なのである。

ドロドロだが意外に食べやすいし野菜も一緒に食べられるし、程よい辛さがなんだか癖になるらしい。現在は食堂の人気メニューのひとつとなっている。

ちなみに辛味成分である植物はすぐに調達できた。実はすでに敷地の片隅で栽培されていたのだ。他ならぬジントの手によって。

〝流れ者〟でもあるかの〝虚空の魔法使い〟ヨーダの手記にこれが出てくるので、王都経由で苗をわざわざ仕入れていたのだ。

トウガラシとかいう植物に似ているらしい。目つぶし爆弾の材料である。

原産地周辺では、もしものときの護身用か、民間向けの魔獣・害獣・害虫駆除としてけっこう使われているらしい。魔法を使わずに敵を撃退できる有効、かつ比較的安全な武器なのだ。

毒がないのは実証済みだが、しかしこんな刺激物が食材だったとは。

辛み成分の何たるかとそれが〝かれい〟に与える影響について滔々と語り出したジント・オージャイトをうんざりした目で見上げながら、ジェイル・ルーカは「そこ相変わらずだよね」と口からため息とスプーンを吐き出した。

悪い奴ではない。が、コレがあるから食事を一緒にとりたいとは思わない。

研究馬鹿という種族は、ご飯のときくらい「美味しいね」の一言で終われないのだろうか。

ジェイルが冷めたスープをずずっと飲み干して食事を終えると、こちらもちょうど語り終えたらしい研究馬鹿が改めて口を開いた。

「それで。お前は何しに来たんだ。逃げ帰って来たわけじゃないんだろう」

「………本題忘れてなかったのかー」

「記憶力に衰えはない」

ジェイルは肩をすくめた。ノリノリで逸れた話をしていたくせに、どうやら誤魔化されてくれなかったらしい。まあ、隠すつもりもないのだが。

そして、日頃他人に無関心なジント・オージャイトがここまで食い下がってくるところをみると、彼もおおよその見当はついているはずなのだ。

空腹も満たされたところだし。

そう呟いてジェイルが〝本題〟に移りかけたときだった。


「んしょ」

小さなかけ声が、聞こえた。

小さく短い言葉にもかかわらずそれに意識を持って行かれたのは、耳にもくすぐったい特有の高い声の持ち主――つまり小さな子供自体が、この人里離れた研究所では珍しいからだ。

ただしここは居住棟の食堂である。研究所の職員だけでなくその家族も暮らしている場合があるので、子供がまったくいないとも言い切れない。

………でも子供のいる若い夫婦とか、こんなトコロにいたかな？

内心で首をかしげつつジェイルが食堂の入口を見れば、そこには赤いふわふわの乗った大きなバ

スケットがあった。

もとい、大きなバスケットを抱えた赤髪の小さな子供の姿が。

中身は軽いようだが、子供に対してバスケットが大きすぎる。ひっくり返って潰されはしないか。

ハラハラしてしまい、なんとなく目が離せなくなる。

しかし、バスケットを持ち上げるもみじのような手は意外にも危うげなく、とことこと歩く足取りも確かだ。

前がちゃんと見えているかどうかが少々不安だが、それもちゃんと足元にサポート役らしきモノがいた。

ふさふさの毛皮に短く太い四本の足、そして房飾りのような尻尾を持つ黒いモノ。

子供よりもさらに小さい〝何か〟。

ときどき大きく揺れるバスケットをソレが鼻面で押し返し、障害物があれば子供に擦りついて教えているようであった。

おばさんー、と子供が呼ぶ。

すると、食堂のおばさんことゼルマがすぐにバタバタと飛び出してきた。昼前のこの時間、厨房はかなり忙しいし騒がしいのにである。

「まあまあイチローちゃん！　ジロちゃんも！」

いらっしゃい！

にっこにこの笑顔全開である。

ちなみにジェイルが顔を見せたときは、かなり久しぶりだったのに「ああお帰り」の一言であっさり終わってしまった。この対応の差はなんだろう。

子供には少々大きすぎるバスケットを受け取りひょいっと片腕で持ち上げて、ゼルマが言った。

「オーカちゃんのおつかいかい？」

「ん。ごちそーさまでした」

深々ー、と丁寧にお辞儀する子供。そしてそんな姿に目尻が果てしなく下がっていくゼルマ。

あれ、孫なんていたっけ？　とジェイルは首をかしげる。

「イチローちゃんも食べられたかい？　美味しかった？」

「ちーずおむれつ、おいしかった」

幸せそうににぱっと笑う子供に、彼女は「ああーもう、ホントいい子だねえ」と呟いて優しく頭を撫でてやる。

そうしてくすぐったそうに身をよじる彼の赤髪の合間から見えたのは、白く小さな突起。

にゅっと盛り上がりつくんと尖ったそれ。

「……………ツノ？」

その子供。最初から、なんとなく不自然さはあった。

小さな子供の姿だが、この小ささにしては、目鼻立ちも身体の作りもしっかりとしているのだ。

まるで少しだけ大きな子供の姿かたちをそのまま小さくしたような。

そしてあのツノらしき、植物ならばトゲとしか思えないような突起である。頭にツノの生えたヒトはいない。

あそこまでヒトに近い亜種は世界のどこでも確認されていなかったはずだが。いやあんな非力そうな種族、いてもすぐに絶滅してしまうだろう。

ゼルマは次に「ジロちゃんもお手伝い頑張ったねえ」と子供と一緒に来た黒いモノの背中をわしわしと撫でた。鳴きも吠えもしないソレは、しかしぴこぴこと忙しなく尻尾を振って一生懸命嬉しさを表現している。

「……………あれもナニアレ」

思わず口から出た素朴な疑問に、簡潔に答えたのはジント・オージャイトだった。

「使役魔獣だ」

「……………は？」

「だから、召喚した使役魔獣だ」

「はあ？」

残念ながら、簡潔すぎてわからない。言っている事はわかるが、理解できない。

たしかに普通の生き物には見えない。しかしあんなに人懐こいのが使役魔獣？

いや、ゼルマに懐いているのだから、ゼルマの使役魔獣なのか。

……いやいや。彼女が召喚魔法の使い手だなどと、一度も聞いたことがないのだが。

「ミアゼ・オーカの召喚した使役魔獣だ」

「……少しずつ修飾語が増えるのは、わざとか？」

焦らしているのか。ジント・オージャイトにそんな話術などない事はわかっているのに、つい疑惑の眼を向けてしまう。

呆れたようにジントが言った。

「ミアゼ・オーカは〝流れ者〟だ。おまえ、ある程度彼女について調べて会いに来たんじゃないのか？」

「そりゃ……」

彼の言う通りだ。

ラディアル・ガイルが庇護しているという、世にも珍しい〝流れ者〟。風変わりな召喚術を使うところまでは、わかっていたのに。

そうか。あれが、話に聞いた風変わりな……。

「えええー、あれ何っ？」

「だから、使役魔獣だと言っている。イチローとジローだ」

あとサブローとシローもいるぞという元同僚の声は、驚愕のジェイルにはすでに届かない。

すると件の赤髪の使役魔獣が、とことことこちらへ寄ってきた。

イチローどうした用があるのか、と声をかけるジントは、あくまで平静である。

当たり前だ。彼はすでに他人に懐く使役魔獣にもしゃべる使役魔獣にも慣れているのだから。

こっくり、と頷いた子供のような使役魔獣は、次に見知らぬ赤っぽい茶髪の魔法使いを見上げて

小首をかしげた。

「おにーさん、るか?」

「……おにーさんは確かに〝ルカ〟って呼ばれてるけど」

なぜ初対面の使役魔獣にいきなり愛称を呼ばれなければならないのか。

常日頃から顔に張り付けるようにしている当たり障りのない笑顔も忘れて、ジェイル・ルーカが不審感いっぱいに赤い頭を見下ろす。

「るか」

もう一度呼び捨てにしてから、使役魔獣は言った。

「めいねーさまから、でんごん」

「は? ねーさま……って」

「このおばか」

拙くも、やたら丁寧な声に、ジェイルは絶句した。

「どのつらさげてもどってきたの、このはらぐろ。こそこそしてないで、さっさとしょちょーのところにかおだしなさいよ。だせないかおなら、とっととおうとへかえりなさい」

「………」

淡々と言い終わった一郎はふう、と息をついた。

そしてやりきったとばかりに無邪気な笑顔をジェイルに向けてくる。きっと、伝えた言葉の内容まではよくわかっていないのだろう。

だがその直後、彼らを可愛がっていたゼルマおばさんから鋭く睨まれた。なぜだ。

「とっとと帰る気がないなら、さっさと所長のところに行ったほうがいいんじゃないか？」

ジントが真面目に追い打ちをかける。

辺境でもここは王立魔法研究所。

敷地内に足を踏み入れたときから、ジェイル・ルーカが来たことなどお見通しのはずだ。隠れても無駄だからこそ、堂々と食事をしていたわけで。しかし。

「こそこそ探り入れてたのは、どうしてばれたかなあ」

研究棟に入ればさすがに勘付かれると思ったので、外側からこっそり、やんわりと中をうかがっていたのだが。

「使ったのは魔法か？」

「そう。風の魔法をさらっと流してちょっと音を拾ってただけなのに」

つまりは盗聴なのだが、精度は盗聴魔法の足元にも及ばない。

本来は広範囲に対して不特定多数の噂などの声を集める、もしくは不特定多数に声を届ける魔法だ。確実性はないが、ただそよっと風が吹くだけなので、気付かれにくいという利点もある。

「魔法を使ったのか。それなら仕方ない」

そうかそうか、とジントが頷いた。

ひとり勝手に納得している様子に、ジェイルは少しばかりむっとする。

「どういうことだ？」

「そこのジローの目……いや鼻か？　とにかくソレに感知できない魔法などないと思うからな。所長やミアゼ・オーカを探っていたのなら、なおさらだ」

ソレ、と示された黒いふさふさのモノはふたりを見上げ、返事をするようにぴこぴこと黒い尻尾を左右に振った。

「……ええと、それで。なんだって？」

「ジローの特性は、魔法探知だ。逆に言えばそれしかできないが、正確無比だぞ」

淡々と、ジントが教えてくれる。

予想外である。

いや〝流れ者〟はこうあるべき、という型がないことは知っている。そういう意味では、この使役魔獣たちの主はちゃんと〝流れ者〟らしい〝流れ者〟と言える。

しかし……わけがわからない。

どこから質問していいかもわからない。

呆然と、壊れたように「ナンダコレ」と呟くジェイル・ルーカに対して、元同僚は「だからさっさと本人に聞きに行ったらいいだろう」と指摘した。

食堂への出入り禁止を言い渡されたくなかったらな、と。

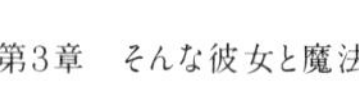

余談ではあるが。この世界には名字、あるいは家名というものがない。

例えば〝流れ者〟の木乃香の場合。

本名〝宮瀬・木乃香〟は、名字・名前の組み合わせである。彼女の家族も同じ名字、つまり〝宮瀬〟を名乗っている。

しかしこちらの世界、少なくともここフローライド王国では、似たように前後に区切って発音されてはいてもどちらも名前。家族や親戚だからといって、名字にあたるような共通する部分があるわけではない。

どうやら、もとの世界よりは家や血筋といったものへのこだわりが希薄であるらしい。国王の地位すら世襲制ではなく、いくつかある〝王族〟の家からそのときいちばんの優秀な魔法使いが選ばれるというのだから驚きである。

呼び方は、フルネームで呼ぶのが最も丁寧で、それなりに親しければ愛称や略称で呼んだりもする。それも結局は本人の好みによるところが大きいのだが。

「それで。何しに来たのバカルカ」

「相変わらず口悪いなーねーちゃん。久々に可愛い弟に会ってそれかよ」

フローライド王国辺境のマゼンタ王立魔法研究所、そんな所長執務室。

ここで、とある姉弟が久々に顔を合わせていた。

姉であるところのシェーナ・メイズがわざとらしく顔をしかめる。

「どこが可愛いのよ」

「可愛いでしょー唯一の肉親。久しぶりー元気だったー？　くらい言えばいいじゃん」

「元気じゃない。聞かなくても、見るからに」

「まあ、そうなんだけど」

「……元気そうでよかったわよ」

あんた連絡寄越さないから、とため息混じりに小さく呟いたシェーナ・メイズと、にへっと笑ってお互い様でしょーと言い返すジェイル・ルーカ。

例によって、名前に共通点はない。

が、髪や瞳の色が近く、言われれば「ああー」と納得できるほどには顔もなんだか似ていた。

ほっそりとした体格も似ているといえば似ているが、片やスレンダーなモデル体型、片やひょろいもやしにしか見えないのは男女の差か、あるいは雰囲気の違いか。

灰色マントのにこやかなもやしは、木乃香に向かって自己紹介した。

「フローライド中央官のジェイル・ルーカといいます。ここにいた元研究員で、シェーナ・メイズの弟です」

はじめましてー。

切れ長というよりはただの細目が、目尻を下げることでいっそう細くなる。

にこやかな風だが目は笑っておらず、気安い口調だが抑揚は少ない。

「はじめまして。宮瀬……〝ミアゼ・オーカ〟です。メイお姉さまにはお世話になってます」

「オーカちゃんね。よろしくー」

「……………」

――――なんだか胡散臭いなあ。

姉のシェーナには申し訳ないが、これが木乃香の第一印象であった。

まず、いきなりの〝オーカちゃん〟呼び。人懐こいというより馴れ馴れしい。

そして頭のてっぺんから足のつま先まで、じっくりと観察するような視線。これは、こちらへ来たばかりの頃に研究者たちからよく受けたものだ。これには不快より先にうっかり懐かしさを感じてしまった。

珍種〝流れ者〟ではなく、ちゃんとヒトとして見られているようだから、顔をしかめるほどの嫌悪感がないのかもしれない。単に慣れただけかもしれないが。


テーブルにことりとお茶を置けば、「うっわー」と大げさに驚かれた。

ずずっとお茶を飲み、茶菓子にまで手を伸ばしてからジェイル・ルーカがしみじみと呟く。

「まさかこの部屋でお茶を頂ける日が来るとはねえ」

けっこう本気で感心しているらしかった。

そう。しつこいようだが、ここは王立魔法研究所所長の執務室、兼応接室。

文字通り足の踏み場もなかった、不可侵の汚部屋である。

なかなか大変な作業だったが、テーブルとソファ、そしてお茶セットを発掘できてよかったなあと思う木乃香だった。さっそく役に立っている。

甘い焼き菓子を口に入れながら、苦い顔つきでシェーナが言った。

「……だからコレにお茶なんていらないのよ」

「いや、素直に感動してるんだけど」

「あんたの言い方はいちいちカンに触るの」

部屋の主が大きな体を丸めてやっと横になれるくらいしか隙間がなかったそこは、実は主ラディアル・ガイルとシェーナ、そして木乃香と一郎までが並んで座れるほどの長椅子だった。

さらに完全に埋もれていたテーブルを挟んだ向こう側の、これまた埋もれていたひとり掛けソファにジェイルが腰かけ。戸口にはジェイルを引っ張ってきたジント・オージャイトが見張りのように突っ立っている。

ついでに言えば、二郎は長ソファの横にお行儀よくお座りし、三郎は木乃香の頭の上。四郎はもうひとつのひとり掛けに寝そべって、くあーとあくびをしていた。

これだけの人数が部屋に入れ、なおかつ訪問客にお茶と茶菓子が出たのは、ラディアル・ガイルが所長に就任して以来、初めての快挙であった。

ちなみに、隣の研究室はまだまだ断捨離の真っ最中だ。とても人様に見せられるものではない。

「それで。何しに来たのフローライド中央官のジェイル・ルーカさん」

冷ややかにシェーナが言う。

久々に弟に会ったらしいのに、彼女の声は実に刺々(とげとげ)しい。しつこい〝流れ者〟研究の魔法使いたちを追っ払っていた、あの口調である。

「何しにって言われても」

拒絶はしていないが、あからさまに煙たがられている。もちろん、歓迎なんてされていない。そんな空気がわからないはずはないと思うのだが、ジェイルはへらっと気の抜けた笑みを浮かべた。

「えーと、つまり勧誘しに？」

答えれば、即座に方々から反応が返る。

「却下」

「無理だ」

「ダメよ」

長椅子にどかりと座りむっつり黙り込んでいたラディアルが、入口付近に突っ立ってこれまた黙って成り行きを注視していたジントが、そしてきっと眉を吊り上げたシェーナが、ほとんど同時に否定の言葉を口にした。

ひく、とジェイルの笑顔が引きつる。

「あの、みんな、もうちょっと詳細を――」

「却下だ」

「無理だ」

「ぜったいダメ」

「……」

取り付く島もない。

ジェイルは「ははは」とうつろに笑った。

「愛されてるねー、オーカちゃん」

「……わたしの話だったんですね」

他人事だと思って——思いたくてぼんやりと成り行きを見守っていた木乃香は、ため息をついた。

ジェイル・ルーカが部屋にやってくる直前。

それまで部屋の掃除を手伝ってくれていたクセナ少年とその使役魔獣ルビィが「お客さんが来たんなら」とさっさと出て行った。それならわたしも、と部屋を出かけた木乃香を引き留めたのはラディアル・ガイルである。

そして彼女の隣に陣取ったシェーナがすがる様に腕を絡めてきたあたりで、単なる弟さんの紹介ではないんだろうなと察してはいた。

が、さっさと話を遮ってくださる過保護者様方のお陰で、話がまったく見えない。

彼が「勧誘しに」来たと言っただけで揃いも揃ってこの拒否反応である。たぶん、あまりいい話ではないのだろうが。

「オーカはやらんぞ」

苦虫を噛み潰したような顔で、娘を嫁に出すのを渋る頑固親父のようなことをラディアルが言う。

「おまえのところの上司に言ってやれ。オーカが欲しいなら、体重と年齢をもう二十は落としてきやがれってな」

「お相手はうちの上司じゃないですよ」

「どっちも大して変わらないだろうが」

「まあそうですけども。体重はともかく、若返るのは無理じゃないですかね」

「じゃあこれで話は終わりだ」

「ええっ、ちょっと待った！」

さっさと話を切り上げようとした魔法研究所の所長を、中央官が慌てて止めた。

「あのですねえ。そんな話が出ていることは事実ですけども」

「やらんと言っているだろう」

「だからちゃんと話を聞いてくださいよ！　おれは別に国王陛下のお妃を迎えに来たわけじゃないんですって！」

「………」

木乃香は内心で首をひねった。

おかしい。この話だと、まるでほんとうに嫁に行かされそうだったみたいではないか。自分が。

………自分が？

つまり、こういうことだった。

現在のフローライド国王は、新しいもの珍しいものが大好きな道楽人間。

世にも珍しい〝流れ者〟が現れたと知って、ぜひとも見たいと言い出した。

それを、保護者となったラディアル・ガイルが、まだ混乱しているようだから、こちらの世界に慣れていないから、魔法を使いこなせていないから、無害か有害か判断できないから……などと理由をつけてことごとく躱していたのである。

この前、ひどく疲れた様子で王都から帰って来たのは、どうやらコレにも原因があったらしい。

彼の物言いに、国王も渋々ながらも諦め、頷いていたのだという。今までは。

だが、大人しく引き下がろうとした国王を焚きつけようとする輩がいる。

それが国王の側近たちだ。

「陛下だけが駄々をこねてるんなら、適当に流して無視してればいい話なんだけどねぇ」

ジェイル・ルーカがぼやいた。

王様に仕えているはずの人が、なんだか無礼な言葉を吐いた気がする。

しかし、なんとそれが現在の王様とうまく付き合っていく秘訣なのだという。

国王様は、どうやらとても飽きっぽい性格でもあるらしかった。いちいち聞いていればきりがないし、何か別の楽しいことでも見つければ今の我儘もとっとと忘れてしまう。それは辺境の〝流れ者〟相手に限ったことではない。

「王様って、子供なんですか？」

「いいや。いい歳のオジサン」

「……王様ですよね？」

「いちおう、王様だね」

いちおう。なぜ〝一応〟。

いい歳した、王様がそれでいいのか。

言葉が出ない木乃香に、ジェイルが「ありえないよねえ」と他人事のように頷く。

そして「で、さらにありえないのが」と続けた。

「〝流れ者〟の話に、陛下の側近たちも食いついちゃったんだよねえ」

王の興味を引く、若い女性である。

しかも〝流れ者〟なので、面倒なしがらみも、気を遣うべき血縁者もない。

王のご機嫌を取りたい者たちにとって、これほど魅力的な駒はないのだ。

幸か不幸か、ラディアル・ガイルが彼女の後見におさまっているので下手に手出しはできないが、隙あらば国王に差し出そうと狙っている。もちろん自分たちを後ろ盾として、である。

「だからって、どうしていきなり〝妃〟に飛躍するんですか」

「そう言えば釣れると思ってるんだよ。それで妃とか側室に上げた女性が実際に何人もいるから」

そうして集まったお妃たちは、希少な魔法や王様の気を引いた魔法の使い手ばかりなのだという。

それしか興味がないのだから仕方ない。

王様も王様で、〝妃〟は気に入った者を近くに置いておける便利な名目としか思っていない。ちなみに、気に入ったというのは、色恋ではなく、どちらかと言えば珍しい植物や動物を愛で生態を観察する種類のものだ。

……なぜだろう。国王様なのに、辺境の研究所に生息する研究員たちと重なる。

ラディアルが速攻で「やらん」発言をしたのは、この辺の事情を知ってのことである。

「あと、妻にすれば確実に近くに呼べるでしょう。さわり放題、観察し放だ……」

ジェイルが言った。が、保護者様方のただならぬ冷気に途中で固まる。

慌てて「おれの話じゃないから！　一般論だから！」と取り繕うが、そんな一般論、国王とその周辺限定だとしても甚だ迷惑である。

「だから、そのつもりで来たんじゃないって言ってるでしょうが！」

ジェイル・ルーカの悲痛な叫び声が所長室に響く。

そして必死なあまり、あえて今言わなくてもいいようなことまで口走った。

「確かに、来たのは上司からの命令ですけど！」

「……現在、おまえの上司は誰だったかな」

二度とそんなことを考えないように釘を刺さないとな。ふっとくて痛ーい釘をな。

地を這うような声。

あふれんばかりの殺気は、上司がいる王都まで届いたのではないだろうか。

横を見なくてもわかる。部屋の主にして保護者筆頭のご機嫌は、地を這うどころかおそらく地面にめり込む勢いで急降下を続けている。

再び木乃香はため息をついた。

きっと、ジェイル・ルーカは言葉で損するタイプなのだろう、と。

◇◆◇

「……つまり、〝流れ者〟が新しい妃なんかになったら、こっちとしては困るんだ」

疲労困憊といった風情（ふぜい）で、ジェイル・ルーカが言った。

がっくりと落とした肩の上には、なぜか白い子猫――〝四郎〟が乗っている。

わりと居心地がいいのだろうか、垂れる尻尾がふよふよんとご機嫌に揺れていた。

この猫を彼にくっつけたのはシェーナ・メイズだ。

他人の使役魔獣を平気で抱え上げた姉に声もなくびっくりしていると、彼女はにっこり笑ってその他人の使役魔獣に指図したのである。

「シロ。こいつになんか怪しい動きとか言葉とかがあれば、遠慮なく凍らせちゃって」

「うえ、凍っ!?」

「にあー」

わかったよー。

鳴き声がそんな風に聞こえたのは、気のせいだろうか。

それからこの白くて小さな使役魔獣は、先ほどソファを独り占めしていたときと同様、ジェイルの肩の上でのんびり寛いでいた。

ふんわりとした温もりに、ついうっかり和みそうになる。他人の使役魔獣なのにだ。

他人の使役魔獣というモノは、寄るとさわると問答無用で即座に攻撃を加えられる危険物ではなかったか。

「…………」

まあいいか、とジェイルは思うことにした。

なんだか自分だけがいちいち驚くのも馬鹿馬鹿しくなってきた。

シェーナが物騒なことを言っていたが、この白猫一匹くっつけただけで穏便に話が進められるなら、安いものだ。

そう、思うことにしたのだ。

「いま、国王陛下の側近連中で、現在とくに強い発言力を持っているヤツはいない。だからこそ、奴らは王の興味を引いた〝流れ者〟を差し出すことで、他より頭ひとつでも抜きん出たいと思っているんだろうけど――」

「やらん、と言っているだろうが」

「はいはいわかってますよ」

ちらりと窺えば、ラディアル・ガイルが即答する。

ジェイルは大げさに肩をすくめようとした。が、ぴくりと肩を強張らせてやめる。

そこに白猫がいたので思いとどまったらしかった。

ふよん、と四郎の尻尾が揺れる。

「……こっちだって困る、と言ったでしょう。下で働いている者にしたら、それぞれの勢力が拮抗してけん制し合っている今ぐらいが、いちばん平和で楽なの」

「その上司の命令で来たと言っていただろう」

「それはまあ、都合よかったんで。おれも〝流れ者〟がどんなものか見たかったし、ついでに里帰りできるし、言い訳なんていくらでもできるからねー」

〝流れ者〟本人は、物珍し気なジェイルの視線も平然と受け止めていた。ああまたか、という感じだ。むしろ周囲の保護者様方のほうが過剰な反応をしている。

ジェイル・ルーカは内心で首をひねった。

実に奇妙なことに、保護者面の面々にジント・オージャイトも入っているのだ。

彼こそ彼女を研究対象にしないわけがないのだが。

いや研究対象を横取りされると警戒しているのだろうか。彼なら黙ってにらむのではなく、そう堂々と主張してきそうなものだが。

「それで。あんたはただオーカを見に来ただけなわけ？」

呆れたようにシェーナ・メイズが言う。

「まっさかー」

と、ジェイルが笑った。

「そこまで暇じゃないよ。このままおれがなんの収穫もなく帰ったとして、また次の誰かがオーカちゃんを王城に迎えようと誘いに来る。それで、誘いに乗らないとわかれば強硬な手段に出てくるかもしれない……国王の、興味が失せるまでね」

「……それを許すと思うか？」

「思わない！　思わないけど、面倒でしょ？」

剣呑(けんのん)な声に、ジェイルが慌てて続ける。

これ以上話が拗(こじ)れるのは、ほんとうに勘弁して欲しい。

そういえば人だろうと動物だろうと、一度懐に入れたからには何がなんでも守り通すのがラディアル・ガイルという人物だった。

そうなれば、ジェイルは立場的に敵だ。冗談ではない。

頼むからとりあえず聞いてってば！　と彼は声を張り上げた。

「それで、おれたちは考えた。〝流れ者〟オーカちゃんへの国王の興味が失せればいいんだ、とね」

「それこそ、無理だろう」

〝流れ者〟研究のジント・オージャイトが口を挟む。

びし、びし、びしと木乃香の使役魔獣たちを指さしていく。

「これも、それも、世間一般の使役魔獣とは違いすぎる。それに彼女の世界の話にしたって、興味を引かないわけがないだろう」

「………」

指をさされて、一郎がぱちぱちと赤い眼を瞬かせて小首をかしげ。

二郎がぴこん、と一度だけ黒い毛玉のような尻尾を振り。

三郎がぴぴぃ、と返事をするように鳴いて羽ばたき。

そして四郎がするんと白い尻尾でジェイルの頬を撫でた。

ジェイル・ルーカがじーっとそれらを見つめ、少しばかり困ったように眉尻を下げる。

そして目の前でゆらゆら揺れる白い尾を手で避けて、言った。

「彼女の持つ魔法が大したことないと思わせれば、いけると思うんだよなあ。……たぶん」

ちょっと自信がなくなってきた。

「でも、国王が興味あるのは、ジンちゃんと違って魔法に関することだけだからねえ。しかもあの人、大きい魔法とか派手な魔法が好きでしょう」

これまでは、他に気を引けそうなものをあれこれと探していた。

しかし〝流れ者〟以上の珍しいものはほとんどないと言っていい。あっても側近たちが見逃すはずはなく、すでに国王に献上済みである。

そして飽きれば、また〝流れ者〟に目が行くに決まっている。

逆に言えば、〝流れ者〟は過剰に期待されている。

だから多少変わっていても、「魔法は意外と普通だった」と思わせてしまえば、向こうは勝手にがっかりして興味を失くすと思うのだ。

「お前は、彼女の使役魔獣の特殊能力を知らないからそんなことが言える」

「知らないから言ってるんだよ」

「……どういうことだ？」

ジェイルがわざとらしく強調したことに、ジントが眉をひそめる。

聞いて「なるほどな」と低く呟いたのはラディアル・ガイルである。

「ルカ、オーカのことはどれくらい知られている？」

「おれのいまの知識と変わらないと思うよ。〝流れ者〟で、ラディアル様が保護して魔法を教え、召喚魔法に成功したらしいってくらい」

つまり、詳しいことは何も知られていない。

こんな辺境の情報など、わざわざ報告でもしない限り王都ではつかみにくいだろう。

そしてこまめに言いふらすような物好きも、詳しく報告するほど親しい交友関係を中央と築いている魔法使いも、ここにはいない。

そしてここは辺境とはいえ王立魔法研究所。

外部からの干渉は、魔法であれ物理的なそれであれ、ほとんど跳ね除けられる設備が整っている。

何より、所長ラディアル・ガイルがそれを許すはずもない。

つまり、盗聴も偵察も、外部からのそれは全て防がれているのだ。たまに防犯機能をかいくぐる魔法があったとしても、現在は木乃香の使役魔獣〝二郎〟がちゃんと気づいて報告してくれる。

適当にひげの伸びた顎に手をあて、しばらく思案していたラディアルが口を開いた。

大きな黒い身体をかしげて首をひねり、深緑の双眸を同じソファに座る木乃香へと向ける。

「オーカ、〝魔法使い〟になるか」

「……は？」

彼女はぽかんと師を見つめ返した。

この国では、魔法が使えるからといって勝手に〝魔法使い〟を名乗れるわけではない。

いまの木乃香はラディアル・ガイルに弟子入りしている単なる〝見習い〟である。

彼女が〝魔法使い〟の資格を得るためには、王都へ行き認定試験を受けなければならないのだが。

「わたし、召喚魔法しかできませんよ？」

「それでいいんだ」

「認定なんて、あんなのは形だけよ」

満足そうにラディアルが頷く隣で、シェーナ・メイズが浮かない表情のままに言う。

「一定以上の階級を持った魔法使いの推薦を受けて、何らかの魔法を認定官の前で披露できればそれで〝魔法使い〟にはなれるから」

「使役魔獣なら、連れていけばそれでいいぞ」

「……小さくて弱くて怖くないいんですけど？」

「だから、それでいいんだ」

〝魔法使い〟の資格を得るのは、比較的簡単だ。というか、認定試験を受けることができた時点でほぼ合格は決定している。もともと魔法が使える者しか申請してこないのだから。

認定官が見極めるのは〝魔法使い〟になれるか否かではなく、むしろ受験者たちの魔法の実力の程度なのだ。

〝魔法使い〟は、その実力によって、十二の階級に分けられている。

認定されるともれなく支給される外套も、その階級によって色が違っていた。

最上級である階級一は漆黒。下へ行くにつれて白が足され色が明るくなっていき、最下級である階級十二は純白となる。

ちなみに、研究所でも世間でも数がもっとも多いのが〝中級〟と呼ばれる階級四から八の魔法使いたちで、外套の色は濃淡はあるものの灰色だ。

この国でも数えるほどしかいないという最上級魔法使い、その証である漆黒の外套を身にまとう師は、弟子に向かってにやりと笑った。

「小さくて弱くて怖くない。あとは……そうだな、認定官の前で適当に火でも冷気でも吐いてくればいいだろう。なに、最初が下級でも、後から位を上げることはできるからな」

「そういう認定官を回すくらいの根回しはできると思うよ」

にんまり、とジェイル・ルーカも目を細める。保護者筆頭の理解を得られたようで、少しばかりほっとしながら。

魔法使いは魔法使いでも〝下級〟魔法使いになってこいと、つまりはそういうことだ。

国王とその周辺の期待を裏切るために。

「ミアゼ・オーカは小さな使役魔獣を呼び出せる程度の魔法使い。それでいい。……どのみち、そろそろ資格は必要だと思っていたんだ」

ジントとシェーナが何か言いたげな顔をした。

しかし実際に口に出すことはなかった。ただ、そこ此処でくつろぐ小さな使役魔獣たちに、いろんな思いを込めた視線を移すだけで。

木乃香は、師とジェイル・ルーカとのやり取りを黙って聞いていた。

彼女の使役魔獣が小さいのは事実である。とくに反論する気はない。むしろ、大きくて怖い使役魔獣を出せと言われたほうが困る。

周囲に呆れられているのは理解しているが、彼女にだって譲れないものがあるのだ。

評価されたくて作ったわけではない。そして、評価されたいとも思わない。

魔法使いとして出世する野心も、名をとどろかせる意欲もない。

まして、国王に珍獣的な意味で気に入られたいわけがない。

この異世界で、いつも無条件で傍にいて寄り添ってくれる存在であること。それぞれに召喚のきっかけはありそれぞれに便利な特殊能力はあるものの、それが彼女にとって大原則であり大前提なのだ。

「……上手く、誤魔化せるのかしら」

ぽつりとシェーナが呟く。

無意識に癒しを求めていたようで、その手は足元で行儀よくお座りする黒犬の背中をさわさわと撫でていた。

「誤魔化してみせようじゃねえか」

にやりと、なにやら黒い笑みでラディアルが答えれば。

「あー、できるできる。余裕でできる」

不安になるほど軽い口調でジェイルが頷いた。

「ほんとうに、オーカを王都に連れていくんですか？」

「王都じゃないと魔法使いの認定が出ないだろう」

シェーナ・メイズの問いに、ラディアル・ガイルは飄々と答えた。

フローライド王国における常識である。

だが、彼女はそんなモノが答えとして欲しかったわけではない。無言でにらみつけていれば、彼もそれは分かっていたのだろう。

理由は、いくつかある。まず。

「そろそろな。オーカにも研究室を作ってやれないかと思っていたんだ」

これまで彼女の召喚魔法は、師であるラディアル・ガイルの研究室で行われていた。

床に召喚陣を描くことにこそ大きな魔法力と多くの時間を費やすこの魔法は、本来彼女のような初心者が適当な場所で適当にできる代物ではない。

頼むから目の届くところでやって欲しい、という親心もあった。

しかし、彼女の召喚する使役魔獣もいつの間にか四体目。いつまでもこのままというわけにもいかない。

ラディアルにはラディアルの仕事と研究があるし、所長たる彼であっても、正式な魔法使いではない者に王立魔法研究所の籍と研究室を与えることはできないのだ。

そして。

「……とぼけるのは、もう限界だからな」

彼は呟いて、気まずそうに目をそらす。

この国に、〝流れ者〟が現れたら届け出よという決まりはない。

が、問われれば知りませんと押し通すこともできない。

そもそも、ラディアル・ガイルには木乃香の存在を隠すつもりはなかったのだ。こちらから積極的に言いふらすつもりもなかっただけで。

ラディアルは王立魔法研究所の所長というご立派な肩書きを頂いてはいるが、王都からも遠い辺境のマゼンタ行きは、事実上の左遷。体（てい）のいい隠居である。

本人はむしろ喜んで王都から出てきたわけだが、彼が恨みに思っていつか仕返しするのではないかと警戒している者たちはいるし、逆に戻ってきて欲しいと切望している者たちだっている。

そんな状況で得体の知れない〝流れ者〟を隠しているとなれば。

誰に、どう思われるか。そしてどう利用されるか。わかったものではない。

彼に木乃香を放り出すという無責任な考えはない。だから、得体の知れない〝流れ者〟を得体の知れる〝流れ者〟にしようというジェイル・ルーカの考えに乗ってみようと思ったのだ。

「ルカの考えは、悪くないと思うぞ」

「でも……」

「これ以上匿うことができないのなら、いっそ表に出す」

単に存在が珍しいだけではない。〝流れ者〟たちは、過去に数々の華々しい伝説を残していた。良くも、悪くも。

だから本人に会ったことがないにもかかわらず、国王は非常に関心を示し、その側近たちは利用しようと画策してもいるのだ。

ただし、記録に残りにくいだけでそうではない〝流れ者〟だって存在する。それだって、もちろん彼らは知っているはずだ。

実際がどうであれ、木乃香が思ったより普通のヒトだと判断されたなら。

勝手に期待していた彼らは、勝手に落胆してくれるだろう。なんだ〝普通〟か、と。

そうして興味を失くすはずだ。そうであって欲しい。

「国王陛下くらいなら、オーカの使役魔獣の特性に気付いちゃうんじゃないですか？」

問題は、木乃香がおそらく〝普通〟の範疇に当てはまらないこと。

なんだかんだで、彼女の使役魔獣が特殊で、非凡であることに変わりはない。

珍しいモノ好きの国王がそれに気付いてしまったら。シェーナが心配しているのはそこだ。

「もともと、オーカの使役魔獣は国王の好みとは違う。あれは複雑で大規模で派手な魔法が好きだからな。小さくて地味な見た目で、まず興味を失くすはずだ」

ラディアルが苦笑いする。

木乃香の魔法力が高いことくらいは気付くだろうが、それだけの人間なら〝流れ者〟でなくてもたくさんいる。国王が興味を持っているのは魔法そのものであって、それを発動する燃料となる魔法力ではない。

使役魔獣たちの細かい特性まで知ってしまえばわからないが、そこまで丁寧に説明してやる義理はないのだ。

最善は、認定試験のひどい結果を聞いた時点で、国王が興味を失くすこと。

国王が明らかに興味を失くせば、周りの側近たちもこちらに手を出そうとはしないだろう。

あんなに人懐こく可愛い使役魔獣たちを目の前にして、手が出ない者などいるのだろうか。そんな風にシェーナは思うのだが、まあ、それも好みの問題だろう。

あの中年国王が実は可愛い物好きだったとか、そんな事実はないと思いたい。

それにな、とラディアルは付け足す。

「オーカに外を見せるいい機会だ」

これまで木乃香は、研究所と隣接する荒野にしか行ったことがない。

最寄りの集落まで歩いて半日の距離があるのだから、気軽に行けるわけでもないのだが。

別に禁止していたわけではない。

そういえば本人もどこかへ行きたいと口にしたことがなかった。

所長のラディアル・ガイルを筆頭に、ここに住む大半の魔法使いが筋金入りの出不精なので、これまで特別おかしいとも思わなかったのだが。

彼女は、地理や歴史の話をすればちゃんと聞いて質問も返してくる。しかし自分から書物を読んだり調べたりするほどの意欲はない。

まったく外に興味がないわけでもないのだろうが、関心は薄いようだった。

この世界、危険な場所や治安の悪い場所などいくらでもあるし、ラディアルもそれは教えた。しかも彼女は若い女性で、こちらの世界に関してまだまだ無知といえる。未知の世界に対して警戒心を持つのは悪いことではないだろう。

しかし彼女のそれは、慎重であるのとも違う気がする。

知識はいずれ身に付くだろうし、彼女の召喚した使役魔獣はそれなりに使えばじゅうぶんに役に立つ代物だ。

だがこの先、彼女がこの世界の知識を得たとしても、彼女は追い出しでもしない限り、ここを出ようとしないのではないか。そんな風にラディアルは思う。

それはここの研究者たちのように閉じこもっているのが好きというわけではなく。

まるで出てはいけないと、誰かに言い含められてでもいるかのように。

出ていけとは言わない。思ってもいない。

木乃香がここに留まりたいというならば、いくらでも居て構わない。

しかし、選択肢は与えてやりたい。どれだけ書物を読み漁って知識を得たところで、実際に見て触れる経験には敵わないだろう。

彼女は〝流れ者〟。

この国に、この研究所に縛られる必要はない。

「……あー、子供の成長を見守る親ってこんな感じなのかな」

「所長？」

「カヤさんの気持ちがわかる」

「………」

カヤというのは、最寄り集落の農家の奥さんの名前だ。ときどき研究所に果物を持ってきてくれるので、シェーナも他の職員たちもよく知っている。

そして、クセナ・リアンの母親でもある。

この前、クセナ少年の将来について相談されたのだ。

「……いっそのこと、オーカを養子にでも迎えちゃったらどうですか」

「むう、そうか。後見人は代えられるが、親子の縁はなかなか切れないからな。オーカに提案してみるか」

……半分冗談だったのに。

魔法使いにしてはがっしりとした腕を組んで真剣に考えだす独身の中年男を前に、シェーナ・メイズはなんとも言えない微妙な顔つきをした。

すでに研究所内では、ここの師弟は師弟というより親子のように認識されている。

来たばかりのジェイル・ルーカでさえ、嫁に出さん発言に呆れて「あの人は、いつの間にお父さんになったの」などと呟いたくらいだ。

とはいえ、多少の年の差があるにしても、互いに大人の独身男女である。好意はあるのに、どうしてそれが恋愛ではなく親子愛のほうに行ってしまったのか。シェーナだけでなく、他の研究所の面々も首をかしげるところだ。

まあ、本人たちがそれでいいなら外野が口出しすることではないのだろうが。

彼らの間には、信頼関係は見えても清々しいほど甘ったるい雰囲気がない。それはもう、勘繰るのも馬鹿馬鹿しいほどない。

そんなシェーナだって、右も左も分からないような〝流れ者〟にあれこれと教え聞かせたり、変態という名の研究者たちから彼女を守ったり、一緒に使役魔獣たちを可愛がったりして。しかも向こうが「お姉さま」と慕ってくれるのだから、妹のように大事に思ってはいるのだ。

ぶっちゃけ、実の弟より可愛い。

だから、シェーナはいつまでも心配なのだ。

木乃香の望んでもいない方向に、事態が転がってしまうのではないかと。

そんな場合でも彼女は粛々と受け入れてしまうのではないか、と。

もちろんシェーナもラディアル・ガイルも、たぶん研究所の他の職員たちだって黙ってはいないのだろうが。


後日。

ラディアル・ガイルが提案した養子縁組話を、木乃香はきっぱりとお断りした。

そんなことよりお嫁さんもらってちゃんと家族作ってくださいよ、とやもめのお父さんに再婚を進める子供のようなことを言いながら。

◇◆◇

「そっかー。オーカ〝魔法使い〟になるのか」

クセナ・リアン少年にしみじみと言われて、木乃香は顔をひくっと強張らせた。

間違ってはいない。

間違ってはいないが、違和感はある。

いまだにどうにも自分が〝魔法使い〟だという響きに現実味がないというか、抵抗がある木乃香であった。

召喚魔法で使役魔獣を四体もぽこぽこ作っておいて、今さらなのだが。

「リアン君は試験受けないの？」

「うーん。いつかは受けるけど」

頭をかりかりと掻いて、考える素振りをする。

何かと先輩面をしたがる彼のことだ。絶対に自分も、とすぐ言ってくると予想していたのに、ちょっと意外だ。

一緒に受けてくれれば心強いのになあ、と思って話した木乃香はあてが外れてしまった。

クセナ・リアンは、彼の師であるシェブロンが王都へ行ってしまってから、特定の魔法使いに師事していなかった。

都市部にある魔法学校とは違い、弟子入りはここまでやれば卒業、という区切りがない。

シェブロンは弟子の意思を尊重したいようで、認定試験を受けるにしろ他の魔法使いに弟子入りするにしろ、いつでも紹介状は書くと彼に言い置いていった。

世間的にも評価がもらえる使役魔獣が召喚でき、さらに自分でも少し炎の魔法が使えるらしい彼は〝魔法使い〟になれるだけの実力がすでにあるのだ。

とりあえず現在、クセナはどちらの紹介状も頼んではいないらしい。

相変わらず隔日くらいの割合で家から研究所に通ってきて、他の魔法使いたちの手伝いをしたり、見返りとしてちょっと教えを請うてみたり、書庫で調べ物をしたりはしている。

合間に木乃香とその使役魔獣にちょっかいをかけ、遊び、ついでに先輩としていろいろと教えてくれたりもする。

「年齢制限があるとか」

「や。ないはずだけど」

くあああ。と鳴き声が聞こえたかと思えば、近くの木の枝に彼の使役魔獣であるルビィが下りてきた。

目にも暑苦しい真っ赤なドラゴンは、頭の上にちょこんと黄色い小鳥を乗せている。これは木乃

香の使役魔獣、三郎だ。

　翼のあるモノ同士、どうやら仲良くお空の散歩を楽しんでいたようだ。

　くあくあ、となにやら楽しそうに訴える使役魔獣にひらひらと手を振って、クセナは言った。

「〝魔法使い〟になるのは、もうちょっと実力付けてからかな。最初の認定でできるだけ階級を上げておきたいし」

「……そういうものなの？」

「そういうもの」

　諸事情から階級を上げたくないという木乃香はともかく、〝魔法使い〟の認定を受けるからには最初からなるべく高い階級を目指す、というのが常識らしい。

　だからある程度の実力を付けるまで、認定試験を受けないのだとか。

　誰もが知っているような常識も知らない木乃香を「そんなことも知らねーのかよ」と呆れていたのは最初の頃。

　今ではちょっと得意そうに説明をくれたあと「ちゃんと覚えとけよ」と念を押される。

　こういうとき、本当に面倒見のいいお兄ちゃんだなあと思うのだ。年下なのだが。

「後から階級を上げることもできるんだけど、面倒くさいんだよ。認定試験のとき以上の推薦とか、功績とか、資金とか必要で」

「資金？」

「袖の下ってやつ。これがけっこうでかい」

「………うわあ。必要なんだ」

「面倒くさいだろ。あと腹立つし」

自分より実力のないヤツ相手だって、認定官ってだけでへこへこ頭下げて言い値の賄賂を払わなきゃいけないんだぞ。

夢に夢見るお年頃であるはずのクセナ少年の口から、そんな大人の事情が飛び出す。

仮にも国の機関がそれでいいのか。

木乃香は眉をひそめたが、クセナはそれが普通だと思っているようだった。その表情は怒りや不満よりは諦めの色が濃い。

「〝魔法使い〟は、階級によって待遇が全然違うから、みんな必死なんだよ。下級で入ったら、おれの希望するところでは活躍どころかずっと雑用で使い潰されると思う」

「リアン君、希望あるんだ。どこ希望なの？」

「フローライド王国軍」

意外にも思える答えに、木乃香は瞬きした。

この研究所でも指折りの面倒見の良さを発揮するクセナ少年は、広い果樹園と畑を所有する地元農家のご長男である。

家の手伝いやら弟妹たちの世話やらが大変だとぼやくことはあっても、本気で嫌がっている素振りはなかったし、ここマゼンタ以外の地域に憧れるような様子もほとんどない。

飛んで火を吐く使役魔獣を持ってはいても、彼は地元を離れないのではないかと、なんとなくそ

う思っていたのだ。

「王都にもいるけど、今は地方武官のほうが人気なんだ。シェブロン師匠は中央にいるって話だけど……だってやだよあの王様の身辺警護とか」

「王国軍って……王都？」

ぜんぜん面白くない。さも当然のように、クセナ少年は言う。

国防を担うであろう軍に面白さを求めるのもどうかと思うのだが。

それにしても辺境の見習い少年にまでこんなことを言われるこの国の王様は、本当にいったい何をしたというのか。

聞けば聞くだけ怖いモノ見たさで気になる王様だが、これはやっぱり関わりたくないなあとも思う。

木乃香がもといた世界でも国を統べる人はいたが、画面越しにときどき眺めるくらいで、身近に感じたことなどない。そもそもお近づきになりたいとも思わなかった。

ジェイル・ルーカとの先ほどの話だって、ある程度理解してはいても正直まったく実感がわかない。

「おれ、魔法使えたのは良かったけど、なんか火にしか適性がないみたいだし。それならここにいてもあんまり役には立たないかなって」

クセナが言う。

適性がなければ、どれだけ魔法力があってもその魔法を使う事はできない。木乃香が召喚術以外の魔法を使えないのと一緒だ。

荒野ほどカラカラではないが、辺境マゼンタは一年を通して気温が高く乾燥した気候である。

例えば、クセナ少年が水の属性に適性があったとしたら。

彼は間違いなく家を継いで農業をやっていただろう。乾燥した土地で、瑞々しい野菜や果物は高値がつくのだから。

しかし彼の顔には、諦めの色はあっても落ち込んでいる様子はなかった。

「おれが居なくても、家の仕事は弟妹のうちの誰かがやってくれる。いちばん下のルルシャだってもう手伝いできる歳だしな」

おれは、おれじゃなきゃできない仕事がやりたいんだ。

そう言い切った少年の横顔は、未来を見つめてきらきら輝いているように見えた。

木乃香は、真っ赤なドラゴンに乗った少しだけ大人な鎧(よろい)姿のクセナ・リアンを想像してみる。

なかなかサマになっているかもしれない。軍、というからには、もちろん見た目の良さだけでは務まらないだろうが。

「くああぁっ」

「ぴぴぃっ」

呼応するようにクセナの使役魔獣ルビィが鳴く。

なぜか木乃香の使役魔獣である三郎までが一緒になって囀った。

まるで、「がんばれー」と励ましているようだ。

眩しいなあ、と木乃香は目を細める。

会ったばかりの頃、薄い胸を張って「おれのほうが先輩だ、先輩なんだからな！」と言い張る姿は少しばかり生意気で微笑ましいと思ったものだが。

少しばかり夢見がちでも、彼はそれなりにしっかりと考えているのだ。

ただ流されているだけの彼女より、よほど。

ふ、と思わずため息をつく。

三郎が彼女の頭に留まって「ぴぃぃ」と慰めるように鳴いた。

「そういや、おれのハンコはどこに置いてあるんだったかな」

きっかけは、ラディアル・ガイルのそんな何気ない一言だった。

この世界にもインクを付けてぺたんと押すハンコというものはあるらしい。

とはいっても個人や商店の契約などはサインのみで済まされることがほとんどで、あるのは公印。研究所の〝所長〟印とか、〝国王〟印とか、比較的高い地位にある人の名前で重要な文書を作る際に押すものだけだという。

そしてこのハンコ、偽造防止や持ち出し禁止など複雑な魔法がかけられているらしく、作り直しも簡単にはできない。

「そんな大事なもの失くさないでくださいよ」

「いやいや失くしてないぞ。部屋の中に絶対ある。前任の所長から譲り受けて、以来ずっと部屋から持ち出した覚えはないし、なんなら一回も使ったことがないからな」

自信満々に胸を張って言う内容ではないと思う。

はあ。と木乃香はため息をついた。

ちなみに、彼女が〝魔法使い〟になるための推薦書類を作っていたときにラディアルがふと思い出したというだけで、書類に所長印を押す必要はない。

ハンコがあっても無くても現状は困らないのだが、公印の紛失はもとの世界なら重大事件で始末書ものである。あえて魔法がかかっているくらいなのだから、こちらの世界でだって大事な物だと思うのだが。

ハンコの持ち主様は「まあ、いつか捜してみるよ」などと暢気で無責任なことを言っている。

「いま捜しましょう、いま。魔法が付いているなら捜せますね。じろちゃーん」

「わんわんっ」

魔法探知犬を呼ぶと、心得たようにすぐに所長印のある場所を教えてくれる。

執務机の後ろ側、木箱や意味不明の荷物が積んである、その一角だった。

応接セットの周辺はきれいに空けたが、部屋の隅に無造作に置かれた荷物は後回しになっている。

書類なのか手紙なのか、中身は紙が多く詰まっていてとにかく重く、木乃香とその小さな使役魔獣たちでは動かすことができなかったのだ。

どこかの不良所長が「この前みたいにサブローを使って燃やしたらどうだ」と言っていたが、中身を確認する前から適当に燃やせるわけがない。

「そうだそうだ。そこ、金庫があったんだった。でも鍵の解除方法を忘れたなあ」

「……それは忘れないでもらえますかね」

自分の研究に関することだったら、どんな細かいことでも覚えているくせに。

ほんとうにまるっきり興味も使う気もなかったんだな、と木乃香はまたため息をついた。

「わふっ」

「にゃー」

金庫があるらしいあたりの荷物を右から左へどかし始めたラディアルに、その足下で二郎と四郎がそれぞれ何かを訴えている。

「〝所長〟、鍵が魔法だけだったらなんとかできるってしろちゃんが言ってますが」

「はあ？　なんでだ。金庫凍らせるのか？　…おっと」

「はい。この前と一緒ですよ」

ラディアルが持ち上げた箱の上に載っていた紙束が滑り落ちて、彼の後ろをついて歩いていた一郎がそれを拾い上げた。

「かかっている魔法を一時〝凍結〟して、無効化するんです。正規の開け方は、もしかしてメイお姉様だったら喜んで解いてくれますかね」

「あいつはこういう仕掛けとか解明するの大好きだからな。おまえもメイが分かってきたなあ」

彼がもうひとつ箱をどかすと、ようやく金庫の頭とみられる頑丈な板が見えてきた。

それだー、と言いたげに二郎が尻尾をぴこぴこさせながらくるりと回る。

「しかし便利だな、おまえの使役魔獣。金庫破りなんて、大悪党になれるぞ」

「破ってませんし、なりませんよそんなもの。……うん？」

木乃香がふと下を見る。

そこには先ほど拾った紙束を、彼女に向かって差し出している一郎がいた。

「いっちゃん、ありがとうね」

お礼を言って受け取ると、一郎はにぱっと嬉しそうに笑った。

木乃香もつられてにへっと頬を緩める。しかしその紙に書かれた内容がちらりと目に入った瞬間、ふっと真顔になった。

見間違いであることを願って、手紙であるらしい中身をさらに確認する。

「このか？」

心配そうな使役魔獣の声に、ラディアルも弟子が急に静かになったことを訝しむ顔つきになった。

「オーカ？　どうした」

「お、師匠様……コレ」

「これ？　……ああ」

広げられた手紙を見て、ラディアルは頷いた。

「不用品だな。燃やしてもいいぞ」

「そんなわけないでしょうが！」

これまで聞いた中でいちばん大きな声に、ラディアルも使役魔獣たちもびっくりする。

一郎が拾ったのは、この国の中央機関から〝魔法研究所所長〟宛ての手紙。

この研究施設における収支報告と次回の予算の見積もりをいついつまでに送って欲しい、という内容とともに、真っ白な紙が数枚同封されていた〝紙束〟だった。

「これ！　どう考えても送ってないですよね？　締め切りもうすぐじゃないですか！」

「いや、こんなもん毎回送ってないぞ」

「はあっ!?」

ラディアル・ガイルはそんなの常識、と言わんばかりである。いま処分しないなら、とまた木箱の中に放り込もうとするところをなんとか阻止し。

「以前は……」

「話にも聞いたことがないな」

「そんな馬鹿な！」

と叫んだ。

幸いというかなんというか、金庫の中に所長印と一緒に過去の書類の控えも入っており、それをもとに木乃香がなんとか見積書を作ってみることにした。

「だからな。書類を出しても出さなくても、毎回一定の金額が来るんだって。それなら別に出しても出さなくても一緒だろう」

「それがおかしいんですよ。というかその〝一定金額〟が年々減ってますけど」

「えっ？　そうなのか？」

こんな辺境のさらに片隅にいてはあまりお金を使う機会もないので、無頓着になるのもわからないではない。が、理由もなく給料が減らされているのはおかしい。

驚くラディアル・ガイルに目もくれず、木乃香は書類の束とのにらめっこを続けていた。

この世界、いろいろと便利なものが揃っているが、さすがにパソコンはない。

勝手に書類を作ってくれるような魔法も、残念ながら存在しないらしい。魔法で羽根ペンを動かすくらいなら、自分で書いたほうが早いのだとか。

もとの世界で木乃香が勤めていた会社では、見積書や報告書などの提出書類は専用のソフトで作っていた。プログラムに従ってマスを埋めていけばちゃんと書類が出来上がる、作るほうも見るほうも楽な方法である。

それに慣れた現代の事務員にとっては全部手書きというだけでも大変なのに、しかもただの真っ白い紙に箇条書きである。いつかどこかの博物館で見たような江戸時代の商人の帳簿のようだ。非常に読みにくく、分かりづらい。

「これ、書き方は決まってるんですか？」

「いや読めれば何でもいいいんじゃないか？」

ハンコと同様で、この手の書類も書いたことがないに違いない。
かけらもやる気の見えないお師匠様をじろりとにらんでから、彼女は物差しを使って細いペンで紙にマス目を書き始めた。

後日。

線を引いただけで劇的にわかりやすくなった書類に中央の文官たちが驚いたり。

その書類によって財務を担当する官吏数名による予算の着服と使い込みが発覚したり。

きっちり毎日帳簿を付けてくれていた厨房係のゼルマおばさんなどの功績で、不当に値段を吊り上げていた業者とは〝穏便に〟契約を解除できたり。

ご厚意に甘える形で低価格で買い取っていた近隣の農家さんからの作物は、適正価格を支払うことで非常に喜ばれ、ついでにご近所付き合いが円滑になったり。

ということがあったが、木乃香は「特別なことは全然してないんですけど」と呆れただけだった。


――とはいえ。

なんだか、久々にやりがいのある仕事をした気がする。

懐かしい肩凝りに肩をぐるぐる回しながらも満足げな木乃香の一方で、付き合わされたラディアル・ガイルはげっそりと机に突っ伏していたのだった。

フローライド王国において〝魔法使い〟の資格を得たい者は、まずは王都の中央機関へと申請書類を提出する。

この国では、魔法が使えなければ王城などの国の機関で働くことができない。

そのため、中央機関の中に〝魔法使い〟を認定する部署があるのだ。各地から届いた申請書類は、ここに集められる。

書類は、最初に魔法学校を卒業した者か否かで分けられる。

学校を卒業した者ならば、試験は不要だ。学校の推薦状を確認し、学校の成績をもとにして魔法使いの階級を選定する。書類は、選定を担当する者へと渡される。

魔法学校を出ていない者は、書類をさらに細かく確認する必要がある。

仕官だけではない。このフローライドにおいて〝魔法使い〟の肩書を持つ者はいろいろと優遇されるので、偽物の経歴やら推薦状やらで認定試験を通ろうという輩がたまにいるのだ。

次に推薦人の確認。推薦人である魔法使いがどれほどの階級にある者か、実績はあるか。

推薦人を知ることで、ほとんどが弟子かそれに近いであろう申請者の実力もなんとなくではあるが推し測ることができる。

申請者と推薦人の実力だけではない。

加えてむしろ重要なのは、彼らの家や血筋がどれほどのものか。彼らが持つ財力や権力はどれほ

どのものか。彼らから前もって何を言われたか、何をもらったか。彼らが、どれだけ自分たちの利益となり得るか。

　それによって、申請者は割り振られる。

　対応が、というか対応する者が、変わってくるのだ。


　さて。

　役人である彼らの前には、とある〝魔法使い〟資格への申請書類がある。

　大規模な王立魔法研究所はあるが逆に言えばそれだけの辺境マゼンタから届いた、なんの変哲もない申し込み用紙である。

　そんな辺鄙（へんぴ）な場所に魔法学校はないので、申請者は認定試験を受ける必要がある者だ。

「……推薦人ジント・オージャイト？　誰だっけ」

「えーと……マゼンタの研究所所属。なんだ中級じゃねーか」

　マゼンタの王立魔法研究所はそこそこの実力者が集まっていると言われている。

　が、そもそもの立地場所が不毛の大地広がる僻地なので、よほどの物好きか左遷された魔法使いしかいない、とも言われている。

　なので、ジント・オージャイトなる推薦人に、中央に大きなコネがあるとは考えにくい。大体、コネがあるならコネがありますと本人なりコネなりが言ってくるはずだ。

　研究所の所長で最上級魔法使いでもあるラディアル・ガイルあたりの推薦ならば、まあ配慮も必要だろうが、ヒラ研究員の中級魔法使いなら特別気にかける必要はなさそうだ。

それに中級魔法使い程度の推薦くらいしか得られなかったのならば、当人の実力もたかが知れているだろう。

こんなうま味の少ない申請書類は、上に報告の必要がない。

報告に行ったところで、眉をひそめて「お前たちで適当にやってくれ」と突き返されるだけだ。

いつもの事である。

よって申請者であるマゼンタの魔法使い見習い――ミアゼ・オーカの申請書類は、上の目に留まることなく、担当者たちの采配によって適当な対応をされることになった。

その受験者の名前。実は、彼らの上司のさらに上の地位の者たちには、とてもよく知られていた。

が、彼女の存在を他に知られて興味を持たれた挙げ句に横取りされるのを変に警戒した彼らは、下の者たちにはほとんど情報を流さなかったのだ。

それなりに重要な部署ではあるが、中央機関において単なるヒラ役人の彼らに聞き覚えがないのは、まあ当然と言えた。

過去にいないわけではないが、極めて珍しい〝流れ者〟。

それについて書く欄は、書類の中に存在しなかった。

もちろん、わざわざ書いて知らせる必要もないのだ。

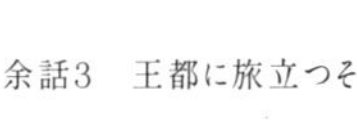

余話3 王都に旅立つその前に

マゼンタ王立魔法研究所、所長執務室。

ほんの数か月前より格段にきれいになったこの場所で、部屋の主であるラディアル・ガイルと木乃香が向かい合って座っていた。

二人が師弟関係となったのも数か月前だが、そういえばこうしてしっかりと膝をつき合わせて話すことはなかった。

こんなに真剣で深刻な顔つきをしたお師匠様は、初めてかもしれない。伸びてきていた無精ひげまでさっぱりと剃った真面目な顔に、木乃香は無意識に背筋を伸ばす。

「あのなオーカ。今度の王都行きだが」

「はい」

「オーカの使役魔獣は、全部は連れて行けない」

「……え」

木乃香が王都へ行くのは、〝魔法使い〟の認定試験を受けるためだ。

そして召喚魔法しか使えない彼女は、召喚した使役魔獣を連れてその試験を受ける必要がある。

「試験に連れて行くのは、炎を使うサブローと氷を使うシローだな。こいつらも、間違ってもそれ以外の能力は使わないようにしなければならんが」

そういえば、話が出たときにそんなことを言っていたような気がする。

認定試験で、彼女はわざと実力を低く見せて低い階級を得る必要がある。

使役魔獣たちは小さくて弱そうで見た目も可愛い。四体全部連れていったところで大して階級は上がらないと木乃香は思っているのだが、数が多いということと、一郎と二郎の特殊能力が珍しい、というか今まで無いものなので、見せないほうが無難だというのもわかる。

しかし彼女は、他の二体もせめて途中までは一緒に行けると思っていた。

「あの、どうして」

「理由は、ひとことで言えば目立つ、だな。日頃から気を付けているつもりだが、王都で〝流れ者〟に注目しこちらを探ろうとしている連中がいる以上、できるだけ目立つことはしたくない」

いくら小さくても、いや小さいからこそ、四体もいるとどうしても注目を浴びてしまう。

研究所の中だってそうなのだ。外に出ればなおさらである。

「だがな。ジローは連れて行こうと思うんだ。あちら側が何かしら探りを入れてくるか仕掛けてくるとすれば、絶対に魔法が関わってくるからな。ジローなら、おれが感知しきれない魔法にも気付くだろう」

つまり、一郎だけがお留守番、ということだ。

「イチローを消して再召喚する、という選択肢がないのは知っている。だから、〝封印〟し眠らせ

ていけばいいとおれは思う。遠く離れれば離れるだけ、イチローにおまえの魔法力は届きにくくなるし、万が一おまえが魔法力不足に陥っても、おまえは魔法力の消費を防げるしイチローは魔法力がなくても大丈夫ってことだしな」

「……」

「オーカ？」

黙り込んでしまった弟子に、ラディアル・ガイルはいっしゅん気の毒そうな視線を向けた。

が、心を鬼にして言う。

「イチローをどうするかは、オーカに任せるからな」

別に、今生（こんじょう）の別れというわけではない。

王都に行って用事を済ませてしまえば、また研究所に戻ってくるのだ。少しの間、離れて過ごすだけ。

頭ではわかっているのだが、心がついていかない。

いちばん最初に召喚した使役魔獣なのだ。木乃香を「このか」と呼んでくれ、ずっと寄り添ってくれていた。一時的とはいえ、離れるなんて考えたこともなかった。

呆然として何も考えられないまま、自分でもどうしたいのかよく分からないままに、木乃香は自分の使役魔獣に聞くことになった。

「いっちゃんは、どうしたい？」

と。

後で、どうしてそこで使役魔獣に意見を聞くという話になるんだと、ふつう使役魔獣に意見なんてないんだぞとジント・オージャイトあたりには呆れられたが。

すがるような目で見られた僕(しもべ)は、主(あるじ)の問いかけに真摯(しんし)に答えた。

第4章

そんな彼女は魔法使い

Episode 4

Konna Isekai no Sumikkode

フローライド王国の王都・フロル。

それは、おとぎ話の挿絵に出てくるような都だった。

青い青い空の下。遠くに見える緑の丘の上。

そびえ立つのは大きなチョコレートのドームケーキ……ではなく、こげ茶色の建物群。国の中央機関のほとんどと、王族及び高官たちの住居がそこにあるらしい。

そして少し離れた丘の裾から、ケーキを飾る砂糖菓子のような市街地が広がっている。

こげ茶色の木材と灰色の石材、そして漆喰(しっくい)のような白い壁。三色に彩られた建物が石畳を挟んでみっしりと立ち並び、その入口や窓は蔦植物や色とりどりの花で飾られていた。

もといた世界ならおそらく飛行機か新幹線で日帰りできる距離を、船だの馬車だのを使って五日。大小の街はいくつも通り過ぎたが、それ以外は基本的にひと気のない原っぱか森か沼である。かろうじて道らしき踏み固められた地面があるくらいの。

そんな自然あふれる景色の後に見た整然と並ぶきれいな建物や整備された石畳の道は、なんだかほんとうに夢の世界のようだ。

「わあ」

木乃香は思わず声を上げた。主の声に、荷物の中に入っていた使役魔獣三体がひょこりと顔を出す。

隣でシェーナ・メイズはええぇ、と呻く。

「ナニコレ……」

さらにその隣で、ジェイル・ルーカがなぜか頭を抱えていた。

「なんでピンク……」

背後のジント・オージャイトはいつもの無表情でぼそりと呟く。

「さくら色だな」

石畳は、丘の上の建物群から街を通り入口の門をくぐった木乃香たちの足元まで、途切れることなく敷かれている。

その石畳の色が、なんとピンクなのだ。

ローズクォーツに似た優しい色合いの石は、半透明にきらきらと輝いてさえいる。

可愛らしくもきれいな街並みに合っている……ような気がしないでもないが、それでもなんだか不思議な光景だ。

木乃香が目の前に広がっている都の風景にいまいち現実味が持てないのは、たぶんこのメルヘンでピンクな石畳のせいだろう。

不思議といえば、初めて王都に来た木乃香はともかく、王都に来たことがあるはずの同行者の人々の反応もそうだ。

「……なんでそっちまで驚いてるんですか?」

木乃香は首をかしげた。

街の人々は平然とその上を歩いている。

しかしふだん王都に住んでいるはずのジェイル・ルーカなどは、地面のピンクにあてられてもそうと分かるほど顔が真っ青であった。

「ピンクって初めて見たわ」

「珍しい色ではあるな」

シェーナとジントがそれぞれに呟く。

説明をくれたのは、以前中央で役人をやっていたらしいジント・オージャイトだった。

「ここの石畳は、国王の魔法によって色が変わるんだ。今の王が即位してからの話だが、すでに王都名物になっている」

「……魔法だったたんですかこのピンク」

「こんなこと出来るのは、国王陛下くらいよ。いろいろな意味でね」

なんとなく呆れた顔でシェーナが言う。

これがすごく大がかりで、豪快に見えて実はかなり緻密な魔法であることは木乃香にもなんとなくわかる。

なんでこんな事をしようと思ったのか、皆目わからないが。

「黄色のときは、眩しくてねー。小一時間で目が痛くなったわよ」

「えぇー黄色……」

「色は国王本人が決める。その日の気分だ。明るい色は機嫌が良いときが多いな。とくに赤やピン

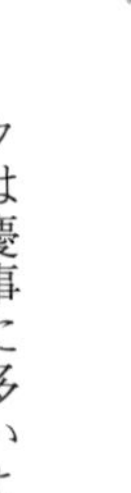

クは慶事に多いようだ。例えば――」

そこでふと。ジント・オージャイトが言葉を切った。

何かに気付いたように、血の気が失せたままのジェイル・ルーカをじっと見る。

「例えば、建国記念日とか新しいきさ――」

「わあああっわあああっ」

なぜか突然騒ぎ出してジントの口を押さえようとするジェイル・ルーカ。

驚いて木乃香がびくっと震え、シェーナが何なのようるさい、と弟をにらむ。

ついでに、荷物から出てきて木乃香の足元やら肩やらにいた彼女の使役魔獣たちはきょとんとしている。

「……なるほど」

ジェイルの手を振り払いながら、ジントがひとり、納得したように頷いた。

「想定外の出来事には弱いのだな、ジェイル・ルーカ」

「おれ知らない！　ぜんぜん知らないから！」

「それは知っている」

小声で必死に主張するジェイルに、ジントは淡々と答える。

「所長がこの場にいたなら暴れていたかもしれないが。とりあえず確認が必要なんじゃないのか、〝中央官〟ジェイル・ルーカ？」

現在ここに、所長ことラディアル・ガイルはいない。

途中までは一緒だったのだが、現在は別行動をしている。
理由は簡単。
彼は、ものすごく目立つからだ。

ラディアル・ガイルが目立つ理由。それは、旅の間中どれだけ言っても剃（そ）ろうとしない無精ひげでも、それによって凄味が増した顔つきでも、長身の無駄に立派な体躯（たいく）のせいでもない。いや、多少はあるかもしれないが。

最上級魔法使いのみが身に着けることを許される、漆黒の外套（マント）。最大の原因は、これである。

現在、このフローライドにおいてこれを持っている魔法使いは、ほんの数名しかいない。

正規の〝魔法使い〟は階級を表すこのマントを着用する義務があるから、外すわけにもいかない誇らしくも厄介な代物なのだ。せめてシェーナたちのように数の多い中級、つまり灰色だったならそこまで目立たないのだが。

多少の砂埃でくすんでいたとしても、これは見間違えられるものではない。

そしてそんな彼が連れている同行者は、どうしても注目されてしまう。

せっかく〝推薦人〟をジント・オージャイトにして、書類上ぽっと出の田舎者を装っているのに、一緒に付いて来れば意味がないだろう。行くならせめて別行動で、と皆が指摘したのだが、彼は最後の最後まで渋っていた。

王都到着二日前まで同行したのが、彼なりの最大の譲歩である。

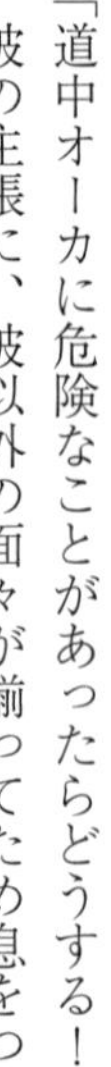

「道中オーカに危険なことがあったらどうする！」

彼の主張に、彼以外の面々が揃ってため息をついた。

別に木乃香をひとりで放り出すわけではない。

身の危険というなら、獰猛な獣や得体の知れない生物が生息する荒野とか、どんな魔法がどこで仕掛けられていてどこから出てくるかわからない研究所のほうがよほど危険である。

何かあったときのためにシェーナとジントが付いて行くのだし、木乃香の使役魔獣たちだってそれなりに役に立つ。

……お師匠様のあまりの聞き分けのなさに、同じ目立つなら師匠じゃなくて一郎を連れてきても良かったのでは、とちらりと思ってしまったのは内緒だ。

ちなみに。一緒に来たジェイル・ルーカや、ほかの王都側の人間が怪しい動きを見せていないのは魔法探知犬である二郎が確認済みである。

魔法大国フローライドでは、何をするにも魔法が使われることが多い。

魔法使いが多くを占める国の中枢に行けば行くほど、その傾向がある。逆に言えば、魔法以外の手段がほとんど発達していないのだ。

辺境マゼンタにいるという〝流れ者〟を探るためには、偵察も、盗聴も、中央との情報のやり取りだって全て魔法。それを行う人間だって当然魔法使いなわけで、どこかしらで絶対魔法を使っている。

そして魔法を使った場合、ほぼ確実に二郎が感知してくれる。気付きさえすれば、周囲がすぐに何らかの対処ができるのだ。

加えて、木乃香だっていい大人だ。危ないとわかっていて軽率な行動をするつもりもないのだが。

なんなのだろう。この歩き始めたばかりの幼子があちこち行こうとするのを心配する親のようなお師匠様の有様は。

なんでこんなに心配されるんだろう。いい子にしていたつもりなのに。

首をかしげた木乃香は、他の保護者様方まで心配そうにこちらを見つめていることなど、そのときはまったく気付かなかった。

「ああー、そうだったー仕事があるんだったー」

白々しくぱん、と手を打ったジェイル・ルーカは、眼前の城ではなくなぜかいま抜けてきたばかりの関所の建物に駆け戻っていった。

なんでも役人専用の特殊な連絡通路があるらしい。

もともと、王都に入ってからは別行動の予定だったのだ。引き留めることもなく、彼らはそれを見送る。

〝流れ者〟を勧誘に行ったはずのジェイル・ルーカが始終付き添っていれば、この中に〝流れ者〟がいますよと宣伝しているようなものだ。

「明日は、我々も王城に行かなければならない。徒歩でも行けないことはないが、指定の時間が早いことだし馬車を手配しよう」

まったく。地方から出てきた受験者に対する配慮が足りないな。

そう文句を言いながらも、ジント・オージャイトの顔はこころなしか満足げである。これは、まあ普通の対応だ。

そんな風にわざわざ仕向けているのだから、今のところは、思惑通り。

石畳の色が少々気がかりだが、これは単なる気まぐれの可能性だって大いにある。国王本人にしか本当のところは分からないのだから、考えるだけ無駄というものだろう。

「とりあえず、宿に行きましょう。オーカ、広場の屋台でご飯食べない？」

「ええっ、屋台行きたい！　行きたいです！」

ぱっと顔を輝かせた木乃香を見て、にんまりとシェーナが笑う。

「せっかく来たんだから、いろいろ見たいでしょ」

「みんなにお土産買いたいなって思ってたんです！」

見たい。観光したい。

目立たず騒がず、さっさと帰らなければと思い込んでいただけに、これは嬉しい。

脳裏に渋い顔をしたお師匠様が浮かんだが、次はいつ来るか——別に来たいわけでもないが——わからない王都である。この際、いろいろ見てみたいと思うのは仕方ないだろう。

そんな彼女の足元で、付いてくー、とばかりに黒犬がぴこぴこと忙しなく尻尾を振っている。

肩にちょこんと乗る小鳥は「ぴっぴぃ」と陽気に囀り、子猫も楽しそうにふよんと白い尻尾を立

てた。

主の嬉し気な様子こそが、嬉しいとでも言うように。

まあ、そんなこんなで。

辺境マゼンタからやってきた魔法使いたちは、とりあえずは予約してあった宿を目指してピンク色の石畳に足を踏み入れたのだった。

「ミアゼ・オーカです。本日はよろしくお願いいたします」

元の世界での面接試験を思い出し、よそ行きの笑顔を張り付ける。

丁寧に頭を下げた木乃香に、本日の〝魔法使い〟認定官はふんと鼻で笑って返事をした。

天窓から漏れる自然光だけの、ほんのりと薄暗い場所。

ぽっかりと空いた何もない部屋に、木乃香は案内された。

魔法の演習場だというそこは、広さは魔法研究所所長の研究室くらいだろうか。王城にある演習場としてはいちばん狭いのだという。

大規模で派手な魔法が好まれるフローライドにおいて、認定試験で小さな演習場に通されるということは、つまりそれだけ期待されていないということでもあった。

物珍しそうにきょと、と周囲を見渡しただけの木乃香に、認定官はご丁寧にそんな説明までくれた。

大抵の受験者は、この演習場に通された時点でがっくりと肩を落とすか、怒り出す。

が。説明の後でさえ、木乃香は瞬きして「そうなんですか」と返事をしただけだ。

彼女にとって、この場所はちっとも狭いと感じない。

同じくらいの広さとはいえ、ここは段違いに物が多い——多すぎるラディアル・ガイルの研究室で問題なく召喚術を行っていたのだし、普段からこの三分の一にも満たない自室で使役魔獣たちと暮らしている彼女だ。不便さも感じない。

反応の薄さに、「ちっ、田舎者め」と認定官は舌打ちする。

田舎から出てきたのもほんとうなので、とくに腹も立たない。

というか、木乃香にしてみれば王都もマゼンタもどっこいどっこいである。もといた世界の大都市に比べれば、王都フロルだってその規模はせいぜい地方都市——それも、県庁所在地ではなく人口が二番目、三番目あたり——なのだ。

辺境マゼンタには、王立の魔法研究所はあっても魔法用の演習場などというしゃれた施設はない。必要がないのだ。

わざわざ作らなくても、魔法を思いっきり打ちたければ国境付近に広がる荒野に行けばいいのだから。

場所によっては魔獣や危険生物もうろついているので、実戦だってできるお得な練習場所である。

初心者にはお勧めできないが。

認定官は、手に持っていた数枚の書面に視線を落とした。

おそらくは受験者の申請書類だろう。顔を上げて再びふふんと笑う。

そして横柄な仕草でひらひらと手を振った。

「じゃあ、さっさと見せてくれるか。おれは忙しいんだ」

「はい」

ほんとうに忙しいのか、あるいは嫌がらせの一環か。

大人しく返事をしながら、木乃香はなんだかなあ、と思う。

こんな対応をされると、良くも悪くも気が抜ける。

尊大なのは言葉や態度だけ。威圧感というか、偉そうなオーラがまるでない。魔法使いマントの薄い色を見る限りでも、あまり高い地位に就いているわけではないのだろう。

上司だから。年上だから。男だから。そんな理由でやたら偉そうに振る舞いたがる人は、そういえばもとの世界の会社にもいた。

もう、名前どころか顔も思い出せないのだが。

こんな嫌われ上司みたいな人物とは、できるだけ関わらないに限る。

さっさと済ませたいのは、彼女だって一緒だった。

木乃香が小さく「みっちゃん」と呟く。

すると、彼女の外套のフードから黄色い小鳥が「ぴぴぃ」と元気よく飛び出した。

天井が高いせいだろうか。嬉しそうにぱたたっと羽ばたいて、頭上を旋回する。

次にしろちゃん、と彼女が呼べば、今度は足元から白い子猫が「にああ」と綿毛のような尻尾を揺らめかせて現れた。

彼女が連れてきたのは、この二体だけである。

認定官は、意表を突かれて「うおっ」と声を上げた。

召喚魔法を使うこと――それしか使えないことは、申請書類に記載されている。だからこそ当然召喚陣を描くものだと思って、彼は床ばかりに注目していたのだ。

しかも距離が近い。よその使役魔獣には近づかない、という教訓が染みついている男は、慌ててずざざっと後ずさる。

「なっ、あぶ――」

危ないだろ！

……と怒鳴ろうとした彼があらためて見たのは。

思ったよりはるかに、はるかに小さいサイズの〝使役魔獣〟。

しかも襲ってくる素振りは微塵もなく、なんだか緊張感もない。

こちらを見つめてくる赤と青二対のつぶらな瞳には、なんだか愛嬌まで感じられる。

「………？」

「……ごほごほっ」

認定官はわざとらしく咳払いをした。

薄暗い演習場でもわかるほど、耳が赤い。使役魔獣の可愛さにやられたというよりは、こんな使役魔獣相手に驚き飛びのいたことが恥ずかしくなってきたらしい。

「そ、それで？　コレはなんだ？」

言われ慣れた質問に、木乃香は澄まして答える。

「わたしの使役魔獣です」

「ぴぴっ」

「にゃあ」

「…………」

本気かこの娘。

とっさに言葉も出ない認定官の、とにかく訝し気な視線の先で。

木乃香の肩に下りてきた黄色い小鳥はぽん、と拳大ほどの炎を口から吐きだし、白い子猫は足元にぴきぴきと霜を作り出す。

こころなしか、二体ともちょっと得意そうだ。

「……それだけか」

「はい。以上です」

「………」

本気なのかこの娘。認定官は、あ然とした。

試験では、少しでも階級を上げたい受験者たちは言われずとも全力を披露しアピールする。だか

ら認定官も、自分に見せられたモノが相手の全力だと、そう思い込んだ。

なんだ。たったこれだけか。と、認定官は鼻で笑った。

「少しばかり魔法力が高いからと期待してみれば。なんだこの小さな召喚物は。やる気があるのか」

「小さいほうが都合よかったんです」

小さいのも個性です。

悪びれずに言えば、認定官はふふふんとさらに鼻で笑う。

そして、いきなり彼女、正確には彼女の肩に留まる使役魔獣に向かって、手のひらを掲げた。

放たれたのは、風の槍。

鳥の形をした使役魔獣を吹き飛ばそうとでも考えたのだろうか。まともに食らえば木乃香も巻き込まれ飛ばされそうな強風、いや暴風であった。

あれ。認定官が何か魔法を使ってくるとか聞いてないけど。

そう思いながらも、木乃香は冷静だった。

このくらいの不意打ち、研究所の魔法使い(ストーカー)たちに見張られ追いかけ回され挑戦されていつの間にか鍛えられた彼女にとっては屁でもない。……まあ、研究所のあれは実質的な被害よりもむしろ精神的苦痛のほうが酷かったわけだが。

そしてそんな彼女が反応する前に、とっくに彼女の使役魔獣は動いていた。

「ぴぃーっ」

この使役魔獣にしては鋭く鳴いたかと思えば、三郎の小さなくちばしから先ほどの火の玉よりふた回りは大きな炎が飛び出す。

そして木乃香と認定官の間で、ぼんといきなり破裂した。

「わわわ」

「にあー」

ばさばさとはためく外套を押さえる木乃香と、ちゃっかり彼女の足に隠れて熱風をやり過ごす四郎。この程度なら冷やす必要もないと判断したらしい。

そう。ただの風ではなく、熱風である。

とっさに三郎が作り出した爆発とそれで生まれた爆風によって、認定官が放った風魔法は跡形もなく吹き飛ばされていた。

きらきらと細かい火花らしきものが、場違いに華やかに演習場に降ってくる。

――余談だが。

この爆発、もとの世界でいうところの〝花火〟に近い。

同じ火属性を持つクセナ・リアンとその使役魔獣ルビィ、そして三郎が編み出した単なる余興である。ちなみに参考は〝流れ者〟ヨーダの文献、監修は本の現在の持ち主ジント・オージャイトだ。

荒野の星空に大きな花火を打ち上げ、クセナ少年が住む近隣集落のお祭りに彩りを添えるのが最終目標である。

驚いたのは、魔法を防がれるなど思ってもいなかった認定官だ。

手加減していたとはいえ、あっさりと自分の魔法がかき消される感覚と爆音、そしてやたらと派手な火花に呆然としたのは一瞬。

見習いにしてやられるなど、彼のプライドが許さない。

まして、相手は見た目だけなら吹けば簡単に飛ぶような極小使役魔獣なのだ。意地になった彼は、得意とする風魔法をさらに手の平に展開させた。

——つもり、だったのだが。

「………はっ?」

認定官は、何も出てこない自分の手を凝視した。

そこに「んにゃあ」と絶妙なタイミングで鳴く白猫。

「え、〝凍結〟したの?」

「にあー」

ビロードのように艶やかな毛並みを擦りつけながら甘えた声で鳴く使役魔獣は、「そうだよー」と言いたげである。

褒めてほめてー、とアーモンド形の青い瞳が木乃香を見上げた。

認定官を務める彼の風魔法は、上級魔法使いに比べれば威力こそかなり劣るものの、速さとお手軽さには定評がある。

陣を描く必要も呪文を唱える必要もなく、ただ手のひらをかざせば出てくるのだ。

この手の魔法は、四郎の特殊能力では〝凍結〟できない。凍らせることができる箇所がない、と言うべきか。

だから、この使役魔獣四号が〝凍結〟した、というのは認定官の魔法ではない。

この演習場そのもの、であった。

ここ魔法演習場は、少々凝った仕掛けがされている。

造りがただ頑丈なだけではない。魔法を抑える効果を持つ結界の上に、魔法の効果を高めるようにする結界が重ねて施されていた。

つまり、あえて魔法を使えないようにした部屋の中に、正反対の効果を持つ魔法結界をわざわざ敷いて魔法が使えるようになっているのが魔法演習場なのだ。

一見無意味でややこしい構造に思える。

しかし、これは魔法の暴走や事故の際、周囲を守るのに役に立つ。

結界の魔法は新たに展開するより取り消すほうが簡単なので、仮になにか事故や問題が起きたとき、なるべく早く魔法を抑え込もうと思ったら、あらかじめ魔法を抑制する仕掛けをしておいたほうが効率的なのだ。

辺境ではこんな仕掛けにはお目にかかれない。力を持った魔法使いたちと国の主要機関が集まる王城ならでは、と言えるかもしれない。

というわけで。木乃香の使役魔獣が〝凍結〟したのは、後から重ねがけした部分。魔法を使いやすくする結界だった。

そのため、魔法が使えない結界の効果で、認定官は一時的に魔法が使えなくなったというわけだ。

ちなみにすぐに〝解凍〟されたので、彼が変だと思ったときにはすでに演習場は元通りである。

認定官は、思わず首をひねった。

「……どうかしましたか？」

「い、いや」

見習いの前で、正規の魔法使いが「魔法が打てない」と取り乱すわけにもいかない。

掲げた自分の右手を凝視し、木乃香を見、そしてまた自分の手を見つめ。

「……その鳥、思ったよりやるな」

「はあ。ありがとうございます」

「ぴっぴぃ」

三郎はこころなしか黄色い胸を張り、嬉しそうに囀った。

四郎が不服そうに「にゃん」と鳴く。が、木乃香に背中を撫でられるとどうでもよくなったらしい。気持ち良さそうに目を細め、大人しく足元にお座りした。

ゆらん、と白い尻尾が揺れる。

認定官は眉根を寄せる。

なんだ、このほのぼのまったりとした雰囲気は。

調子が狂う。彼女らが演習室に入って来てから、どうにも狂いっぱなしだ。

ここは魔法演習場、そして魔法使いの試験会場である。いったい緊張感はどこに行ったのか。

それもこれも、あの冗談のように小さく奇妙なモノたちのせいに違いない。

「それにしてもソレは小さい。小さすぎるだろう」

「はい。よく言われます」

「数があってもその程度の大きさではな。能力にも特筆すべきものはない」

「……ええ、まあ」

「お前はこれで魔法使いを名乗るつもりか。ろくな階級にはならんぞ」

「はい。よく言われます」

彼女は、苦笑を浮かべて頷いた。

こちらの言い様に慌てることも怒り出すことも、がっかりした素振りもない。そこに階級を少しでも上げようという意欲は、ぜんぜん感じられない。

認定官にとっては、ちっとも面白くない受験者である。


たまに、こんな感じの受験者はいる。

階級は二の次で、とりあえず〝魔法使い〟の肩書きさえもらえればいいという者が。

これは、商売人に多い。彼らの目的は出世ではなく、〝魔法使い〟になることによって受けられる優遇措置なのだ。とくに魔法に使う道具や魔法効果を宿した道具を売る店などは〝魔法使い〟がいるというだけで信用度が上がる。

だが。商売人特有の抜け目のない雰囲気も、目の前の受験者にはない。

数々の受験者を見てきた認定官は、それに引っ掛かりを覚えた。

といっても受験者の能力や正体を怪しんだわけではない。

皆と違うから、なんか気に食わない。なんか苛立つ。そんな感じである。

この受験者が魔法大国フローライドの栄えある〝魔法使い〟を名乗れるかどうかは、認定官の判断ひとつ。

実力があろうと無かろうと、認定官の前では等しく受験者であり、等しく緊張し、こちらの一挙手一投足に惑うべきなのに。目の前の受験者の飄々とした態度はなんなのだ、と。

「お前は〝九位〟かそれ以下だ。それ以上は上がらないと思え」

「はい」

まあ、狙った通りである。

木乃香は従順に頷いた。

魔法使いの階級が〝九〟、つまり上から数えて九番目ということは、間違いなく下級と呼ばれる魔法使いであった。

下級魔法使いだと暗に言われてもなんとも思っていない様子の受験者に、認定官は眉をひそめた。

そして厳かに告げる。

「よろしい。では、最後の試練だ」

「はい。………はい？」

内心でほっと胸を撫で下ろし、肩の力を抜こうとしていた木乃香は思わず聞き返した。

最後の試練？　そんなものがあるの？

簡単な経歴や扱う魔法の種類などを記載した申請書類を提出し、指定された日時に登城。試験会場にて認定官の前で適当に魔法を披露して、試験は終わる。

そう聞いていた木乃香は、最後も何も、そもそも〝試練〟があること自体が初耳であった。

しかし、あり得ないとは言い切れない。

教えてくれたラディアル・ガイルら研究所の魔法使いはほとんどが魔法学校の出身で、認定試験の知識はあっても経験はない。先ほど認定官が魔法を打ってきたことからして全然聞いていない。まったくの想定外である。

はじめて戸惑うような表情を見せた受験者に、認定官は勝ち誇ったようにふふんと笑う。

そして、こんなことを言い出した。

「ミアゼ・オーカ。お前がここで魔法を使って見せろ」

木乃香が使える魔法。それは、召喚魔法しかない。

それは認定官も知っているはずなのだが。

「……………ここで、ですか？」

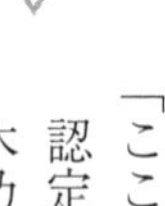

「ここでだ」

認定官の言い分はこうだ。

木乃香は使役魔獣を連れて入室してきたので、召喚する場面を見たわけではない。

ほんとうに召喚魔法が使えるのかどうか、確認するのだという。

が、そもそも使役魔獣は召喚主以外に懐かないというのが常識なので、使役魔獣を連れていればその者が召喚したとみなして間違いないはずなのだ。

……と、そう反論できれば良かったのだが。

残念ながら、木乃香の使役魔獣たちこそ召喚主以外にも簡単に懐く例外中の例外であった。

認定官はその事実を知らないはずだが、困ったように黙り込んだ受験者を見てふふんと鼻で笑った。

「なんだ。できないのか」

「いえ。できる、とは思いますけど……」

「ほう」

「時間かかりますよ?」

忙しいんじゃなかったんですか。

言外に問えば、認定官はふんと鼻を鳴らした。

「召喚陣のひとつやふたつ、持ち歩いているものだろう」

「わたしの使役魔獣は出し入れできない仕様なんです」

「ぴぴ」

「にああ」

木乃香を擁護するように使役魔獣たちが鳴いた。

が、認定官はうるさそうに顔をしかめただけだった。

「先ほどできると言ったのは偽りか」

「……いえ」

できる、とは思うのだ。が。

……ちょっと予想がつかないので不安だ。


まず、どんなモノを使役魔獣として召喚するか。

これが決まらなければ、召喚陣だって描けない。

突発的に与えられた〝試練〟だが、しかし幸か不幸か木乃香にはその当てがあった。

王都フロルへ行くことが決まったあたりから、五体目の使役魔獣を召喚しようかな、と考えていたところだったのだ。

そのために描く陣は、だいたい考えてある。

ただ、召喚場所がマゼンタの王立魔法研究所ではなく、王城の魔法演習場になっただけのことだ。

心配なのは、これまで彼女が師ラディアル・ガイルの研究室でしか召喚を行ったことがないということ。

彼女は、そこで師が随時敷いている召喚陣の基礎を使ってしか召喚したことがない。

つまりまったくのゼロから自力で陣を作り上げたことがないのだ。

ちゃんと師に教わっているので、できるとは思う。

しかしさすがにいつも以上の時間と魔法力は消費するはずだ。確実に。

それがいったいどれ程になるのか。経験不足に加え魔法力の消費に鈍感な木乃香にはいまいち分からない。

「やるのかやらないのか、どっちだ！」

この認定官、いとも簡単に「召喚しろ」と言ってくる。

……まあ、魔法使いの先輩である認定官がこんな態度なのだ。

きっと大丈夫なのだろう。たぶん。

「やります」

できないと諦めて〝魔法使い〟になれなかったら、それはそれで困る。

これまで協力してくれた研究所の面々にも合わせる顔がないではないか。

覚悟を決めた木乃香は、強い視線を石造りの床へと向けた。

大抵の召喚魔法を使う魔法使いは、いつでもどこでも召喚が行えるよう、完成している召喚陣を

持ち歩いていることが多い。

召喚陣は、紙に書いたり宝石や輝石に刻んだり刺青のように皮膚に移したりと様々だ。

いっぽう、木乃香のように使役魔獣そのものを連れて歩く者は、いないわけではないが少数派である。

使役魔獣を傍らに出したままだと邪魔だし、必要以上に相手に警戒されるし、出ているだけで召喚主の魔法力を必要とするので効率が悪いのである。

もっとも、木乃香の使役魔獣たちはそれほど邪魔に思われていないし、警戒どころかむしろ可愛がられているし、小さいせいか出ているだけなら大して魔法力を使わない省エネ仕様なのだが。

認定官は、召喚魔法の使い手なら陣のひとつやふたつ持っているだろうと思い込んでいた。

だから簡単に「召喚しろ」と言ったのだが。


なんだこれは。

無意識にじりじりと後退りしながら、認定官はどうしてこうなったと自問する。

申請書類が通りこの場に呼ばれた時点で、受験者が〝魔法使い〟になることはほぼ決まっている。

だから目の前で召喚して見せろと言ったのは、彼の単なる嫌がらせだ。

あんなに小さい使役魔獣で満足している小者だ。召喚できたとして、どうせろくなモノを召喚できないだろう。そのときは思いっきり貶してやる……と内心でほくそ笑んでいたというのに。

渋々といった様子ながら了承した受験者の魔法使い見習いは、現在両手の平をぴたりと床につけ、一心不乱に召喚魔法を紡いでいる。

イラっとする程のほほんとした雰囲気から一変、暗い色の床を——床に描かれた召喚陣を睨みつける姿は、たった一歩近づくのも躊躇うほどにぴりぴりと張りつめた空気をまとっていた。

真剣に取り組むのは、結構なことである。

問題は、彼女が描く召喚陣の、その規模だ。

この認定官、召喚魔法の細かい良し悪しはわからない。

これで召喚魔法の使い手を判定しようというのだから、国家資格が聞いてあきれる。

木乃香たちはそんないい加減な対応こそを期待して試験を受けに来たのだが、まあそれはともかく。

召喚魔法に限らず、陣というものは大きく、複雑であればあるほど高度とされている。

目の前で着々と紡がれる召喚陣が標準よりもとても大規模で、緻密なものであることくらいは認定官にだってわかる。これに費やされている魔法力がとんでもない量であることも。

この娘、いったいどれほど強大なモノを出すつもりなのかと怯えるほどには。

むしろ、わかっていないのは木乃香本人だ。

彼女が未知の魔法というものに対してもっと貪欲で、もっと自発的に学んで研究していたなら違ったかもしれない。

しかしいきなりフローライド屈指の最上級魔法使いに師事し、彼の魔法や召喚陣を見慣れてしまった彼女は、これで〝普通〟だと思い込んでいるのだった。

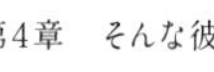

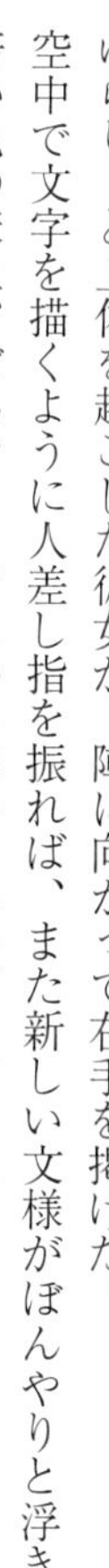

ゆらり、と上体を起こした彼女が、陣に向かって右手を掲げた。
空中で文字を描くように人差し指を振れば、また新しい文様がぼんやりと浮き上がる。
暗い色の床上、ぼんやりと、しかし確かに浮かび上がる複雑な光の筋。
呆然とそれらを見つめながら、「まだ増えるのかよ」と認定官は泣きたくなった。

くらり、と一瞬めまいを起こす。

それをゆっくりと一回、目を閉じることでやり過ごし、木乃香は再び召喚陣に向き合った。

基礎に持って行かれる魔法力が、予想以上に大きい。

自身の魔法力にてんで無頓着な木乃香が「持って行かれる」と感じるほど、その消費は激しかった。

が、ここで止めるわけにはいかない。

背後で認定官の叫び声のような悲鳴のようなものが聞こえた気がしたが、今後ろを振り返っている余裕はなかった。

召喚陣を作るのは、本来であればかなり時間がかかる作業だ。主に、魔法力を使うという点で。と。師ラディアル・ガイルから、実は木乃香はちゃんと聞いていた。

しかしそれは召喚術を研究していて日々複雑怪奇で解読困難な召喚陣を描いているお師匠様だからこその話、と思っていた。

一気にやるのは極めて無謀。

彼女がそれを思い知るのは、毎度のことながら全てが終わった後、なのだった。

白から青、緑、黄色、橙、赤。そして、最後に淡いピンク色へと発色した召喚陣が、いっそう輝く。

と。唐突にその光が収縮して、魔法演習室に薄暗さが戻ってきた。

木乃香がほう、と息をついて肩を落とす。

彼女を労わるように、小さな小さな鳴き声が聞こえたのはこのときだ。

「きゅう」

光の消えた召喚陣の真ん中。

小さな――あまりに小さな〝何か〟が、そこにうずくまっていた。

いや。うずくまっていると思ったソレは、もともとそんな丸っこくふっくらとした形をしているようだった。申し訳程度に付いた四本の小さな足と、角の取れたやはり小さな二つの耳が、もふりとした薄ピンクの毛皮に飾りのようにくっついている。

それは、ハムスターの姿かたちによく似ていた。

ぺた。ぺたん。

そんな擬音が当てはまるような、お世辞にも俊敏とは言えない動きでソレが木乃香に寄ってくる。

そして座り込む彼女の膝に前足をてんと乗せた。

「きぅ」

ひくひくと鼻と髭を震わせ、ブルーベリーにも似た暗紫色の丸い瞳でひたむきに見上げてくる様子に、木乃香は思わず口元を緩める。

「は、は………」

気の抜けたような、乾いた声が背後から聞こえた。

振り返れば、魂が抜けていま帰ってきたかのような、とっても精神的に疲れた表情の認定官が薄いピンク色のソレを指さしている。

「なんだソレは！」

「なんだと言われましても……召喚した使役魔獣ですが。ええと、〝五郎〟です」

返事をするように「きゅう」と鳴くハムスター。

次の瞬間、認定官は狂ったように笑い出した。

「ふ、ふふふふふっ。あっはっはっはっははははは！」

認定官の声に驚いたのか、〝五郎〟は慌てて木乃香の膝に駆けのぼり、腕と太ももの間の隙間に入り込んだ。

合間から見えている小さな尻尾がぴるぴると震えている。

使役魔獣に関して「なんだそれは」と問われるのはよくあることだ。

いちおう説明しようとした木乃香だが、腹を抱え息も絶え絶えになってまで笑う認定官を見て、口を閉じる。この調子では、言ったところでちゃんと聞いてくれるかどうか微妙である。

「これだけの大がかりな陣を敷いておいて、召喚したのがたったそれだけか！　驚いて損したではないか。見かけ倒しにもならない」

暗にびびってましたと告白しているようなものだが、当の本人は気付かない様子で饒舌にしゃべり出す。

「そんな小さなモノを当たり前のように出してくる者の気が知れない。饅頭（まんじゅう）に手足が生えたような形（なり）で、ソレに何ができると言うんだ。懐に入り込んで爪なり牙なりで相手を仕留めるとでも？　動きだって鈍いし踏み潰されて終わりだろう」

「……」

それはそうかもしれないが。だから、いったい誰に襲いかかれというのか。

木乃香は思わずため息をついた。

見たところ平和そうに見えるのに、ここの〝魔法使い〟は誰かと戦ったり争ったりすることを想定して魔法の能力を判定する。直接の戦力にならないものは総じて評価が低い。

魔法の種類がいろいろあるのだから、癒し系魔法だって混ざっていてもいいようなものなのに、だ。

どこかで戦争が起きるとか、はたまた恐怖の大魔王でも出現するとか、そんな話でもあるのだろうか。

「しかもお前、たったこれだけの召喚で魔法力切れではないか！」

「……はあ」

木乃香はまたため息をついた。

……これは反論できない。

召喚陣をゼロから作り上げたせいか、使役魔獣に付けた特殊能力ゆえか。

確かに木乃香はもう立ち上がれないほどにフラフラだった。目の前にいるのが喚く認定官ではなく、苦虫を噛み潰したような顔の――思い浮かべたら、なぜかそんな顔だった――お師匠様であれば、さっさと意識を手放していただろうと確信できるほどに。

……とはいえ、そろそろ限界である。

使役魔獣たちが、それぞれに心配そうな鳴き声を上げる。

その頼りなさに認定官はまた笑ったようだったが、木乃香の耳にはもうそれすら遠い。

ぎい、と入口の扉が開く音を聞きながら、彼女は不本意ながら目を閉じた。

……もしかして、召喚したらマズかったのだろうか。

今さらに、そんなことを思いつつ。

「はい。認定試験終わりだね」
穏やかでのんびりとした声が演習場に響いたのは、その直後。

その人は、なぜかその日その時間に限って「ちょっと散歩に行ってくる」と言い出した。

いつも側近たちに呼ばれない限り自分の居住区からもほとんど出て来ないのに、である。

のんびりと、しかし妙に足取り軽く歩いて行ったのは、王都が見渡せる屋上テラスでも、趣がそれぞれに違う数多（あまた）の庭園でもなく。よりによって魔法演習場の方角。

ミアゼ・オーカの認定試験が今まさに行われている、そこであった。

これを聞いたジェイル・ルーカは大いに慌てた。

困る。非常に困る。

彼女と、そして自分の身の安全のため、その人――国王陛下と彼女を会わせるわけにはいかないのだ。

ほんの気まぐれでたまに突飛な行動を起こすお人ではあるが、これは果たして偶然なのか、故意なのか。

国王が彼女の認定試験が行われていることを知っていた可能性は、低いと思う。

その辺の地方出身見習いの認定試験の日時内容など、誰も上まで報告しないし報告しても興味を持たれない。むしろ不要だと眉をひそめられる。

まして王のもとまで報告が上がることなど、まずあり得ない。

知らないはずだ。知らない、と信じたい。

しかしピンク色の石畳の謎も残っている。

とにもかくにも、と急いで。けれども怪しまれないよう、なんとかさりげなさを装って追いかけ

た彼が見たものは。

「怖くない。怖くないよー」

冷たい石床の上にぱったりとうつ伏せに倒れているミアゼ・オーカと、彼女を守るようにその背中と脇、足元にひしっと張り付く小さな使役魔獣たち。

そして、そんな使役魔獣たちにそろそろと手を差し伸べている、困り顔の中年男性だった。

――フローライド国王陛下、その人である。

上品に後ろへと撫でつけられた、ゆるりと癖のついたセピア色の髪。丸みのある優し気な薄緑の瞳。柔和な顔だち。

しかも最上級魔法使いの証である漆黒のマントを羽織った〝王族〟とくれば、昔は、いや今でもさぞ若い淑女の皆様方の熱い視線を受けていたに違いない。

……もう少し、痩せていれば。

まあ、太いのが悪いとは言わないし、太めがお好きなご令嬢だっているだろう。

国王は、王城の地下貯蔵庫にごろごろしている酒樽に非常によく似た体型をしていた。

よく言えば、人のよいおじさんである。

悪いものには見えないが、異性としての魅力とか色気はかけらも感じない。ついでに一国の王様らしい偉そうな雰囲気もない。そんな感じだ。

「むう。どうしたら危害を加えないって分かってもらえるかな。そもそも言葉が通じているかな。

通じてるよね？」

「ふーっ」

「ぴぴぴぃーっ」

「きゅきゅう」

ミアゼ・オーカの足元に陣取る白い子猫は、尻尾を膨らませてじっとりとにらみ上げ。

背中に乗っかる小鳥は、黄色い翼をぱたぱたと忙しなく羽ばたかせ。

脇からひょっこりと顔を出すハムスターは、ぴんと耳を立て様子をうかがっている。

ジェイル・ルーカはごしごしと目を擦った。

――なんだか一体、見慣れないモノが増えている気がするのは目の錯覚だろうか。

たぶん警戒しているのだろう。猫と鳥については威嚇もしているようだ。

しかし見た目が見た目だけに、ぜんぜん威嚇になっていない。

ただ彼らが必死なのは、痛いほど伝わってくるのだ。

小さく見るからに非力そうな彼らのそんな健気な様子を見ていると、まだ何もしていないのに悪いことをしたような気分にさせられてしまう。

敵意を向けられているフローライドの国王様もそんな心境なのだろう。

薄い眉をハの字にしゅんと下げて、中途半端に差し出した手もそれ以上伸ばすことができない様子だった。

得体の知れない他人の使役魔獣相手に安易にちょっかい出されても、それはそれで国王として危機管理は大丈夫かと思わないでもないのだが。

奇っ怪なような微笑ましいような両者のご対面に、ジェイル・ルーカはなんだか気が抜けた。

次いで思ったのは、「この王様、あの腹でよくしゃがみこめたなあ」である。

なんとなくほ、と無意識に息をついた、そのとき。

「ああ、そこのきみ」

くるり、と件の王様がジェイルを振り返った。

ジェイルが吐き出した息をひゅっと飲み込む。

「そこに倒れている彼女を医務室に連れて行ってくれないかな？」

「……っへ」

「魔法力の使いすぎだねえ。大丈夫だと思うけど、こんなところで寝てたら身体が痛くなるし、風邪を引いてしまうだろう？」

「は、はあ」

国王は渋々差し出していた手を引っ込めた。

いまだ厳戒態勢を解かない使役魔獣たちを寂しげに見つめ「そんなに怖い顔してるかなあ」と呟く彼は、どこからどう見ても人のよさそうな困り顔である。

「へ、へへへいいか」

「うん？　なんだい」

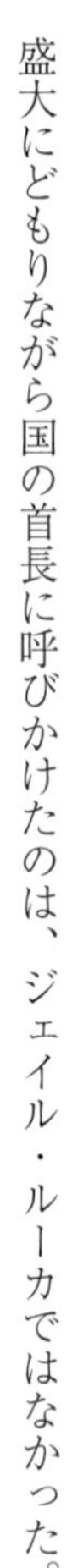

盛大にどもりながら国の首長に呼びかけたのは、ジェイル・ルーカではなかった。

驚愕の表情で固まる、試験の認定官である。

姿が見えないと思ったら、どうやら大して広くもない魔法演習室の片隅で縮こまっていたらしい。

なんだい、と国王が認定官をくるりと振り返る。

すると彼は「ひっ」と小さく悲鳴を上げた。振り返ればのっぺらぼうでした、とでも言うような怯え具合である。

背後の壁に背中を押し付け、張り付くような体勢になっている。狭い魔法演習室の中で彼が取れる、彼らとの最長距離であった。

いるはずのないお人が突然現れて恐慌状態なのはわかるが、さすがにその態度はちょっと失礼じゃなかろうか。

ジェイルでさえそう思っていると、ようやく認定官が震える口を開いた。

「どど、どどうしてこちらに」

「え。なんとなく」

国王は顔をしかめることなく、むしろ認定官の態度にはまるで興味がなさそうに、へらっと適当に笑う。そして適当な口調で言った。

「たまたま散歩してたら、面白そうな魔法の気配がしたから寄ってみたんだけどね。うん、なかなか面白いよねえ」

にこにこ。にこにこ。

その顔は、新しいおもちゃを見つけた子供のように無邪気できらきらとしている。

凍り付いた周囲の反応などまるで気付かない様子で、彼は「ふむ」と石造りの床を眺めていた。

おそらくは使役魔獣を召喚した、その召喚陣があったと思われる場所を。

「残念。もう痕跡のかけらもなくなったか。魔法演習室の構造が恨めしいな。それで、新入りはそっちの〝さくら色〟の子かな？」

薄ピンクのハムスターが髭をひくひくと震わせた。

小さな使役魔獣の小さな反応に、王様が「ふふふ。そうかー」と笑う。

どうやら満足のご様子である。

「へ、へへ、ど、どどど」

「うん？」

意味不明な言葉を発したことで再び顔を向けられた認定官は、いったんごくりと唾を飲み込んでから慎重に言う。

「その、この者は、認定試験の受験者、でして」

「うん。そうだろうね」

「それで、あの、陛下は、どう思われますか？」

恐る恐る、彼はたずねた。

自分で〝下級魔法使い〟だと断言し先ほどまで嘲笑っていたのが嘘のようだ。

彼がびくびくしているのには、理由がある。

国王の様子から、どうやら〝魔法使い〟になる予定の見習い、というか彼女の使役魔獣たちに興味を持ったらしいと判断したからだ。

のちに彼女が国王のお気に入りにでもなれば、方々から低い階級のことをあれこれねちねち言われるのは明らかである。

しかし国王がたまたま見に来たという理由だけで階級を上げてその後何もなければ、やはり方々からあれこれ言われるのだ。

言われるのは、いちばん立場が弱い認定官である。

「うーん、そうだねえ」

王は使役魔獣たちを見、意識を失ったままの彼らの主である見習いを見、それからふと入口に立ち尽くすジェイル・ルーカを眺めてちらりと笑った後、答えた。

「これはちょっと小さすぎるよねえ」

物足りないと言いたげに、どことなく寂しげに、彼は笑う。

「は……」

「面白いけどね。残念だねえ」

性懲りもなく手を伸ばしかけては三体の拒絶を受ける。

ちょっと触りたいだけなのになあ、としゅんと肩を落とす国王陛下は、未練たらたらであった。

……まさかの可愛いモノ好きだったのだろうか。

なんだか恐ろしい予想に、認定官とジェイルは偶然にも同時にふるふると首を振った。

「ああ。そういえば、試験の結果はどうだったのかな？」

「……っひ。あ、あの」

認定官は、「こ、細かい階級についてはまだ決めかねておりますが」と上手く明確な答えを避けつつ、ちらちらと反応を窺いながら「下級で」と蚊の鳴くような声で言う。

「ふうん。下級魔法使いか。…………うん。彼女は、それでいいんじゃないかな」

国王ののんびりとした言葉に、認定官とジェイル・ルーカ、そして心なしか小さな使役魔獣たちまでが、ほっと肩から力を抜いた。

「うん」までの微妙な間が、気になるといえば気になるのだが。

よっこいしょ、と国王が立ち上がる。

「さてと。じゃあ、わたしは戻るかな。邪魔して悪かったね。彼女の手続きをしてやって」

「は、はひっ」

ぴんと背筋を伸ばした認定官は、国王陛下の意に沿うべく――というよりは、一刻も早くこの場から逃げたかっただけのような気がするが――勢いよく演習室を飛び出して行った。

「ガイルもこれでちょっと安心するだろう」

だから、こんな呟きを聞いたのはジェイルひとりだ。

思わずがばっと振り返った彼にも、王は薄い笑みを浮かべる。

「きみは、彼女を頼むよ。きみ・な・ら彼女に触れることができるだろう？」

「は……」

ちらりと見下ろした先には相変わらず倒れたミアゼ・オーカがいて、その周囲に警戒心むき出しの使役魔獣たちがいた。

彼らが警戒しているのは、しかし国王陛下だけなのだ。

彼が動くたびに、彼から見られるたびにぴく、ぴくと小さな使役魔獣たちが反応している。

頼りになるのかならないのか。微妙な見た目の彼らだが、とりあえずその様はいじらしくて、ちょっと微笑ましい。

彼らにちょっかいをかけようとしているのが王様だけだから、と言い訳することはできるだろう。

だが。

なんというか。

国王様の白々しいほど穏やかな笑顔を前に、ジェイル・ルーカは悟った。

――もう、いろいろと、全部ばれている気がする。

なんで。いつ。どこから。

ぐるぐる考えてどんどん青くなっていくジェイルの顔を眺めつつ、国王は言った。

「〝彼〟に伝えてくれるかな。下手に小細工しなくても、この娘は渡さないぞってさっさと宣言しに来ればいいだろうって」

「へ……」

「まったく見くびられたものだね。可愛い弟分が嫌がることをあえてやる趣味は、わたしにはないよ」

国王陛下のご機嫌は、そう悪いものではないように思える。

ちなみに〝彼〟を「可愛い」などと言ってのける人物は、昔馴染みでなおかつ比肩する魔法の実力を誇るこの人くらいだ。

ふっくらとした人のよい顔に浮かぶのは、苦笑。

腕白な子供のイタズラを「しょうがないなあ」と笑って許しているような、そんな顔である。

そういえば、この王様が怒ったという話は聞いたことがない。

だからというわけではないが、思い切ってジェイルは声を上げた。

「あ、あの！　……ひとつ、お聞きしたいことが」

とくに驚いた風でも、眉をひそめるでもなく、国王は「なんだい」と応じる。

薄緑の双眸が細められる。勘違いでなければ、どことなく面白そうに見える。

彼はごくりと唾を飲み込んだ。

「フロルの石畳を……ピンク色にした、理由をお教えいただけますか？」

「あー」

相手にしてみれば、ずいぶんと突飛な質問だったと思う。

しかし王は、「あれはねえ」とすぐに返してきた。

適当な理由で認定官を追い出し、聞かれるのを待っていたのではないか。と、そう勘繰ってしまうほど、なんだか嬉しそうに。

「あれ、ピンク色じゃないよ」

「は？」

「〝さくら色〟っていうんだ」

「さ、さくら色、……ですか」

「そう。〝さくら〟の花の色」

それは単に言い方が違うだけでは。

よほどそう突っ込みたかったが、ジェイル・ルーカはなんとか耐えた。

だってどんと得意そうに大きな胸だか腹だかを張った男は、仮にもこの国の王様なのだ。

「〝流れ者〟を歓迎するには、すごくいいと思わないかい？　しかも、この子はかの〝虚空の魔法使い〟と同郷だっていうじゃないか」

「………はあ」

そういえば、あった。この城の庭園内に。

〝虚空の魔法使い〟ヨーダが作った、〝さくら〟という名前の花の木が。

「喜んでくれたんじゃないかなあ」

ほくほくと語る王様の視線の先には、小さな小さな使役魔獣。たぶん、使役魔獣。

やたら小さく弱々しく、丸っこくふわりとしたその塊は、さくら色……というには少々薄い、柔らかいピンク色をしていた。

「……とても驚いては、いましたよ」

彼女だけではない。ジェイルだって、そりゃあもう震えるほど驚いたのだ。

彼はがっくりと肩を落とす。

石畳がピンクではなく〝さくら色〟だったなど。新しい妃ではなく単純に〝流れ者〟を歓迎する意味だったなど。教えてくれなければ、誰にもわからないだろう。

少なくともミアゼ・オーカの口からは〝さくら〟のさの字も聞いていない……と思う。

「朝早くから呼び出されて、きっと庭を見る余裕もなかっただろう」

そう。実物を見てもいないのに、ますます〝さくら色〟などわかるものか。

にこにこと人懐こい笑みを浮かべて、王様は彼に言った。

「きみ、見せてあげて。ほんとうはわたしが案内してあげたいんだけど」

「そ、それは！」

「……うん。ちょっと、いろいろと面倒そうだからね。頼むよ」

少しだけ残念そうに、けれどもどこか楽しそうに笑う。

そんな国王陛下へ向けて、すでにいっぱいいっぱいのジェイルは速攻で、必死に頷いた。

国王が優しく目を細めた先には、小さな使役魔獣たち。

そして彼らに守られた、召喚主である〝流れ者〟。

「ようこそ、フローライド王国へ」

ひっそりと呟いてから、彼は「しぃー」と人差し指を自分の唇にあてた。

それを見ていたのは、小さな使役魔獣たちだけだ。

ところでその頃の二郎

滞在中の宿の客室の中。

留守番を言いつかった黒い子犬……の形をした使役魔獣〝二郎〟は、主が出かけていった扉をただひたすらに眺めて動かなかった。

ぺたんとお尻を床に付けたお座り状態のまま。丸っこい三角耳の先っぽも動くことはない。

ときどき何かを探るようにひくひくと鼻が動くので、動けなくなったわけではなく動かないだけなのだろうと判断する。

小さな小さな後ろ姿を見ながら、シェーナ・メイズは今さらながらに思う。

ああこの子、オーカの使役魔獣だったわ、と。

シェーナは王都まで、ほとんど無理矢理ついてきた。

この世界にも旅にも不慣れなのに、しかもけっこうな長旅なのに、オーカの同行者が気遣いとか配慮とかが無理そうな男共だけってそんな馬鹿な、と思ったのだ。木乃香もほっとしたような嬉しそうな顔をしていたので、ラディアル・ガイルらも彼女に帰れとは言えなかった。

だが、さすがに王城までは付き添えない。

彼女の姉代わりを自負してはいるが、正式に後見しているわけでも、彼女の推薦人になったわけでもない。仮に同行できたところで、何もできないことだって分かっている。

だからシェーナは、同じく城まで付いていくことができない二郎と大人しく留守番していることにしたのだが。

「大人しいのはいいんだけどね……」

二郎が大人しすぎる。というか、扉の前でお座りしたままぜんぜん動かない。

ぴこぴこと房飾りのような黒い尻尾を忙しなく揺らしながら、「寂しいからあそんでー」とばかりに寄ってくる姿を想像していただけに、ちょっと空しい。

そのいつも元気な尻尾も、いまは床にくっついたままぴくりとも動かなかった。

シェーナを忘れたわけではないと思う。ただ、彼女に意識を向ける余裕がないだけ。

召喚主である木乃香のほうがはるかに大事で心配で恋しいだけなのだろう。

しばらくして。

角の取れた三角耳が、何かに気付いたようにぴくぴくと動いた。

次いですんと鼻を鳴らす。

もしかしたら、認定試験が始まったか終わったかを、感じ取ったのかもしれない。

そしてさらに。

「くーん……」

初めて聞くような鳴き声を、二郎が上げた。

いつもより高くか細い、明らかに寂しげで心細げな、それ。

本を読んで時間を潰していたシェーナは思わず顔を上げた。

そういえばじっと二郎が見ているその方向は、単に客室の出入口というだけではない。

木乃香たちが向かった王城も、同じ方向にあるはずである。

「だーいじょうぶよジロ。下級の魔法使いの試験なんて、そんな手間かけないから。ぱぱっと試験を終わらせて、お昼前くらいには帰ってくるわよ」

「くーん……」

聞こえているのか聞いていないのか、シェーナの言葉にも二郎は知らんぷりである。

彼女ははあー、とため息をついた。

「くーん、て……そんな鳴き声も出せるのねえ」

魔法探知犬である使役魔獣第二号〝二郎〟は、魔法を感知したときに吠えて知らせてくれる。逆に言えば、それ以外のときは吠えない。

コレは、吠えるというよりは鳴く、あるいは〝泣く〟だろうか。危険を察知したわけではなさそうだ。

が。なんだかこちらまで一緒になって寂しくなってくる、そんな声だ。これなら危険だろうが何だろうが「わんわん」と元気に吠えてくれたほうがましかもしれない。

まっすぐお城の方角を向いたまま、二郎が不安そうに声を出す。

「くーん……」

「……はあ。ジロ、勘弁してよぉ」

シェーナはがっくりと肩を落とした。

ほんとうは、彼女だって不安なのだ。大丈夫だと思うが、ほんとうに大丈夫なのかと。

二郎の声を聞いていると、それがこれでもかと煽られてしまう。

ほんとうに主が危険な状態であれば二郎が寂しげに鳴くだけで済むはずがない、と分かっていてもだ。

いま、シェーナに木乃香たちの様子を知る術はない。

このまま部屋に閉じこもっていたら不安だけがぐるぐると渦巻いて、木乃香たちが帰ってくる頃にはへとへとになりそうだった。

そういうのは、彼女の性に合わない。

辺境の研究所で満足しているだけあって、引きこもりとは言わないまでもそう活動的なほうでもないのだが。

それでも今は。

「うん。ちょっと出かけよう」

呟くと同時に、シェーナは座り込む使役魔獣を後ろからひょいと抱え上げた。

驚いたらしい二郎のぽてっとした四本足が、わたわたと宙をかく。

「気分転換。ジロも付き合いなさい」

もふりとした黒い体を小脇に抱え、もう片方の手で少し乱暴に頭を撫でてやる。

二郎はふすー、と抗議するように鼻を鳴らした。


「オーカが〝魔法使い〟になるんだから、お祝いしなきゃでしょう。疲れて帰ってくるだろうし、何か甘いものでも買ってこよう」

木乃香の使役魔獣たちが、主の言葉だけでなくその他の人々のそれもちゃんと理解していることを、シェーナは知っている。

主のため、という言葉に彼らが弱いことも。

ちろりと二郎の尻尾が迷うように動いたのを、彼女は見逃さなかった。

「ねえジロ。待っててね、とは言われたけど。部屋で大人しくしててね、とは言われていないでしょう？」

よその使役魔獣相手に鼻と鼻を突き合わせて、そんな屁理屈を真面目に主張する。

ささやかな抵抗を見せていた二郎が、ぴたっと動きを止めた。

あ、そうだと納得してしまったのか、シェーナの気迫に押されただけか。それはわからない。

ちろ、と控えめに尻尾が揺れる。

「よし、行こう。老舗（しにせ）のお菓子屋さんもいいけど、屋台スイーツも美味しいのよね」

シェーナは尻尾で了解が得られたと解釈することにした。
もちろん、希望的観測が入った適当な判断である。
「オーカが喜びそうなスイーツを見つけること！　これはジロの重要任務よ！」
彼女の解釈が合っていたのか、あるいは観念したのか。二郎は「くう」と頼りなく鳴いてから、大人しく彼女の腕に抱えられていったのだった。

第５章

こんな大きな木の下で

Episode 5

小さいにも程がある。

そんな風に驚き呆れられている木乃香の使役魔獣たちだが、五番目である〝五郎〟はその中でも最小だった。

例えば外套(マント)の内ポケットや懐の中に、簡単に隠れることができる。隠れてしまえばそこに使役魔獣が隠れているなど、おそらく誰も見破れないだろう。

間違いや失敗などではなく、木乃香はあえてその大きさで召喚したのだ。

体を縮めるため、いつも以上に魔法力を消費してまで。

目立たず簡単に持ち運べること。これはけっこう重要なことだ。


王都フロルに行くにあたり、木乃香は一郎をマゼンタに置いてきた。

そして王都に着いてから、宿に二郎を置いてきた。

その理由は単純。かさばるから、である。

小さいながら……いや小さく風変わりだからこそ、四体も使役魔獣がいればそれなりに目立つのだ。悪目立ち、というやつだ。

マゼンタの王立魔法研究所では、彼女が使役魔獣をぞろぞろ引き連れていても何も言われなかった。

目立ってはいた。が、むしろ周囲に可愛がられ喜ばれていたし、他の使役魔獣だって普通にその辺にいた。とっさに隠す必要だってなかったので、そんな術も習得していない。

そもそも、召喚陣を使ってその都度召喚し直すのではなく、すでに召喚したモノを持ち歩く魔法使いが少ないのだ。まして使役魔獣の持ち運びしやすい方法など、研究所の誰に聞いてもわからなかった。

そんなこんなで。

けっきょくいちばんサイズが大きい一郎は研究所でお留守番、魔法探知能力を買われて同行した二郎はシェーナ・メイズと一緒に宿でお留守番、となったのだった。

「はやくかえってきてね」

と。わざわざ厨房から見送りに出てきてくれたゼルマおばさんに抱えられ、使役魔獣第一号は寂しげながらも健気に手を振っていた。

宿に置いてきた使役魔獣第二号は、昨晩から木乃香の足元に黒い身体をひたすらすり寄せ、少しも離れようとしなかった。

そして最後までついてきた二体も、残してきた兄弟の分まで頑張る！　とばかりに張り切っているのがわかるから、余計に切ないのだ。

五番目の使役魔獣〝五郎〟を手のひらサイズにしたのは、単純に離れると寂しいから、という理由だけではない。

常に一緒にいられること、周囲にいるということが分かりにくいこと。それが、与えた特殊能力を発揮するには都合が良かったのだ。

とはいえ、あれこれと惜しみなく魔法力を注いで、しまったやり過ぎた、と思ったときにはもう

遅かった。

当然のごとく意識を失った召喚主の傍ら。

薄ピンクのハムスターは、幸いにもその特殊能力を使うことなく。

他の兄弟たちと一緒になって小さい小さい体を主にすり寄せ、きゅーうきーう、と悲し気に鳴いていた。

どうしてこうなった。

認定官は、冷や汗をだらだら流しながら、漆黒の魔王……ではなく漆黒の外套を羽織る最上級魔法使いラディアル・ガイルと対峙していた。

少し前まで、彼は自分よりもひとつふたつ階級が上でしかない中級魔法使いと話をしていたはずだった。

本日の受験者の推薦人だという、ジント・オージャイトである。

受験者が受験者なら推薦人も推薦人。この男もやりにくい相手ではあった。

推薦した見習いが下級魔法使い、それも階級は十一だと告げても予想したような反応は返らず、表情の乏しい顔は何を考えているのか皆目わからない。

が。彼女が召喚魔法を使ったと話したあたりで、反応があった。

ジントはわずかに目を見開いて、次になぜか空を仰ぐ。

「召喚魔法を使ったのか。彼女が？　あそこで？」

認定官が頷けば、今度はため息をつかれた。

受験者は召喚魔法の使い手なのだ。別に召喚魔法を使うのは不自然なことではない。

が、ジント・オージャイトは「やっぱり無理にでも同席していれば」だの「饅頭ってなんだ、中に何を詰めたんだ」だのとブツブツ呟いている。

それは認定官の望んだ反応とは、微妙に違う気がする。まあ、よく分からないが、なんだか悔しそうではあった。

だから、認定官は同情と侮蔑を込めた眼差しで言ってやったのだ。

不出来な弟子を持つと大変ですね、と。

「――ああ、いや。わたしは彼女の師ではない」

一拍おいて、ジント・オージャイトはそう返してきた。

それからすぐに。続き部屋の扉がバタンと開く。

続きといっても、護衛や従者を控えさせておくための小部屋だ。大人が二、三人も入れば息苦しく感じるほどの狭い空間である。

辺境の中級魔法使いのくせに、ご大層に従者まで連れているのか。そう思い顔をしかめて、認定官がそちらに目を向ければ。

間違えようのない、漆黒の外套を身に着けることを許された最上級魔法使いが。

いたのだ。

従者の控室など、さぞ狭苦しかっただろう。そんな高い身の丈に広い肩幅、きっちりと撫でつけられた黒銀の髪に、深緑の鋭い双眸。有無を言わせない威風堂々たる姿を前にして「そもそもどうしてそんな小部屋にいたんですか」などと聞けるはずもない。

階級が一の最上級魔法使いは現在、魔法大国フローライドにおいても片手で足りるほどしか存在しない。

よって今日が初対面である認定官も、その存在の名前だけはとてもよく知っていた。

「ら、ラディ……っ」

「いかにも、ラディアル・ガイルだ。弟子が世話になったな」

空いた席にどかりと座り、漆黒の魔法使いは笑った。

にやりと、それはそれは凶悪な顔で。

なんでこの人が。王都から離れた辺境にいるはずでは。

そう思い、認定官は思い出した。

彼も、そして本日の受験者もその推薦人も、マゼンタの王立魔法研究所に在籍していたのだった。

つまり。だからまさか本当に、あの受験者の師というのは――――。

「あれの階級だがな」

ラディアル・ガイルが切り出すと、認定官はびくっと肩を跳ね上げた。

「下級魔法使い。階級は十一。随分と低く見積もってくれたものだが」

「い、いいえ、あなた様の弟子と知っていれば——」

「問題ないぞ」

「もっと上で……って、は？」

「むしろそれ以上は上げるな」

悠然と椅子に腰かけた最上級魔法使いは、迫力の笑顔で穏やかに言う。

隣の中級魔法使いである推薦人が、考える素振りで言った。

「わたしはせめて、もうひとつふたつ上だと思っていました。あまり低すぎるのも逆に不自然では？」

「大丈夫だろう。評価は妥当だと思うぞ」

ラディアル・ガイルが認定官を見る。

「〝魔法力は高いが、扱い方がまるでなっていない。使役魔獣はあまりに小さく、能力は凡庸。とても役に立つとは思えない。何より、本人に向上心がない〟」

認定官は思わずうう、と呻いた。

先ほど推薦人に言った受験者の評価を、一字一句間違えずに繰り返されたのだ。

「〝非力で、緊張感もない、役に立たない使役魔獣ばかり何体も侍(はべ)らせて、いったい何がしたいの

やら。人形遊びでもするつもりですか〟だったな」

「そう言ってましたね」

「……いやあの」

「なかなか的を射ているだろう」

「まあ、そうかもしれませんが」

「………」

普通、上級魔法使いくらいになれば、自分の弟子の階級も気にする。

これだけ弟子を貶されれば逆上してもおかしくないのだが、むしろ推薦人の中級魔法使いのほうがなんだか不服そうだ。

認定官は拍子抜けして、そろそろと背筋を伸ばし始めたのだが。

「腹が立つことには変わりないがな」

低い声に、再びひゅっと縮こまった。

そこは抑えてくださいよ、とジント・オージャイトが横からなだめている。

認定官にとって、先ほどまで聞けば聞くほどイライラしていたはずの推薦人の淡々とした口調がやたら頼もしく聞こえるから不思議だ。

「とにかく、認定官どのの評価には納得できる理由がある」

そろりと窺えば、ラディアル・ガイルは言葉とは正反対のぜんぜん納得していない、不愉快極まりなしという顔つきのままである。

「あれは十一階級の下級魔法使い。それでいい」

ただし。

彼は先ほどのように低く、言い聞かせるようにゆるりと口を開いた。

「これから先、誰に何を言われても、あれの階級と評価を変えぬこと。できるか」

態度はひたすら尊大である。それがまたこの魔王様にはよく似合ってしまう。

最上級魔法使いからの要請であれば、一介のヒラ魔法使いに断わる理由はない。認定官は速攻でこくこくと頷いた。

そもそも一度決まった魔法使いの階級は、誰がなんと言おうと簡単に覆るものではない。

だからこそ決められる前に受験者たちは必死になり、認定官たちはそんな受験者の足元を見てあれこれと小細工を図るのだが、それは余談。公然の秘密である。

にもかかわらず、これだけ念を押してくるということは。

――あの風変わりな受験者には、何か事情があるのだ。

弱みを握ったと、いつもであれば嬉々として脅しをかけて金品を要求したりいろいろと便宜を図ってもらったりする認定官だが、今回ばかりは口をつぐんだ。

なんといっても相手が悪すぎる。

ラディアル・ガイルは武器召喚のスペシャリストとして有名な武闘派魔法使い。実際に得物をちらつかせたわけでも、権力で圧力をかけられたわけでもないが、ただそこに居るだけでそんな気分にさせられる恐ろしい空気の持ち主である。

こんな物騒な男にけんかを吹っ掛けるような真似、できるはずがない。

「認定官どのは、たいそう融通が利くと聞いている。話が早くて助かった」

漆黒の魔法使いはにやりと笑って、とどめという名の釘を刺した。

笑っているのに笑っていない目が震えるほど怖い。

認定官はすぐにこくこくと頷いた。首の上下運動は、もはや条件反射である。


だ、大丈夫だ。

灰色マントの裾で冷や汗を拭いつつ、認定官は必死で自分に言い聞かせた。

認定官が試験の結果を伝え、受験者の推薦人と師がそれを了承した。流れはそれだけのはずである。第三者に聞かれてまずいようなことは何もない。

いつも以上に緊張して、なんだかとんでもない陰謀の片棒を担がされている気分になったが、きっと雰囲気に飲まれただけ。錯覚だ。そうに違いない。

あの受験者への評価に、偽りはない。

時と場合によって過少に、あるいは誇張して評価を下すことはあっても、嘘だけは絶対に報告しない。それが彼の認定官として譲れない部分であり、彼が認定官を続けていられる理由でもある。

ラディアル・ガイルは、表情はともかく「的を射ている」と言った。

そして偶然居合わせたあのお方も、言ったではないか。

小さく風変わりな使役魔獣たちを見て、しょうがないなあとでも言うように薄く苦く笑って。

下級魔法使いか、それでいいんじゃないかな――――と。

改めて考えれば、あの方が本当に〝偶然〟演習場の前を通りかかったのかどうか、と疑わないわけではないが。いや、明らかにおかしいのだが。

認定官は、あえて考えないようにする。

もう、あの受験者はさっさと言われる通り〝下級魔法使い〟に認定してしまおう。

そして、この件はもうさっさと忘れてしまおう。

わが身が可愛いのなら、なおさらだ。

「オーカは。無事なのか？」

「ジェイル・ルーカが様子を見に行ってるはずです」

ジント・オージャイトの抑揚のない返事に、ラディアル・ガイルが「むう」と唸る。

駆けつけたいのは山々だが。むしろとっとと王都から遠く離れたマゼンタに連れ帰りたいが、まだ彼が動くわけにはいかなかった。

認定試験を終えて木乃香が無難に王都を出るためには、師だろうと保護者だろうと、それをどんなに言いふらしたくてもラディアル・ガイルは姿を見せないほうがいい。

それでもわざわざ狭い控室に身を隠していたのは、認定官に念を押しておく必要があるからだ。

師が変わっただけでころりと階級を変えるような発言をする認定官である。最初からラディアルが師だとわかっていれば、彼は当たり前のように木乃香を褒め称え、中級魔法使いくらいにしたかもしれない。だからあえて中級魔法使いのジントを推薦人に置いたのだ。

そして、この手の人種を逆に黙らせ従わせるには最上級魔法使いぐらいの地位と実力をちらつかせるのがいちばん効果的であった。

荒野の大型魔獣も尻尾を巻いて逃げ出すラディアル・ガイルの気迫である。ろくに実戦経験のない王都勤めの中級魔法使いが、耐えられるはずがなかった。

いまも、認定官はよたよたと逃げるようにこの場を去っていったところだ。

足取りがおぼつかないのは、たぶん腰が抜けかけていたのだろう。〝魔法使い〟承認の正式文書を出してもらわないといけないので、完全に腰が抜けて動けなくなっていたらちょっと面倒なところだった。

少し申し訳ないような気もするが、こうでもしなければあの認定官、彼女について誰に何を話すかわかったものではない。

木乃香の能力についてほんとうに〝下級〟と思い込んでいるようなのが救いだが、聞いた者がどうとらえるかはまた別だ。

「……しかし、まさかこんな所で召喚するとはな」

眉間にしわを寄せて彼がこぼせば、隣のジントも無言で深く頷いた。

魔法演習場はあらゆる魔法を使う場所なので、建物の強度を上げたり魔法の効果を外に出さない処置がなされたりしてはいる。が、それだけだ。

召喚魔法に邪魔となる要素はないが、ラディアルの研究室のように召喚しやすい環境が整っているわけでもない。

そんな何もない状態から召喚陣を作り上げて召喚するのは、かなりの手間暇がかかる。弟子にはちゃんと教えてあったと思うのだが。

認定試験の間に全てをやってのけようなど、普通は考えないものだ。

……そう、普通であれば。


先ほどのジントと同様、彼はうつろに空を仰いだ。

教え方が上手いとは言えない自覚はある。

認定試験で召喚魔法を使うな、とはあえて言っていない。まさか使う事態になるとは思っていなかったのだから仕方ない。

しかし、なんだろう。この隙間をついてやらかすような彼女の所業は。

それなりに優秀な弟子だと認めざるを得ない彼女からいつまでも目が離せないのは、こういうところがあるからだ。しかも本人が無自覚ときた。

それでじっさい短時間で召喚できているのだから恐ろしい。

……というか、毛と手足の生えたピンクの饅頭ってなんだ。

倒れるほど魔法力を使って、いったい何を作りやがった。

ラディアル・ガイルは不肖の弟子を思い。

苛立ちと安堵、心配と呆れ、そしてわずかな戦慄が混じりに混じった複雑なため息を、盛大に吐き出した。

ふわふわ、さわさわと頬をくすぐる何かがある。

次にもう少しだけ弾力があって小さな何かがつい、つい、とこめかみを押す。

「きぃ、きゅう」

さらにそんなか細い鳴き声を耳で拾って、木乃香はぼんやりと目を開けた。

「……ごろちゃん？」

「きゅ」

先ほど召喚したばかりの薄ピンクのハムスターが、小さな鼻面を押し付けている。

身体は大丈夫かな、とコレなりに探っているようだ。

もそもそ動く鼻と、それによって震えるひげが非常にくすぐったい。

ぼんやりとそうと思っていると、今度はつくんと頭をつつかれた。

つくんつくんとその辺の頭皮をつついたり髪の毛を引っ張ったりした挙句、ソレは反対の耳元で強めに鳴く。

「ぴぴぃっ」

「……みっちゃん。地味に痛いんだけど」

「ぴぴっ」

心配したんだよ、と囀る黄色い小鳥の姿は、彼女の髪の毛に隠れてあまり見えない。寝ている間にずっと髪を弄ばれていたなら、けっこうひどいことになっているだろう。

「にあー」

そしてぼんやりとお腹が温かいなあと思ったら、そこには白い子猫が丸くなっていた。体が小さいせいか、あまり重みは感じない。

冷たい特殊能力の持ち主ではあるが、その体温はなんだかまた眠くなりそうな温さだ。

そんな木乃香の気持ちを察したのか「ちゃんと起きて」とばかりに四郎はさっさと彼女の腹の上から退いてしまう。

仕方なく、木乃香はゆるゆると身体を起こしてみた。

まるで身体が鉛に変わってしまったかのように重く、少し動いただけで関節からぎしぎしと音が出そうだ。上体を起こせば、軽いめまいと頭の奥に鈍い痛みも感じた。

「あー……やってしまった」

思わず大きなため息が漏れる。

この熱がないのに、むしろ身体は冷えているのに熱を出したときのような症状は、非常に身に覚えがある。

そして心当たりもある。

疑いようもなく、魔法力の使いすぎであった。

これだけは、三郎の治癒能力もまったく通用しない。

なにしろ木乃香の使役魔獣たちの力の源は、木乃香の魔法力である。使えば使うだけ彼女の魔法力を削ってしまう逆効果なのだ。

いつも甘噛みならぬ甘つつき程度で遊んでいる三郎が強めにつくつく突いてくるのは、おそらく自分の特殊能力では治せないので苛立ってもいるのだろう。

「きぃー……」

魔法力不足に陥った原因ともいえる五番目の使役魔獣が、申し訳なさそうに小さな体を寄せてくる。淡いピンク色のもふもふを労わるように撫でていると、ベッドから降りた四郎が軽快な動作で窓枠に飛び上がった。

にゃあ、と鳴いたその先には、赤っぽい茶髪を持った細身の誰かが座っていた。

「お姉さま?」

「……いやむしろ〝お兄さま〟?」

苦笑とともに窓際から声が返ってくる。

それは明らかにシェーナ・メイズのものではなく。

「……ジェイルさん?」

「なんでそんな意外そうな顔してるかな」

ジェイル・ルーカが苦笑した。

そう、ここは彼の職場でもあるフローライドの王城で、辺境の研究所ではない。そう都合よくシエーナ・メイズやラディアル・ガイルが付き添ってくれているわけがないのだ。

……そもそも、目が覚めたら彼らがいると思っている自分ってどうなのだろう。

しかも、不可抗力とはいえ赤の他人に寝顔を見られていたというのに、いい大人がそれほどの恥ずかしさも覚えないとか。

「ジェイルさん、ずっとここにいて下さったんですか？」

「え？　あー、ときどき様子を見に？　それ以外は個室の外にいたよ。さすがに女の子が寝てるところにずっといるわけにいかないでしょ」

「ですよねえ」

慣れって恐ろしい。

はあ、とため息をつく木乃香には、同じくため息をついて「じゃないと姉ちゃんに殴られるからおれ」と呟いた彼の言葉は耳に届かなかった。

「……まあ、いま起きてくれてよかったよ。そろそろ起こそうか、それで無理なら〝お父さん〟に引き取ってもらおうかと思っていたから」

う。と木乃香が呻く。

「その〝お父さん〟はやめて下さい……」

「〝お父さん〟以外の何者でもないでしょうあの人。あ。ここはお城の中の医務室ね。魔法力不足なら泊まっていく魔法使いも多いけど、オーカちゃんあんまり長居しないほうがいいでしょ」

患者用の個室だろうか。簡素なベッドと簡素な寝具、それからジェイルが腰かけている小さな丸椅子しか置かれていない狭い部屋である。入口にドアはなく、長い暖簾のような布が掛けられていた。

「どう、動ける？」

「うーん、たぶんなんとか」

掛けられていた毛布を退けのろのろと床に足を着けると、定位置とばかりに三郎が頭の上に飛び乗ってくる。四郎は彼女の足元に寄ってくると、尻尾をゆらんと立てて青い瞳で労わるように見上げてきた。

そして新入りの五郎はというと。わたわたと寝台についた手のあたりをうろついていた。自分はどうしたらいいんだろう、と困っているようだ。

思わず笑った彼女がピンクのもふもふをすくい上げたところで、ジェイル・ルーカと目が合った。

「あのさあ」

「はい」

「ソレ、使役魔獣なんだよね？」

「はい。そうですね」

なんだソレはと言わないあたり、彼も木乃香の使役魔獣に慣れてきたのかもしれない。

しかし、慣れと理解できるかどうかは別問題である。

ちょっとばかり手を回して仕向けた認定官と同様、ジェイル・ルーカも召喚魔法にはあまり詳しくなかった。自分が使えないので詳しく知りたいとも思わない。

が、あまりに突飛な姿かたちに、聞かずにはいられない。

「コレ、何か役に立つの？」

「さあ。どうなんでしょうね」

「………」

役に立つ立たないではなく、「どうなんでしょう」ってなんだ。

首をひねるジェイル・ルーカに、木乃香は苦笑を返した。

「この子は、お守り(まも)なんですよ」

「はあ、おまもり」

「もしもの時の、お守りです」

木乃香は、王都に行くと決まってからも皆からさんざん心配だの危ないだの言われた。

この世界へ迷い込んでから初めての旅行だし、そもそも保護してもらった研究所の敷地と隣接して広がる荒野以外の場所に行ったのだって数える程度だ。彼女自身だって不安がないわけではない。が、周りがあんまり「心配心配」と騒ぐものだから、そんな彼らのほうがむしろ彼女は心配になった。

そんなに自分は頼りなく見えるのだろうか、と。

「なんか皆さん、わたしがとっくに成人してる大人だって忘れてるんじゃないかっていうくらいの過保護っぷりで」

「ああー……」

ジェイルが深く頷く。

彼の反応に、木乃香も「やっぱりあれは過保護だったんだな」と再認識する。それこそ、出会ってさほど経っていない彼にまでしみじみ同意されるくらいに。

「ここはひとつ、放っておいても大丈夫だってことを見せないとダメかなと」

「………それがこの、コレだと？」

「〝五郎〟です。ごろちゃん、あいさつしてね」

「きゅ」

「…………」

召喚主の手のひらで、薄ピンクのハムスターがジェイル・ルーカに向かってひょこっと体を起こす。そしてひくひくとブルーベリーのような鼻と白いひげを震わせた。

本当に「よろしくー」とあいさつしていそうな仕草である。

「……あー、ええと、それでお守りって？」

「例えば誰かに襲われた場合、この子は盾になってくれます」

「きぅ」

タテ？　縦？　……もしかして〝盾〟？

ジェイルはあらためて、まじまじと〝五郎〟を見た。

この極小で柔くて毛むくじゃらの、見るからに弱そうなコレが？

「いやいや。盾って、どの辺が？」

彼の、内心の混乱ぶりに気付いているのかどうか。

木乃香はもう少し説明することにした。

「例えば、わたしに対して誰か攻撃したとします。魔法でも、物理的にでもいいんですけど。そうすると五郎がとっさに見えない壁を作って、防いでくれるんですよ」

要は魔法防御だ。あるいは魔法障壁ともいう。

常にこの王城の外側に張り巡らされているものであり、魔法使いの犯罪者用の牢にも強力な結界が施されている。まあ、魔法自体は珍しくない。

ただし果たしてソレが使役魔獣の特殊能力として付与できるものなのかどうか。使役魔獣に詳しくないジェイルにはちょっとわからない。

少なくとも彼は聞いたことがない。

でかい図体を利用して実際に立ちはだかり、文字通り壁になったり盾になったりして召喚主を守る使役魔獣は見たことがあるのだが。

それよりはたぶんずっと高度な召喚陣と多大な魔法力が必要なのだろうとは想像できる。

しかもだ。

「…なんでこんなに小さいの？」

「小さかったら、どこにでも持ち歩けるじゃないですか」

当たり前のように木乃香は答えた。

この国では、使役魔獣を召喚すれば、魔法使いであることを誇示するように見せびらかす者が多い。

見せびらかすから大きい使役魔獣が評価されるのか、あるいは大きい使役魔獣が評価されるから見せたがるのか。それはわからないが、彼女のように「隠せる」ことを喜ぶ者はいないような気がする。そして大きい使役魔獣は、召喚陣でその都度召喚するのが普通だ。

攻撃に特化した使役魔獣ならば、それでいいかもしれない。

しかし防御に力を発揮する使役魔獣ならば、攻撃されてから召喚するのでは間に合わない。常に身近に置いておくというのは正しい使い方なのだろう。

「なるほど。〝お守り〟かあ」

要は、その辺の店に売っている魔法を付与した護符とかアクセサリーとか、それと同じだ。違うのは、ソレ自体が動くことくらいだろうか。

…それなら護符とかアクセサリーとかを身に着けたほうが手っ取り早いと思うのだが。

あのラディアル・ガイルの様子なら、お願いすればすぐにでも品質のいい物を買って……いやむしろ彼自ら魔法で作って持たせてくれそうなのに。

あえての使役魔獣。

その辺の感覚が不思議というか奇抜というか、〝流れ者〟なのかなあと変に感心するジェイル・

ルーカである。

〝お守り〟というちょっと曖昧で控えめな表現、それに使役魔獣の小さく無害そうで無力そうな見た目ゆえに。彼はその小さな小さな使役魔獣が、狭い範囲で一時的にであれば実は王城の魔法結界にも匹敵する防御力を誇るなど、まったく考えもしなかったのだった。

ちなみに、召喚した張本人である木乃香もよくわかっていなかった。

彼女は自分の召喚した使役魔獣たちがどれほどの実力を持つのかなんとなく把握してはいる。しかし幸か不幸か比較対象がいないので、果たしてその力がどれくらいの位置づけになるのかはサッパリなのだ。

まあ能力が高いに越したことはないだろう。と、そんな適当な感じでぎりぎりまで、それこそ自分が倒れるまで能力を上げてみた結果が、この五郎でありほかの使役魔獣たちだった。

この、世間知らずなくせに物事を深く考えない能天気なところ。それから加減がわからないゆえに全力で、しかも突拍子もないことをやらかすところ。

その辺こそが、周囲が「目が離せない」とため息をつく要因なのだが、残念ながらあまり彼女は理解していなかった。

「まあ、とりあえず」

ばさり。

と、寝台に腰かけたままの木乃香の肩に、白っぽい布がかけられる。膝まで簡単に隠れる大きさ。それなりの厚みがあるのに絹糸のショールのように軽く柔らかく、そのくせ魔法力不足で冷えた身体にほんのりと温かくさえ感じられた。

布を被せられたときに驚いて飛び上がっていた三郎が、今度は布に付いていたフードの部分に潜り込んだ。

フードばかりか、内側にポケットまで付いているこの布は、外套だ。

「〝魔法使い〟認定、おめでとうオーカちゃん」

見上げれば、ジェイルが細い目をいっそう細めて笑っていた。

木乃香はあらためて自分にかけられた布――マントを見下ろす。

色はだいぶ明るいが、大きさ形といい、布の裾部分に入れられた落ち着いた銀色の刺繍といい、目の前にいる魔法使いがまとうものとでもよく似ていた。

白っぽいので、フードまで被るとてるてる坊主みたいだが。

「狙った通りの〝下級〟だよ。まあ、階級が十一ってちょっと低すぎる気がするけど」

「じゅういち……？」

「あれ。不服だったかな」

「別に、いいんですけど……九位かそれ以下、と認定官の人に言われたので」

十一だって九以下なのだから、間違いではない。が、思ったよりも低かったなとは思う。

位に文句はないが、この灰色というよりは白っぽい外套が師匠の黒と同じくらい妙に目立ちそうで、この先ずっとこれを身に着けるのかと思うとちょっと嫌だなあと思ってしまった木乃香である。

やっぱり最後に魔法力不足で倒れたのがまずかったのだろうか。最下位の十二は滅多にないということだったから、オマケでぎりぎり認定？

そんなことを考えていると、ジェイルが「ああ」と苦笑した。

「ふっかけたわけね。ふっかける相手が悪かったなあ」

たまにあるのだ。

受験者の本来の実力よりわざと低く評価し、階級を上げるために認定官が金品などの見返りを要求する場合が。

それは中央に配慮すべきコネがなく、事前のあいさつや根回しにも疎い地方出身者に対して行われることが多い。

地方在住である推薦人の中級魔法使いにたかろうと思ったら魔王様、いや国内屈指の最上級魔法使い様が出てきたのだから、認定官はさぞびびったに違いない。

つまりこの下から二番目という位は、師ラディアル・ガイルも納得ずくなのだ。

「まあとりあえず。オーカちゃんは魔法使いになったわけだ」

「はあ、そうですね」

「その上で、おれは君を勧誘したいんですけど」

「え？」

にんまり、と底の見えない笑顔でジェイルは言う。

「会ったとき、最初に言ったでしょ？　勧誘しに来たって」

「そう、でしたかね」

木乃香が首をかしげれば、ジェイルは苦笑する。

最初といえば、なんだか彼と保護者様方がもめていて、あとは嫁に出す出さないの話しか思い出せない。

「王様のお妃に、とかいう話だったらお断り――」

「いやいや。今度そんな話持ち出したらおれ殺される。確実に殺されるから」

ふるふると首を振ったジェイルは、冗談めかした口調ではあるが、ぜんぜん洒落にならない顔つきをしていた。

「……実のところ、性格によってはそれもアリかなあとは思ってたけど。君はそういう野心とかないでしょう。でなきゃあんな辺境に引きこもってないよねえ。というか引きこもり、長くない？」

そうだろうか。

王立魔法研究所の敷地からあまり出なかったのは事実だ。が、敷地内であればけっこうあちこち出没していた木乃香である。部屋からほとんど出てこない本物の引きこもり研究者が周囲に当たり前のようにいたので、自分がそうだと言われてもいまいちピンと来ない。

「三か月に賭けてたのになあ」

「…………へえー、そうなんですか」

中央の役人、暇なのか。

独り言のようなぼやきにわざとらしく答えてやれば、ジェイルは慌てたように「げほごほ」と下手な咳払いをする。

「ええとね。マゼンタに〝流れ者〟が出たっていう噂が流れたとき、どんな人物なのかって、仲間内でちょっと話題になったことがあってね。男なのか女なのか、魔法力持ちなのか特殊能力持ちなのか、この国に留まるのか出ていくのか」

「それが賭けの対象になっていたと」

「え、ははは っ。つまり、何が言いたいのかというとね」

冷ややかな対応にもめげず、彼は続ける。

それは、いらっと来るほどの気安い口調だった。

「オーカちゃん、おれたちと一緒にここで働かない？」

「……は？」

「実際会う前から目を付けてたんだよねえ」

そんなことまで付け加えたジェイル・ルーカは、しかし軟派で片づけるには油断のならない顔つきをしていた。

フローライド王国で仕官するために必要な条件。

それは、国で認定された〝魔法使い〟であること。

たったこれだけである。

下級とはいえ〝魔法使い〟の認定をもらったこの時点で、木乃香もその条件を満たしたことになる。採用面接こそ別に受けなければならないが。

納得はできるが、ちょっと理解できない。

木乃香は首をかしげた。

「あの、どうしてわたしが」

「いや、あのラディアル・ガイル・フローライドの手綱を握れるだけで、おれたちにとって君は尊敬の対象なんだけど」

なんか名前の後に国の名前がくっついていたような気がするが、これはやっぱり師匠にして保護者様筆頭のラディアル・ガイルのことに間違いないのだろう。

ジェイル・ルーカの言い方だととんでもない暴れん坊のようだが、お師匠様は基本いい人だ。

少々面倒見が良すぎて、むしろ過保護で、ときどき暑苦しいと感じるくらい。

権力欲とかはなさそうだし、自由気ままにやっていると本人も言っている。

なにしろ戦闘能力が高いので実際暴れると大変そうだが、むやみやたらに魔法を使って迷惑をかけることもないし、無茶な我儘で周囲を困らせることもない。

もちろん、手綱など木乃香には握った覚えがない。その必要もない気がする。

のだが、ジェイルは噛みしめるように続ける。

「マゼンタの王立魔法研究所からの書類が、ちゃんと読める字で、汚れても破けてもいない状態で、なにより期日前に送られてきた時点で、あの人に何があったんだって騒然となったんだよね」

「……はい？」

「しかも実際行ってみたら。あの万年汚部屋が！　人が入れるくらい片付いてるし。あれは感動した。うっかり涙出そうになった。ほんと、どうやったらあの人に片付けさせるなんて神業ができたの」

「………」

そんな大げさな。

木乃香は笑いそうになったが、彼の顔つきはこれまでになく真面目だった。

そういえば。

最初にラディアル・ガイルの執務室に入って来たとき、彼は大げさなほどに驚いていた。

そして件の書類についても、木乃香には心当たりがある。

たぶん執務室の机にあった本や紙束の山から発掘したどれかだ。提出期限が迫っていて、「書いても書かなくても一緒だ」と渋るラディアルを急かして自分も手伝って、なんとか仕上げた覚えがある。

だって研究所の研究費や運営費の予算見積もりだったのだ。出さないと予算が下りない、ということはないらしいのだが、むしろどうして見積もりがないのに予算が出せるのか、国にもの申したいくらいだったが、とりあえず木乃香（とお師匠様）は頑張った。

ラディアルによれば、彼女の会社勤めの経験を生かして分かりやすく表にまとめ裏付け資料まできっちり揃えて出した予算書のお陰で、いつもより多めの予算を獲得することができたらしい。

どうせ来ないだろうと高を括っていた書類が、異様なほど分かりやすく整った体裁で送られてきたのだ。いつもなら適当に目を通すだけの担当者もびっくりして、「何かあるのでは」と変に気味悪がって警戒した結果の予算増であった。

ついでに、お金に関していくつかの不正も発覚したらしいので、やり遂げた甲斐があったというものだ。

ただ、「さあ書け」という内容の手紙と書類用らしい白紙の紙束が送られてきたところで、ラディアル・ガイルでなくとも面倒くさいと思うに違いない、とは思った。

「〝流れ者〟が関わってるって聞いたときは、君が変な特殊能力でも持っているんじゃないかって疑ったんだ」

「……それも賭けの対象ですか？」

「えっ？　いや、げふげふ。昔、魅了とかいう特殊能力で国の要人たちを虜にしてやりたい放題、けっきょく国を滅ぼしたっていう悪女もいたんだよね」

多種多様な魔法が存在するこの世界だが、魅了や洗脳、記憶操作など、他人の脳や精神に干渉する魔法だけはない。

そんな能力を持ち得るのは、異世界から来た〝流れ者〟だけなのだという。

つまり、国内屈指の魔法使いであるラディアル・ガイルに言うこと聞かせるためには、そんな未知の〝力〟でも持ち出さない限り無理だと思われているのだ。

まあ、それならそれで利用したいと思ってたんだけど、と腹黒いことをジェイルは呟く。

「でも実際のオーカちゃんは、特殊かどうかはわからないけどなんか無害だし。あの人たちが過保護になるのも……ここへきてちょっと、理解できた気がするし」

木乃香の懐からじーっとつぶらな瞳でこちらを見上げる、薄ピンクの小さな小さな使役魔獣をちらりと見て、彼は呟いた。

五郎だけではない。他の使役魔獣たちも、警戒しているというよりはただ成り行きを見守っているような眼差しで、ジェイル・ルーカを見つめている。

ジェイルはやりにくそうに、もぞもぞと身じろぎした。

「そ、それから。君を見ていて思うのは、たぶんおれと一緒じゃないかなってこと」

「一緒？」

「研究者って感じがしない。あそこの魔法使いたちみたいに、寝食を忘れるくらいに研究に没頭できる知識欲と根性がある？　おれは無理だった」

「………」

うん。たぶんあれは木乃香も無理だ。

師やほかの魔法使いたちの手伝いを買って出てはいるものの、自分で研究したい何かがあるわけではない。もともと学者気質でもない。

むしろ研究所には、〝流れ者〟である彼女を研究材料にしたい者がたくさんいる。そういう意味では、彼女にも魔法研究所に留まる意義はあるのかもしれない。

しかし彼らに提供できる異世界の知識などたかが知れている。たとえば市販のカレールーがなければカレーライスひとつ作れない彼女は、先の〝流れ者〟たち以上の何かを彼らに教えられるとは到底思えないのだ。

複雑な顔つきになった彼女の様子に何を思ったのか。ジェイルは慌てて続けた。

「今がダメってわけじゃないんだ！　君に知っておいて欲しいのは、マゼンタの王立魔法研究所の居候以外にも選択肢があるんだよってこと。王城で働くことだってできる。まあ、研究所の正式な職員にもなれるけど」

君は文官向きだと思うんだよねえ、と彼は言う。

「あの……」

「うん？」

「でも、わたしが国王様の近くで働くって、まずいんじゃ……」

「……ああ！」

ジェイル・ルーカは今思い出したとばかりにポンと手を叩いた。

細目がなくなる勢いで、にっこりと会心の笑みを浮かべる。

「そうか。君、意識がなかったんだった」

「あの……」

「そこは心配ない。王都にいたって、王様に会えるのなんてほんの一握りの高官だけだし。それにお墨付きももらってるし、ぜんぜん大丈夫みたいだから！」

お墨付きって、誰の？

首をかしげる木乃香は、知らない。

認定試験の会場であった魔法演習室に、ジェイルが駆けつける前に入室した人物がいたことに。

それが、偶然通りかかった国王陛下その人だということに。


詳しく聞こうと口を開きかけたそのとき。

「ミアゼ・オーカに余計なことを吹き込むなジェイル・ルーカ」

部屋の仕切り布をかき分けて入って来たのは、ジント・オージャイトだった。

抑揚がないのにひやりとした声音で、無表情なのになんとなく憮然とした様子である。実はなかなか器用なのかもしれない。

「遅いと思って様子を見に来てみればまったく」

「いやいや、オーカちゃんは目が覚めたばっかりだからね？」

ジント・オージャイトは木乃香の様子をざっと確認して、その周囲を固める使役魔獣たちをじっと見て、そしてジェイル・ルーカを一瞥した。

ジェイルはにやりと笑みを返す。

「どこから聞いていたのか知らないけど。おれもオーカちゃんの意見に賛成。みんな彼女に対して

過保護だよ。心配しすぎ。ちょっと迷惑なくらいにね」

「いや、迷惑とかじゃ……」

「紳士としては、妙齢の女性に対して子供扱いってじゅうぶん失礼だと思うよ。ジンちゃんもちょっとはそう思ってるんでしょう」

「誰が紳士だ。それからジンちゃん言うな」

すかさず言い返すジントは、しかし過保護も失礼も否定しないあたり、正直者である。

わざとらしいほどに木乃香から顔を背けたところを見れば、子供どころか珍獣扱いで追いかけ回していた己の所業を思い出したらしかった。

「聞けば、オーカちゃんは以前ちゃんと働いて生活していたっていうし。ええと、ジウショックだっけ」

「事務職ですか?」

「そうそれ。大きな商会の雑務、縁の下の力持ちみたいな」

「……そう言いましたね」

道中の何気ない会話だったが、しっかりと覚えられていたらしい。

そう言えば。

ジェイル・ルーカは、異世界の社会の仕組みや彼女の仕事内容についてとくに興味を持っていた様子ではあった。

異世界のことならなんでも根掘り葉掘りしつこく聞きたがる研究者たちと違って、向こうも軽い口調で王都の様子などを面白おかしく話してくれるものだから、ついついこちらも聞かれるままに話していた気がする。

単なる暇つぶしの雑談だったが、その実いろいろと探りを入れられていたのかもしれない。

「そのジー……ええと、それ。こっちでも生かさない手はないと思うんだよね」

「はあ」

「現に、ラディアル様の補佐を立派にやってるわけだし」

「いや、しかし……」

ジントが顔をしかめる。

しかし、すかさずジェイルは彼を指さした。

「そんなに心配なら、ジンちゃんも中央に戻ってきたらいいのに」

「な……っ」

「オーカちゃんが気になるんだろう。彼女を観察……ええと、見守りつつ？　仕事したらいいよ。ジンちゃん真面目だし、今なら多少人付き合いが苦手でも何とかなるって」

最初に思わず〝観察〟と口走る程度には、彼はジント・オージャイトの性格をよく知っているのだろう。案の定、ジントはひどく揺さぶられたような顔をしていた。

木乃香を、いや正確には木乃香の傍らにちんまりと座る、先ほどから気になってしょうがないピンクの新入り使役魔獣を見る。

その熱い視線に危険を察知したのか、あるいは単なる人見知りか。五郎はぴくぴくと白いひげを

震わせて、木乃香の白いマントの中に隠れてしまった。

「まあ、無理強いはしないから。とりあえず、この話だけできればよかったから」

いくらか満足したような顔で、ジェイル・ルーカが言った。

とりあえず、本当に話だけでよかったらしい。

「焦らず、考えてみてね。あ。そうそうジンちゃん」

「なんだ」

「帰りに、オーカちゃんに中央庭園を見せてあげてよ」

「なぜだ」

「ピンクの石畳の理由がわかるから。たぶん、オーカちゃんも楽しいと思うよ」

それだけでジント・オージャイトは彼が言いたいことを察したらしい。

「まったく、紛らわしいな」

また不思議そうに首をかしげる木乃香の傍らで、彼はふっとため息をついた。

◇◇◇

——君は文官向き。

そう、ジェイル・ルーカは木乃香に言った。

官吏というのは、いわゆる国家公務員である。国王のお膝元で働く中央官なら、もといた世界での中央省庁の職員といったところだろうか。

文官と武官、どっちが向いているかと言われれば、まあ文官なのだろう。

攻撃系の魔法が使えない上に今後使おうという気もない。加えて、体力にはまったく自信がないのだから。

とはいえ、いずれにしろ誘われてそう簡単に就ける職ではないと思うのだ。

必須である〝魔法使い〟資格を取ったからといって、この国に来て一年足らずの得体の知れない者をわざわざ採用しないだろう。

ちょっと信じられない話だが、かといって冗談にも聞こえない。

それに。彼が「文官向き」と評価してくれた理由は、もとの世界で培った単なる事務能力。

やろうと思えば誰でもできそうな、それ。

異世界から来た〝流れ者〟という身の上ではなく、魔法の実力でも、一風変わった使役魔獣たちでもないのだ。

それがひどく新鮮で。

冗談で笑って流すには惜しいと、木乃香は思ってしまった。

こんな異なる価値観を持った、非現実的な異世界で。

もしかしたら、自分は自分としてちゃんと生きていけるのかもしれない、と。

――ようやく、思えたのだ。

漠然と、感じ始めてはいた。

所長ラディアル・ガイルをはじめとする研究所の人々は、木乃香にとても親切にしてくれる。彼女が望めば、おそらく今後も快く研究所に置いてくれるだろう。

彼らに頼り、彼らに甘え、彼らに守られ。あの閉ざされた奇妙な箱庭のような場所で、ふわふわと日々を過ごす。

穏やか……とは言えないかもしれないが、それなりに気楽で、ぬるま湯に浸かっているような現実味のない生活だ。

ただしそれを、いったいいつまで続けることができるだろう。

それこそ保護者が必要な未成年ならばともかく。木乃香はとっくに成人していて、もとの世界ではちゃんと働き、稼ぎ、自活していた。

いい大人が、無条件でいつまでも他人に甘んじていて良いとは思えない。

師ラディアル・ガイルの手伝いを始めたのだって、弟子だからという以前にそんな思いがあったからだ。

実際に研究所の外に出て、研究所以外の人々を見るにつけ、その思いは強くなるばかりだった。

異世界であっても、元の世界と同じように誰もがちゃんと生きている。

働かざる者食うべからず。そこに変わりはないのだから。

「――――で、中でも大規模なのは最奥の王庭園と西庭園、そして中央庭園。個々について簡単に説明をすると、王庭園というのはその名の通り国王のための庭園で、代々の王によっていろいろと形を変える。西庭園は庭というより畑に近いな。薬草や魔草などを育てていて、危険な種も植わっているから一般の立ち入りは禁止されている。現在一般にも開放されているのはこの三つの中では中央庭園だけだ。普通に正面から王城に入ろうと思えば中央庭園を通るから、嫌でも目に付くというのが正しい」

木乃香がついつい物思いにふけってしまった理由。

それはジェイル・ルーカの勧誘にとにかく驚いたからというだけではない。

きっと隣を歩くジント・オージャイトが王城の庭園について滔々と説明しだしたから、でもあるのだろう。

「ちなみに、けさ我々が通った東門からの道順では庭は見えない。職員の通用口だからな。そのほうが近道だ。なにしろ中央庭園は、すぐそこに正面口が見えているのにくねくねと複雑に道が折れ曲がっていて、別に通用口を設けてあるのはそれが間接的な原因と――」

例によって、淡々とした抑揚のない口調である。

座って聞いていたら、速攻で机に突っ伏して寝ていたに違いない。別のことでも考えないとやっていられないのだ。

真面目に聞いているつもりなのに、なぜか始まって十分もすれば意識が無くなった、そんなとある先生の講義を受けたことがあったなあ……と思ったのがまたいけなかったのかもしれない。

「――中央庭園が今の原型に落ち着いたのは第三十二代国王ユガの頃で、当時は侵入者を防ぐ目的で作られた。当時全盛を誇っていたイルメナ帝国が侵攻してきた時期だからな。ここが庭として整えられたのは第三十五代国王ヘンリオの時代。凝った罠は見栄えのする草木に、石や木で仕切られた迷路は憩いの場の散策路にと変貌を遂げたわけだが、中でも秀逸なのは――」

「……ジンちゃんさあ。なんでそんな庭に詳しいの」

やる気のない学生面のジェイル・ルーカが、まさしく木乃香が思っていた事をうんざりした口調で呟いた。

生真面目な講師面のジントがくるりと振り返る。

「もちろん、調べたに決まっているだろう」

「……いや、そうなんだろうけども」

ジント・オージャイトの研究対象は〝流れ者〟とその魔法。

自らの研究に猪突猛進の彼が、庭の構造やら植生やらを学ぶ暇はなさそうなのだが。

「ひとつの研究テーマに対する理解を深めようとするとき、その分野ばかりではなく関係する知識を広く身に付けることも重要だ」

「……つまり、自分の研究過程で調べる機会があったと」

「そういうことだ」

うむ、とうなずくジント・オージャイト。

そして再び前を向いた。安定の無表情ながら、なんとなく浮ついた様子で。

「なにしろサラナス・メイガリスの著書『〝虚空の魔法使い〟とその創造物』によれば、ヘンリオ・ディルガーノ・フローライドが庭を整えるきっかけとなったのは、彼が戦利品として隣国アスネから得た〝さくら〟の木だと言われている。諸説あるがこれがもっとも有力な説だとわたしは思う」

「禁書だからそれ。頼むからそんな大声で堂々と言わないでよね」

呆れるジェイル・ルーカの側で、木乃香がぴくりと顔をあげる。

……さくら？

「ジントさん、さくらって言いませんでした？」

「言った」

「……桜、があるんですか？」

ジントはぴたりと足を止めた。

驚く彼女を見下ろし、ゆるりと目を細める。

「〝虚空の魔法使い〟ヨーダが作った大木だ。そうか、彼が向こうの世界にあるものを模倣したのならミアゼ・オーカも見知っているかもしれないな」

「木を、作ったんですか……」

「もうすぐそこだ。ほら、見えている」

ほら、と彼が指さした木々の間に、ピンク色の小山……いや、花をつけた大木があった。

比較的に背の高い緑の木々が並ぶ、散歩道を抜けた先。

ぽっかりと開けた緑の芝生のど真ん中に、〝さくら〟があった。

大きさだけなら、樹齢何百年と言われても違和感がない。天然記念物にでも指定されていそうな、思わず口を開けて見上げてしまうほどの巨木である。

夜店で買ったピンク色の綿あめを何百倍に大きくしたら、ちょうどこんな風になるだろうか。枝が折れないかと心配になるほどの勢いで、小さな花がもったりと木を覆っていた。

花の形や枝ぶりは、ソメイヨシノに似ている。

しかし花の色は、少し濃い色だ。咲き始めか、あるいは別の種類のサクラに見られるような。まさしく――。

「〝さくら〟色……」

なぜか疲れたようにジェイル・ルーカが呟いた。

木乃香も呆然と頷く。

そう。いかにも桜と分かりやすいピンク色。

風もないのにちらちらと花びらが舞うところを見れば満開も過ぎた頃だと思うのに、花の勢いは変わらず、合間から若葉がのぞく気配もない。

いわゆる漫画やアニメに描かれそうな、ある意味とっても一般的でとっても幻想的な〝さくら〟が、そこにあった。

「今日も元気に咲いているな」

驚いて、あるいは呆気に取られて眺める木乃香にたぶん気付いてはいない。

大木からちっとも目を離さず、ジント・オージャイトが満足げに呟いた。

「この〝さくら〟こそ、魔法を研究する者たちにとっての最大の謎だ。この大きさ、この造形の細やかさ、鮮やかさ。術者当人がいないというのに、変わらず作動し続ける仕組み。いったいどんな魔法陣を組み上げたというのか。いや、そもそも召喚術なのか造形術なのか、あるいはまったく別種の魔法なのか……」

独り言なのか聞いてもらいたいのか。微妙な声量でジントはぶつぶつ言っている。

こうなるともう誰が何を言ってもしばらくはこのままである。思考と妄想の彼方から彼が戻ってくるには、思い切り頭を殴って無理やり中断させるか、本人の気が済むのを待つかくらいしか方法がない。

面倒くさいので、緊急事態でもない限り放っておかれるのが常であった。

慣れている木乃香とジェイル・ルーカもそんな対応をとることにした。

構わずジェイルが説明を引き継ぐ。

「……ええと、その当時の王様がね。このさくらは皆で愛でるものだ、とかなんとか言って、自分の庭じゃなくて誰でも入れるこっちの庭に植えたらしいよ」

「へえ」

「まあ、いくら貴重だっていってもこんな大きなモノ、簡単に盗めないだろうしね。ジンちゃんみたいな奴でも好きなだけ見て調べていいわけだから、盗んでく意味もないし」

国民思いのいい王様、だったのだろうか。

なんとなくそんな感想を抱いた直後。

「なんでも、傍で飲み食いして大勢で騒ぐのがさくらに対する礼儀なんだって？」

「……はい？」

雲行きが怪しくなってきた。

礼儀？

「いや、何かの儀式？　だったかな」

「はあ？」

「そう！　その〝さくら〟における〝花見〟とヨーダの魔法との関連性を最初に説いた者こそサラナスで――」

「はいはい。大声出すなって言ったでしょうが」

ジェイルがぺしっと頭をはたいた。

ちなみに、これくらいではジント・オージャイトは正気に戻らない。

それでも興味のある話題だけは耳に入ってくるらしく、こんな風にたまに反応してくるあたりが妙に器用で、はた迷惑なのだ。

それにしても礼儀とか儀式とか、いったい何の話だろうか。

木乃香も桜を見ながら飲み食いくらいはしたことがある。が、あれは自分たちが楽しむものであって、そんな怪しげなものではなかったはずだ。

むしろ礼儀どころか、程度によっては木にもご近所にも迷惑になるのではないだろうか。

この〝さくら〟がそうなのか。あるいはヨーダ――高道陽多氏が適当なことを言ったのか、はたまた献上したというアスネ国か後世の人々が曲解したのか。

真相はわからない。

「まあともかく。その〝花見〟の会がね」

ジェイルが続けた。

「毎週末……今は月イチになったんだったかな？　花の下でお茶とお菓子がふるまわれる。城下の子供たちが楽しみにしてるよ。夜には、少ないけどけっこういい酒と肴が出るし。木の周辺が大きく開けているのは椅子とかテーブルとか敷物とか広げるためで。中央庭園の夜間開放はこの期間だけだから、実は夜のデートスポットとしても有名で――」

「ちょっと、待ってください」

木乃香は、いちおういろいろと突っ込まないように、余計なことを言わないようにしようと心がけてはいる。

隣の熱心な〝流れ者〟研究者による「なぜ」「どうして」攻撃が果てしなく面倒くさいからだ。

が、どうしても引っかかるものは引っかかる。

「月イチって、もしかして毎月花が咲いてるんですか？」

「え。毎日こんな感じで咲いてるよ」

当たり前のように――いや、当たり前なのだろう――ジェイルが言った。

なんとこの花、ずっと満開状態らしい。

「葉っぱとか、実とか……」

「無いんじゃない」

近寄って眺めてみれば、花びらが散ったその後からまた新しい花びらが、瞬く間ににょっきり生えてくるのがわかった。衝撃映像である。

遠目には非常に煌(きら)びやかで華やかなのだが。

……残念ながら、情緒と常識が足りていない気がする。

「なに、〝さくら〟とは本来、葉や実をつける植物なのか！」

「……こういう植物って、この世界でほかにあるんですか？」

「毎日花が、ってこと？」

驚くジント・オージャイトには答えず……答える気にもなれず、木乃香はジェイルに聞いた。

彼もジントを無視して答える。

「うーん、おれは知らないなあ。魔法でわざわざこんなもの作る酔狂な人も……あー、今だったらうちの王様くらいじゃないかな」

何をどうやったらこんな木ができるのか。

その作り方など木乃香にもサッパリだが、純粋に「すごいなあ」とは思う。

実用性も、そして攻撃性もないモノを作ることは「酔狂」だとジェイル・ルーカは言った。

しかし一方でジントのように――少々病的かもしれないが――〝虚空の魔法使い〟に心酔する者だっていて、大木を再現する魔法の技術もちゃんと評価されているようだ。

そう。評価されているのだ。

なんだか力が抜けて、木乃香はがっくりと肩を落とした。

「え、あれ、オーカちゃん？」

ジェイル・ルーカが慌てて駆け寄る。

珍しくジント・オージャイトも自分の世界から戻ってきた。

「大丈夫か。魔法力がまだ回復していないいんだったな」

「いえ、それは何とか大丈夫です」

倒れたりしませんよ。

そんな彼女の言葉と、「きゅう」というか細い鳴き声が重なった。

見れば、ジント・オージャイトの視線がある場所では絶対に出てこようとしなかった薄ピンク色の小さな頭が、ひょっこりと懐からのぞいている。

「ぴぃ」

いつもその辺を飛び回っては楽しそうに囀る黄色い小鳥も左肩に止まったまま、彼女に寄り添って動かない。

「にあぁ」

すり、すりんとビロードのような毛並みの小さな体を何度も足に擦りつけてくるのは白い子猫で、小さく鳴いては主をひたすらに見上げていた。

大人しくしててね、とあらかじめ言いつけてあったせいもあるだろう。

しかし臆病な性格らしい五郎はともかく、日頃からけっこう自由気ままに動き回る三郎や四郎がこれだけぴったりと張り付いたまま離れないのは珍しい。

しかも、甘えられているというよりは、どうやらひたすら心配されているようだ。

ふ、と木乃香の口が綻ぶ。

「大丈夫ですよ。ちょっと気が抜けただけなので」

「いやしかし」

気が抜けたというか。

なんか、気にしていたもろもろがどうでも良くなったというか、馬鹿馬鹿しくなったというか。

〝さくら〟の木を見上げ、彼女はもう一度「はあ」とため息をついた。

この世界にはないという桜。

それを高道陽多氏が、どんな思いで作ったのかはわからない。

しかし今、彼女にとって重要なのは彼の心情ではなく。

〝さくら〟が王城の一角に植えられ大事にされていて、しかも一般の人々にも受け入れられている、その事実である。

――この国は、異質なものに対してこんなにも優しく寛容だ。

そもそも〝流れ者〟だとかそうでないとか、あまり拘(こだわ)りがないのだろう。

王様だって血筋ではなく魔法の資質で決まるお国柄である。

少なくともこの世界に迷い込んでから今まで、周囲の人々の木乃香への接し方は〝普通〟だった。過去にはいろいろな〝流れ者〟がいたようだが、崇め奉られることも、逆に忌み嫌われることもなく、普通に生活できていた。世間知らずなぶん少々、いやかなり過保護に扱われていた気はするが。

例外といえば〝流れ者〟を研究対象とするジントら研究者たちだが、まあアレはアレで特殊な例だ。彼らに研究対象として追いかけ回されたせいで、いつの間にか〝流れ者〟である自分とこの世界の人々と、必要以上に線引きをしてしまっていた気がしないでもないが。

視界が開けた気分だった。

きれいに言えば、〝さくら〟に背中を押されたのだと思う。

乱暴に言えば、気が抜けてやけを起こした。

――後から思えば、魔が差したとしか言いようがない。

木乃香は、ちょっとした自身の拘りから解放されたふわふわした頭で、ふと思った。

思ってしまったのだ。

「就職の件、ちょっと前向きに考えてみようかな」

と――――。

――――そう。

ちょっと魔が差したというか、浮かれていたとしか言い様がない。

ついうっかり、木乃香が「王都で就職しようと思ったらどうしたらいいんですか」などと口にしてしまってからが早かった。

ジント・オージャイトが〝さくら〟に気を取られて使い物にならない間に。

ものすごくいい笑顔のジェイル・ルーカに、城内の仕事場のような一室へ引っ張り込まれ。

認定試験より格段に少ない書類に自分の名前やら魔法使いの階級やらを書き込み。

そしてその書類を持ってまた別の部屋に行けば、そこに見知らぬ灰色魔法使いがいて。

書類と白マント姿の彼女と書類をちらっと見てから、ジェイル・ルーカと少し会話をしてぽんと書類にハンコを押された。

……こんな流れで、あっさりと王城勤めの内定が出るなど。

木乃香が予測できなかったとしても、きっと仕方がないことだと思うのだ。

余話5 ところでその頃の一郎

「イチローちゃんの元気がないんだよ」

魔法研究所の食堂を預かるゼルマからクセナ・リアンがそんな相談を受けたのは、木乃香たちが王都へと出発して七日目のことだ。

二人の視線の先には、オムレツを頬張ってむぐむぐと口を動かす一郎がいる。

クセナの前にも、相談料とばかりに同じものが置かれていた。

〝流れ者〟木乃香直伝、ゼルマ謹製の人気メニュー、ふわふわチーズオムレツである。

決して速くはないが、着実にもぐもぐと咀嚼（そしゃく）し確実にごっくんと飲みこむ一郎。

食べっぷりを見た限りでは、いや元気だろとゼルマに反論したくなるくらいには。

三歳児程度の大きさしかない体のいったいどこに入るのか。この使役魔獣は、とてもよく食べる。

しかし淡々と口に運ぶその様子は、なんだか義務感が滲んでいた。食べなくても生きていける使役魔獣なのにだ。

ゼルマたちを魅了してやまない「にぱっ」という破壊力抜群の全開笑顔が出ない。

笑っていないわけではないが、明らかにこちらを気遣ってるんだろうなという控えめな笑い方をする。

クセナでさえ分かるのだ。面倒見が良いゼルマなら、見た目幼い子供風の一郎にそんな大人な顔をされるのはつらいだろう。

「最初の数日はとくに変わった様子は無かったんだけど……やっぱりオーカちゃんがいなくて寂しくなったのかねえ」

ゼルマのほうがよほど寂しそうな顔つきで言う。

元気ないって単なる食べすぎもあるんじゃないかな。そんな風にもクセナは思ったのだが。

どうやら、一郎の召喚主であるミアゼ・オーカは無事〝魔法使い〟になれたようだ。

王都からの知らせより早く、クセナは自分の使役魔獣ルビィからそれを聞いた。

そしてルビィは一郎から聞いたらしい。

毎度一緒にいるところを見かけるが、どうやらこんな情報交換も行っているようだ。

ちなみに、ルビィがこんなに話をしているのは一郎をはじめとするミアゼ・オーカのところの使役魔獣だけだ。

使役魔獣は攻撃的なモノが多いので、そもそも余所の使役魔獣と話をするという雰囲気にもならないし、それが普通だった。

ルビィは楽しそうにしているし、こんな情報も手に入れることができたりするので、まあいいかとクセナは思う。

それはともかく。

ミアゼ・オーカが目的を果たせたのはいいのだが、このときに魔法力不足で倒れたらしく。オーカらしいといえばオーカらしいなと彼は思ったものだが、時期的にみて一郎に元気がなくったのもその辺りに原因がありそうだ。

「お前さあ。体、大丈夫なのか？　魔法力足りてるか？」

「うん」

素直にこっくり頷く使役魔獣。

その表情には無理も嘘も見当たらない。

〝形態変化なし。動作異常なし〟。

先ほどちらっと見たとある研究者の観察記録に書かれていた文がクセナの頭に浮かぶ。

といっても〝変化なし〟と近づけないことへの不平不満ばかりの、記録というよりは鬱憤晴らしに近い書きなぐりだったが。

魔法力不足でないのなら単に召喚主を心配してのことなのか、はたまた別の理由があるのか。

クセナは後頭部をかいた。

その道の研究者でさえ頭を悩ませる他人の使役魔獣〝一郎〟のことなど、彼にわかるわけがない。

と。チーズオムレツを食べきったらしい一郎が、じっと彼を見上げていることに気付く。

互いに見つめたまま数秒。

「……もしかして、食べたいのか？」

自分の前に置かれた、少し冷めたオムレツの皿を一郎のほうへ少し押してみる。

今度はその皿をじっとみつめて数秒。

彼はふるふる、と首を横に振った。

「ううん。これは、りあんくんの」

言いながら、もみじのような手でオムレツを押し返す。

そこに我慢している様子はない。

この使役魔獣、基本的に召喚主を真似て他人を呼ぶので、クセナのことも「りあんくん」だ。

そんな風に年上のお兄ちゃんを呼ぶ小さな子供という構図が、傍目には妙にツボにはまるらしい。

それを聞いた『オーカの使役魔獣を愛でる会』のお姉さま方が、よく桃色の悲鳴を上げて悶絶していた。

多感なお年頃であるクセナとしては、正直周囲の反応が鬱陶しくてしょうがない。

この『愛でる会』のメンバーがいつも一郎にべったりと張り付いていたし、その甘々空気の中に入っていくのはやっぱりちょっと、いやかなり嫌だったクセナが一郎に会うのは、実は久しぶりだ。

研究所に来たのだって三日ぶりである。それにしたって自分の使役魔獣ルビィにせっつかれゼルマに呼び止められるまでは、遠目に見てさっさと帰るつもりだった。

配慮されているのか、あるいはゼルマに何か言われたのか。『愛でる会』のメンバーは、今は食堂にいない。

が。食堂の外には、いまだに出禁を言い渡されている研究者魔法使いたちの灰色マントがちらちらと見え隠れしていた。

もうちょっと上手く隠れればいいのに、と思わないでもないが、たぶん彼らも必死なのだろう。

召喚主とその保護者たちが揃って遠出している今。

こんな絶好の機会を〝使役魔獣〟研究の魔法使いたちが見逃すはずはなく、彼らは連日一郎の周囲に出没している。

が。今までと同様、まったく近づけていなかった。

それは、この『オーカの使役魔獣を愛でる会』の存在が大きい。

そしてたまにひとりでいても、なぜか別の使役魔獣が立ちはだかって研究者たちを寄せ付けなかった。

この間など、一郎を背にして庇うように立ちはだかった巨大土人形（ゴーレム）に対して、その召喚主が「おまえおれの使役魔獣だろおおーっ!?」と悲鳴を上げていた。

もう訳がわからない。

使役魔獣たちのほうは解析不能なので、研究者たちの恨みつらみはまだ分かりやすい『愛でる会』の人間たちに向いていた。

こちらがまるで近寄れないというのに、彼女たちは一郎のそばに張り付きこれ見よがしに構い倒しているのである。

そりゃあ「ずるい！」と地団駄を踏みたくもなるだろう。

ここに、小さな使役魔獣をめぐる争いが勃発していた。

あくまで水面下での話である。

大っぴらにならないのは、双方とも一郎を怖がらせてラディアル・ガイル研究所所長の特製防御結界が敷かれたミアゼ・オーカの私室に閉じこもられでもしたら非常に困るという事情があるのと、「小さな子供の前でいい大人がケンカするんじゃないよ」と保護者兼『愛でる会』名誉会長のゼルマが常に目を光らせているからである。

そんな周囲の様子に気が付いているのかいないのか、あるいはどうでもいいのか。

一郎は、毎日きちんと部屋の外へ出て、周囲に元気な顔を見せ、そしてきちんと部屋へ戻る。それこそ義務だとでもいうように。

少し冷めたチーズオムレツをぽいっと口に放り込み、クセナ・リアンは改めて一郎を眺めた。

飽きもせずに見上げてくる赤い瞳は、小首をかしげたせいかどこか不思議そうにも見える。

今日はどうしたのかな、何か用があったのかな。

そう言いたげな視線にちょっとだけ後ろめたさを覚えた。

出発前に「いっちゃんをよろしくお願いします」と頼まれたのに、放っておいたのはクセナだ。

だからというわけではないが。

「……ちょっと、外に出てみるか？」

「え？」

クセナの言葉に、一郎はかしげた小首をまた反対側にかしげた。

彼の召喚主は自分の使役魔獣たちを好き勝手自由気ままに放し飼いにしている非常識な〝流れ者〟なので、行動を制限しているとも思えないが。あまり気が進まない様子である。

一郎の行動範囲が狭いのは、主の留守中に他人に迷惑をかけないようこの使役魔獣なりに気を遣ってもいるからだろう。

自由気ままにお空を飛んで行く鳥型の三号と自由気ままに他人様（ひとさま）の膝にまでお邪魔する猫型の四号に比べれば、この一号はもともと大人しいほうだ。大体は召喚主か弟分の使役魔獣たちと一緒にいて、単独行動をしない。

「体、大丈夫なんだろ？」

「うん……」

「食堂と部屋の往復だけって、面白くないだろ？」

「……そうだねえ。外にでも出てみたら気分転換になるかもしれないね」

使役魔獣に気分転換が必要なのかどうかはともかく、ゼルマも同意する。

そしてどこに準備していたのか、焼き菓子を包んだ布を一郎に握らせ言った。

「イチローちゃん。このお兄ちゃんとちょっと遊んできな」

「え。でも」

「ルビィも心配してたぞ。あいつ、でかいから食堂に来られないけど」

「……………ごめんなさい」

しゅんと項垂（うなだ）れる一郎。

その赤い頭を、クセナはわしゃわしゃと強めに撫でた。

「わ、わ、わ」

「そこは謝るんじゃないだろ」

クセナはさっさと席を立って、一郎をひょいと小脇に抱える。日頃から弟妹たちの世話をしているので、慣れたものだ。

あっ、とどこかで誰かの声が上がる。

どうせ見張っている『愛でる会』か研究者たちかのどちらかだろうから、気にしない。

「そもそも何か言うならおれにじゃなくて、ルビィ」

「……うん」

一郎はまたこっくり頷いた。

そして彼は外の木陰で主を待っていたルビィのもとへ連れて行かれ。

ぐあーぐあーと鳴いては口先でつついてくる赤ドラゴンの頭を、ひたすら撫でるはめになったのだった。

いつの間にかその赤ドラゴンの背中に乗せられ、いつの間にかお空の散歩に連れ出されるまで。

研究所でひとり留守番をするか、〝封印〟で眠りについて帰りを待つか。

それが、木乃香の使役魔獣〝一郎〟に与えられた選択肢だった。

なぜそんなことを聞かれるのかわからず、彼は首をかしげた。

一郎は木乃香の使役魔獣だ。召喚主が命じれば使役魔獣は従う。

わざわざ聞く必要はないのに。

木乃香は、きっと知らないのだ。知っていても、わかっていない。

そもそも彼女から命令らしい命令など一度もされた記憶がない。

ただ寄り添うこと。離れないこと。それがたぶん、一郎のいちばん大事な役目だった。

だから嫌だ寂しい連れてって、と駄々をこねてみることはできただろう。

実際、主から離れてひとり残されるなど嫌だし寂しいし自分も連れて行って欲しいのだ。

でも、主のほうがよほど寂しくてつらそうな顔をして言うものだから、一郎は選択肢にない我儘で困らせるのをやめた。

使役魔獣は、召喚主の魔法力がなければ生きていけない。

いくらふわふわのオムレツや甘いお菓子を食べたところで――本人が喜んで平らげたとしても――なんの足しにもならないのだ。

だから一定の距離や時間召喚主と離れてしまうと、その存在を保てなくなる、というのが常識だった。

研究者たちが日々一郎の周辺に出没するのは、これに注目しているからだ。

魔法力が切れるのはいつか。切れたときどうなるのか。

これまで、一郎にその兆候は見られない。まったくない。

彼と召喚主は、最初からクセナ・リアンや研究者たちが気にしているような魔法力の心配はしていなかった。

考えていなかったわけではない、と思う。たぶん。

ただ漠然と、お互いに魔法力の供給に問題ないとわかっていたのだ。

説明しろと言われても「なんとなく」としか答えられないのだが。

それならせめて、と。

起きていることを一郎は選んだ。

そうすれば離れていても、少なくとも主の存在を感じ取ることはできるから。

でも。

彼女に魔法力がなくなって倒れたときも。新しい使役魔獣(なかま)ができたときも。

一郎はそれを感じ取ることしかできなかった。

彼らから、遠く離れた空の下で。

一郎が連れてこられたのは、マゼンタ王立魔法研究所から最も近い、けれどもそれなりに遠い集落。

クセナ・リアンの実家であった。

そこで一郎を出迎えてくれたのは、彼の家族たちだ。

そんな効果音が聞こえてきそうなほど、純粋な好奇心をめいっぱいたたえた三対の瞳が、一郎をじーっと見つめてくる。

きらきら。きらきら。

ナニコレ？　ダレコレ？

声に出さなくても、うるさいほどに赤茶色の瞳たちが語っていた。

日々構ってくれる〝ねーさま〟たちの砂糖菓子のように甘いそれとも、彼女たちに阻まれて物陰からそろりと窺ってくる研究者たちの粘着質なそれとも違う、とても無邪気で素直な子供の視線である。

しかも近い。ものすごく近い。

思わず後退りしかけた彼の頭に、ぽすっと人の手が置かれた。

「お前ら、コレはオーカの使役魔獣なんだから、仲良くしろよ？」

「くるるぅー」

さらにぐしゃぐしゃと髪を乱されて見上げれば、目の前の三対と同じ色の瞳がある。

その使役魔獣である、赤いドラゴンの姿も。

使役魔獣のくせに、ドラゴンまで兄貴面で「なかよくしろよー」と言っている。

なんとなく成り行きを見守っていた一郎は、再びぐりぐりと髪の毛をこねくり回された。

「まあ、そんなわけで。おれの弟妹のトレクとルヤンとルルシャだ。よろしくなイチロー」

「……」

「……」

「……つの?」

撫でられるたびに、慎ましやかなツノが見え隠れする。

これがまた目の前の子供たちの関心を引いたらしく、今度は視線が赤い頭から離れない。

遠慮のえの字もない大注目のなか。

ちゃんとごあいさつしてね。

そんな主の声が聞こえた気がして、慌てて一郎はぺこんと頭を下げた。

「は、はじめまして。いちろー、です」

「……」

「……」

「……」

「コラお前ら、あいさつは」

「くるう」

年長者とその使役魔獣に言われて、子供たちもはっとしたようだ。

一郎の真似をするように、慌ててぺこっと頭を下げた。

「はじめまして」

「はじめましてー」

「よろしくー」

「くるるー」

弟妹たちの中で、最初に懐いたのはルルシャだった。

懐いたというより、自分より小さく非力そうな存在を守るべき対象だと認識したらしい。

誰に言われるでもなく一郎の手を引いて、家に案内したり畑に連れて行ったり手伝いを教えたりと、実に甲斐甲斐しく世話を焼いていた。

今年五歳。末っ子の彼女は、要するにお姉さんぶりたかったのだ。

お互いに髪も瞳も赤っぽいので、遠目には本当の姉弟のようにも見える。

で、妹のそんな様子に面白くないのは、すぐ上の二人の兄トレクとルヤンである。

いつも彼らの後ろをちまちまと付いてくる妹が、突然兄が連れてきた珍妙な子供に構いきりで、知らんぷりなのだ。

面白くない。全然面白くない。

日ごろから何かと妹にちょっかいをかけては泣かせて母親に怒られている彼らだが、実のところ末っ子で唯一の妹が可愛くて仕方ないのだ。

だがそんなトレクとルヤンだって八歳。

彼らは一郎が持っていた甘い焼き菓子の前に、あっけなく陥落した。

年間を通して乾燥した気候の、辺境マゼンタ。

国境には魔獣まで出没する危険な荒野が広がっているこの土地は、あまり物流が良いとは言えない。意外に作物はよく穫れ、食糧事情が悪いというわけでもないのだが。

マゼンタで作られていないもの――例えば砂糖や新鮮なバターなどは手に入りにくく高価だ。

それをふんだんに使った加工品である焼き菓子は、一般のご家庭ではとても作ろうとか買おうとかいう気にならないぜいたく品なのである。

ちなみに、一郎が持たされた菓子はゼルマが作ったものだ。

辺境でも王立の機関である魔法研究所は、新鮮な食品を新鮮なまま保存できる設備が整ってるし、それなりの食材を揃えられる資金も与えられている。

そうやって仕入れたせっかくの糖分は、頭を使う研究員たちではなく小さな使役魔獣の口にばかり入っているのだが。

「うまー」

「あまー」

さくさく、さくさくという軽い音に、ときどきうっとりした声が混じる。

その内に「形がきれい」となかなか口を付けずに眺めていたルルシャの皿を、トレクが横から取

ろうとした。

　で、さらにその隣に座っていたルヤンがその皿から小さな菓子をつまみかける。

「あー、だめえ！」

「きゅあうー」

「こらお前ら、妹のモノ取ってんじゃねーよ」

　ルルシャが悲鳴を上げるより先に、ずいっと赤い頭を突っ込んで皿を彼女に押し戻したのはルビィだ。呆れたような長兄クセナ・リアンの声がそれに続く。

　赤いドラゴンの鳴き声は「ひとりみっつだっただろ」と説教口調である。

　おそらく召喚主と一緒になって弟妹たちの面倒を見てきたのだろう。口調といい皿を押し返す絶妙な力加減といい、板についている。

「おれの分もやっただろ」

「だってルーが食べたくなさそうだったから」

「ちがうもんー！」

「……ええと」

　一郎は自分の前に置かれた皿を見下ろす。

　そしてす、と彼らの方に押した。

　よく似た色合いの赤茶の瞳が、一斉に彼に向く。

「……食べていいの？」

「うん」

「おまえの分ないじゃん」

「うん、いい」

「……おまえ、いいヤツだなあ」

ためらいもなくこっくり頷く一郎に、やたらと焼き菓子が気に入ったらしい双子が、ちょっと感心したような目を向けてきた。

「イチローちゃんは優しいのね」

ふふふ、と柔らかい笑い声が聞こえたのはそのとき。

お茶を淹れてくれた彼らの母親であるカヤが、にここと子供たちのやりとりを眺めていた。

一郎はふるふる、と首を横に振る。

優しい、というのはちょっと違う気がする。

だって、別に一郎は食べ物を食べなくてもいいのだ。食べなくてもいいものを、食べたい人にあげるだけ。

……と、思っただけなのだが。

カヤの優しい笑顔に、ぽかんとする子供たち。

その直後、ルルシャが一郎の皿に自分の焼き菓子をころんと落とした。

「じゃ、じゃあ、イチローちゃんにはあたしのをひとつあげる」

「え」

ふたりの兄に取られるのが嫌で半泣きになっていたはずなのに、なぜ。

こてんと首をかしげれば、さらにころんころんと焼き菓子が返ってきた。

「やっぱりいいよ」

「ちっさな子からもらうなんて、かっこわりいからな」

「ええ？」

妹から当たり前のように取ろうとしていたのに。

ものすごく食べたそうだったのに、むしろ口を開けて放り込む直前だったのに、なぜ。

混乱する一郎を置き去りに、今度は焼き菓子の押し付け合いが始まった。

「ええー、だめ！　あたしがあげるの！」

「それはもともとルーのだろ」

「食べたかったんだろ？　食べときゃいいじゃん」

「そうだけど、あげたいの！」

「なんだよ、おれらにはくれなかったくせに」

「イチローのは返すんだからいいだろ」

「違うの！　そうじゃないのー！」

ぎゃあぎゃあと賑やかな子供たちに、母親と長兄がため息をつく。

クセナの真似をするように、使役魔獣のルビィまでが「ふう」と少し熱めの息を吐き出した。

「ああ、何したってケンカになるんだから……」

「イチロー、いまのうちにそれ食べとけ」

「くるぅ」

「残ってるとまたもめるからな」

ころころと一郎に割り当てられた焼き菓子三個を皿に残し、ルルシャが置いた分は彼女の皿にさっさと戻す。

言われるままにもそもそと焼き菓子を口に入れながら、一郎は思った。

ヒトって、やっぱりよくわからない。

それから。

一郎は、ほとんど毎日クセナ・リアンに連れられて彼の家に行くことになる。

当然のように最初は『愛でる会』のお姉さま方やら研究者の男共やらに「行かないで！」「ダメだ！」と引き留められた。

が、それで一郎が外出を取りやめたことはない。

快く送り出してくれたのは、はじめてお菓子をねだられたと舞い上がっているゼルマくらいだ。

一郎は木乃香の使役魔獣である。木乃香がダメだと言うならともかく、他の誰が止めたところで言うことを聞く義務はないのだ。

普段素直に従っているのは、言うことを聞かない理由もなかっただけの話である。

……とまあ、そんな難しい説明を一郎はできないので。

「なんで、そんなことゆうの？」

不思議そうに……心の底から不思議そうに、一郎は小首をかしげた。

――そういえばコレは、他人の〝使役魔獣〟。

じゅうぶん分かっているつもりで、すっかり頭から抜けていた常識であった。

ゼルマを除いた『愛でる会』のお姉さま方は、いままでにこにこと素直に言うことを聞いてくれた一郎からの（やんわりとした）拒絶でこの世の終わりのような雰囲気になり。

研究者たちは、まさか規格外の〝使役魔獣〟から常識を思い知らされるとは思わず。こちらもしばらく立ち直れなかったらしい。

ちなみに。それ以外の住人たちからは、「ちょっと静かになって良かった。よく言えたな」と頭を撫でられ、一郎はまたしても首をかしげる羽目になった。

最初は、なんとなく元気のない様子を心配してのことだった。気分転換ついでに元気のよすぎる弟妹たちのオモチャ、いや遊び相手になればいいかなとも、ちらっと思ったわけだが。

一郎は、こちらが心配になるほどとっても従順だ。

基本的に受け身なので、末っ子ルルシャの言われるままに引っ張り回されている。

それにトレクとルヤンの二人がちょっかいをかけにいくのだが、こちらはお目付け役のルビィがいるので、意地悪が過ぎることはなかった。

例えばお手伝いを頼まれると、一郎は決して速くはないもののちゃんとこなす。

文句も言わずに黙々とやるものだから、一郎にいい所を見せたいルルシャも一緒になって熱心に手伝う。

ルルシャは、いつもであればちょっとからかわれただけでも母親カヤや長兄クセナに泣きついてくる甘えん坊だった。

しかしいつでもおっとりと構えている一郎に影響されたのか、自分よりも小さい子供（仮）を守る使命感に燃えているのか。ここのところの彼女は、泣き出すどころか意地悪な兄たちにも立ち向かう強さをみせていた。

トレクとルヤンのほうは、末っ子に兄離れされ反抗されたことでようやく「いじめていたら妹に嫌われるかも」と危機感を抱いたらしい。こちらは逆に慎重な行動をとるようになった。

人間的にもちょっぴり成長したらしい弟妹たちを見て、嬉しいような寂しいような、なんだか複雑な長兄クセナ・リアンである。

そんな、ある日のこと。

「お父さんが、帰ってくるの」

ルルシャが嬉しそうに言った。

彼らの父親は、農園で取れた作物を定期的に街へ運んでいる。契約している店を何箇所か回り、余れば市場などで売り、新しい種や苗、こまごまとした日用品などを購入してから戻るのだ。荷物の量にもよるが、数日かかることが多い。

ちょうど入れ違いだったらしく、一郎はまだ彼らの父親に会えてはいなかった。

そういえば、今日は朝からなんとなく家全体がそわそわ落ち着かない雰囲気だった。

「お父さんね、いまファーメリアまで行ってたの」

「うん」

「ファーメリアって、マゼンタでいちばん大きな街なのよ」

「うん」

「きれいなお花の種を買ってきてくれるって、お父さんが――」

「うん」

先ほどから一郎は「うん」しか言っていないが、お父さんのことを話すのに夢中なルルシャは気付かない。

一郎のほうも、今日は朝からこんな感じだ。

もともとのんびりしているが、いつも以上にのんびりしている。動作がぎしぎししているというか、にぶいというか、適当というか。

しかもぼんやりとしていて、よくその辺の壁や人や使役魔獣にぶつかっては尻餅をついていた。

「魔法力切れ、じゃないんだよな？」

「……ん」

心配そうなクセナへも返事はするものの、これもなんだか適当である。

返事ができないというよりは、返事をする暇が惜しい、とでもいうように。

じっとどこか別の方向を見つめたまま、彼を見ようともしない。

そういえば、ぼけっとしている時はいつも同じ方向を見ていたな、とクセナが気付いたのは後のこと。

「きゅあああああっ」

空を大きく旋回していた彼の使役魔獣ルビィが大きく、しかしどこか嬉しそうに鳴いた、そのときだった。

一郎の赤い双眸が丸く大きく見開かれる。

それまでのぼんやりが嘘のようにぱっと立ち上がった彼は、その勢いのまま走り出した。

「イチローちゃん？」

「おい、どうしたんだよ」

一直線に集落の入口へと向かう。

驚くルルシャたちを振り返りもせず。

早く。ほんの少しでも、早く。

――彼女のもとへ。

やがて置いて行かれた子供たちも、見え始めた大きな荷車にぱあっと顔を輝かせた。

「お父さんの荷車だ！」

「あれっ。本当にいた」

荷台からひょっこりと顔を出したシェーナ・メイズが、てててっと走ってくる赤髪の使役魔獣を見て呟いた。

御者台では、ラディアル・ガイルと荷馬車の持ち主であるカンタカ――クセナたち兄妹の父親だ――が「助かった」「いやいやこちらこそ」と握手を交わしている。

辺境マゼンタの領内でもさらに端っこにある王立魔法研究所まで行ってくれる馬車を探していたラディアルらと、預けておいた荷馬車を引き取りに来たカンタカがマゼンタの領都ファーメリアでばったり出会ったのは、偶然である。

何もない上にたまに魔獣も出る荒野へ行きたがる馬車は少ない。集落へ戻ろうとしたカンタカの馬車は、ラディアルらにとってそれこそ渡りに船だった。

そして、人の良いカンタカは先に研究所まで送ってくれようとしたのだが、木乃香が「先に集落へ、ぜひ！」と強く主張した。

理由はもちろん、彼女の使役魔獣第一号がいるから。

シェーナに続いて下りたジント・オージャイトが、抑揚のない声で淡々と語る。

「当たり前だろう。自分の魔法力を分け与えた使役魔獣の居場所くらい、召喚主が分からなくてどうする。もっとも、ミアゼ・オーカが自身の魔法力にさえ疎いことは今回の王都でも嫌というほど実証されたわけだが……。いや、するとこの場合は魔法力感知だったのか？　それとは別の交信の特殊能力でもあるのか？」

「あー。それはどうでもいいわ」

だんだん独り言に近いものになるジントの頭を軽くはたきながら、シェーナは首をかしげる。

「その使役魔獣のイチローが、なんでリアンのところにいるのかしらね？」

「……それは確かに疑問だ」

視線の先では、木乃香とその使役魔獣がお互いにひしっと抱き着いたところだった。

自分の使役魔獣にどーんと体当たりされた木乃香は、中腰の不安定な姿勢だったこともあり、押し負けて後ろに尻餅をついた。

さらにその勢いのまま ころんとひっくり返ってしまう。

「わわっ」

慌てて起き上がろうとするものの、一郎はぎゅうっと彼女の腰に抱きつき、そして腹のあたりにぐりぐりと額を押しつけてきた。

「……いっちゃん？」

「……………っ」

ヒトの言葉を話せるはずの使役魔獣が、しゃべらない。

ただぎゅっと彼女にしがみついて、ぐりぐりと頭を擦りつけるばかりだ。

小さな子供がいやいやとむずがるように。あるいはそのまま彼女の体内に潜り込もうとでもするかのように。

「いっちゃん」

「……………」

ぐりぐり。ぐりぐり。

「いっちゃん、置いて行ってごめんね」

ぐりぐり。ぐりぐり。

「心配かけてごめん」

「……………」

なだめるように、赤い頭を撫でてみる。

すると一郎は、小さな腕をのばしてきた。

もみじのような手はぺたりと木乃香の頬にあてられる。

ぺたぺたと手のひらを当て、さわさわと撫でる。まるで、何度も存在を確かめるように。労わるように。

やがて一郎だけでなく他の使役魔獣たちまでわらわらと上に乗っかってきたものだから、「うぐぅ」と木乃香から呻き声がもれた。

個々は小さくても、さすがに全部はけっこう重い。

さっそく身に着けた魔法使いの外套は、衝撃は吸収できてもさすがに重さの軽減まではしてくれないらしかった。

「ちょ、ちょっとみんな」

二号以降の使役魔獣たちは一緒になって甘えたかったのかその場のノリか、はたまた遊んでいるだけか。それはわからない。

わからないが、複数の使役魔獣にのしかかられているという言葉だけなら穏やかではない状況にもかかわらず、心配する者は誰もいなかった。もちろん止めに入る者もいない。

むしろ何だかほっこりした空気が漂い、荷馬車のそばでは使役魔獣たちに負けじと末っ子ルルシャにルヤンとトレクまでが父親に抱き着き、彼をよろめかせている。

一郎が、きゅうっと木乃香の首筋に縋りついた。

ヒトの子供のような姿形をしていても、使役魔獣である彼は子供のように泣く能力は持ちあわせていない。

しかしぎゅうぎゅう抱き着いて「うう」と小さく呻く様子は、必死に泣き喚くのを我慢しているようにしか見えなかった。

木乃香は、そんな小さな体を受け止めて頭を撫で続けることしかできない。

そして、ああ帰って来たんだなと実感するのだった。

エピローグ

Epilogue

「だーめーだー!!」

ラディアル・ガイルが唸るように言った。

漆黒のマントから伸びるがっしりとした腕が大きくバツを作る。「だめだ」の三音に合わせてびしびしびし、と両腕をぶつける強調ぶりだ。

あまりの頑なさに、目の前にバツ印を突き出された木乃香はぱちぱちと目を見開く。

彼女の使役魔獣たちも、思い思いに彼女にくっついてお師匠様のバツ印を眺めている。

王都から帰ってきてしばらく。研究所でお留守番していた一郎が、離れていた時間を埋めるかのように召喚主にぴったりとくっついて離れようとしなかった。

こんな使役魔獣第一号につられたのか、あるいは彼女の懐から滅多に出てこない新入りの第五号に影響されたのか、単なるノリか。他の使役魔獣たちまでが木乃香にべったりと張り付くことが多かった。

「どうしてですか?」

「どうもこうも、ダメに決まってるだろ! 王都だぞ!?」

「だから、王都の何がダメなんですか?」

「何もかもがダメだ!」

ひたすらダメダメと怒るお師匠様。

それにむっと口をとがらせる弟子としては、ダメと言われたことよりもダメしか言わない師匠が気に食わない。

会話になっているようで、ぜんぜん会話になっていないのだ。

彼女の使役魔獣たちも、それぞれ不思議そうに、あるいは他の兄弟たちに合わせたように首をひねっていた。


きっかけは、木乃香が王都で働くと言い出したことだった。

働きたい、ではなく働く、である。

なんと王都滞在の短期間で、いや〝魔法使い〟の認定を受けたその日のうちに、彼女は王城勤めの就職内定をもらってしまったのだ。

正直、採用がちょっと簡単すぎるというか、適当すぎるのではないかとは思う。

じっさい、今日王立魔法研究所に正式な内定通知書が届くまで、木乃香も冗談だと思って忘れていた。

「でも、せっかく内定をもらったんですよ？」

「そんなもの辞退だ辞退！」

「国家公務員なのに……」

「コッコなんちゃらが何か知らんが、あそこはダメだ！」

ラディアル・ガイルは忌々し気に舌打ちする。

寝耳に水どころか、寝ている間に荒野の底なし沼にでも放り込まれた気分である。

いったいどうして今まで研究所の敷地の外にすらあまり出ようとしなかった弟子が、急に「王都

ころだというのに。

せっかくあの国王の言う通りに正々堂々と面会を申し込み、「手を出すな」と釘を刺してきたと

に行って働く」と言い出したのか。

「ガイルも人の親になったのかー」などとちょっとからかわれながらも了承を得、無事に〝下級〟魔法使いの認定も受けて、王都からの干渉も目に見えて減ってきていたというのに。

なんでまた本人が自らノコノコと国王のお膝元に行くと言い出したのか。

保護者として、断固反対である。当たり前だ。

きっと何も知らない彼女に、ジェイル・ルーカが良からぬことを吹き込んだのだ。

そうだそうに違いない。

怒鳴り込みたくても、相手は遠い王都のお空の下である。

窓の外をにらみつけるラディアルの視界に、ぱたたっと黄色い小鳥(さぶろう)が羽ばたくのが見えた。

まるで王都まで飛んでいく殺気を見送るかのようであった。

「メイ！　お前からも何か言ってやれ」

「………別にいいんじゃないですか？」

それまで師弟のやりとりを黙って聞いていたシェーナ・メイズが言った。

「メイ!?」

「メイお姉さま！」

ラディアル・ガイルが目をむき、木乃香がぱっと顔を輝かせる。

そういえば所長室に入って来てから、シェーナの立ち位置はずっと木乃香の隣だ。

思わぬ裏切りに、ぐぬぬとラディアルは呻く。

「にあぁ」

そうだよねー。

と同意するように、白い子猫がするんとシェーナの足元に身体を擦りつけた。

ラディアル・ガイルを見るや彼の膝やら肩やらにすぐに飛び乗ってくるこの使役魔獣も、今ばかりはぜんぜん彼のところに近寄ってこない。

別に寂しくはない。寂しくはないのだが、彼の眉間のしわは深くなる一方である。

二対一。加えてもちろん木乃香の使役魔獣たちは木乃香の味方なので、数だけなら七対一である。

ラディアル・ガイルの孤立感は半端なかった。

「……メイ、お前だって王都行きに反対してただろうが」

「オーカに外を見せるいい機会だってわたしに言ったのは所長ですよ?」

「あれは期限付きだったからだ！」

「二度と帰ってこないわけじゃないんだし」

「しかし王都なんて遠すぎるだろう！」

「遠いっちゃ遠いですけども……」

シェーナが呆れたように言えば、木乃香もため息をつく。

位が低いとはいえ魔法大国フローライドの〝魔法使い〟資格を取得したというのに、なんだか過保護度が上がっている気がするのはなぜだろう。

木乃香のチュニックの裾を握りしめている赤髪の子鬼も、しゅんと眉尻を下げた困り顔だ。

シェーナ・メイズも、今回王都まで同行していろいろ考えさせられた。

もちろん、心配は心配だし危険なことは保護者のひとりとして絶対阻止である。

そして自分に何の相談もなく彼女を引き抜いた弟は、今度会ったら絶対に殴ることも決定事項だが。

彼女の結論はこうだ。

「オーカとその使役魔獣たちなら、なんだかんだで大丈夫そうな気がするのよね」

「おまえ、そんな適当な……！」

反論しかけたラディアル・ガイルだったが、彼女たちの周囲をちまちまと動く使役魔獣たちを見て、なんとなく口を閉じてしまった。

木乃香の使役魔獣たちの能力は、だいたい把握している。彼らをうまく使えば、確かに彼女の身に危険が及ぶことは皆無と言っていいだろう。

見た目が見た目なので、安心感を持つより先に気が抜けてしまうが。

彼らを見ていると、小難しいことを考えるのが馬鹿馬鹿しくなってくるというか、なんというか。

なんとなく泳いだ視線の先では、黒い子犬がふるふると尻尾を振っていた。

実に微笑ましく、そしてちょっぴり誇らしげな尻尾であった。

「むしろなんの伝手もない見知らぬ土地に行かれるくらいなら、王都フロルのほうがいいと思うのよね。うちのルカもいるし、何かあればあれにフォローさせればいいのよ」

「むう」

「何より。オーカが自分から行きたいって言ってるのに、引き留めるなんてできないわ」

「むうう」

「お、お姉さま……」

往生際が悪いなあとシェーナは思う。

ラディアルだって自分で研究所を出ていくなら反対しない、とか言ってたくせに。

せっかく彼女が研究所の外の世界に関心を持ち始めたのだ。応援してあげればいいのに。

圧倒的不利なラディアル・ガイルは、まだ不満顔である。

ぼそぼそと低く呟く。

「仕事がしたいなら、研究所で働けばいいだろうが」

「わたしは専門職よりも総合職が合ってるんです」

「ソーゴ……？」

「以前話した事務のお仕事ですよ」

「なんだ。それなら今だってやってるだろう」

木乃香は現在、ラディアル・ガイルの助手のような事をやっていた。

魔法研究所所長としての書類仕事の手伝いをするほかにも、掃除をしたり部屋を散らかさないように見張ったり、時間をみて適度に食事や睡眠をとるよう勧めたりする。

とくに後者は助手というより小さな子供の母親か教育係のようだが、所長室の大掃除を成し遂げたあたりからなんだか周囲にも一目置かれるようになった。

いまでは所長室に期限切れの書類は見当たらないし、所長室だけでなく続き部屋の研究室、ついでに居住棟の私室まで足の踏み場以上の空きを確保できている。

一部で「所長室の平和は彼女なくては保てない」とまで言われているくらいだ。

なのだが。

「でも、別に頼まれたわけじゃなかったたし」

「………」

「自分でやるから手を出さなくていいって、いつも言われるし」

「………そ、それは」

そう。別に頼まれたわけではない。

やると言いつつ放っておいても絶対やらないのがラディアル・ガイルなので、暇な木乃香が勝手にやっていただけだ。

仕事ぶりを認めてくれたのか単に諦めたのか、最近はようやく文句も言わずに書類にサインしてくれるようになったところだった。

しかしだ。

「お師匠様、わたしがいると迷惑そうだったでしょう」

「そんなわけあるか！」

ラディアルが慌てて否定する。

が、彼はもともとあまり自分の部屋、とくに研究室には他人を入れたがらない事を木乃香は知っている。

大きな図体と豪快な召喚武器の割に、彼の扱う召喚陣は緻密で繊細。しかも強大な力を秘めたものなので、手元が狂えば大惨事にもなりかねないからだ。

だから木乃香は、とくに研究中は彼の邪魔をしないように気を付けていたつもりだった。

ただし、それ以外ではいろいろ口うるさく言った覚えがある。

それこそシェーナ・メイズら研究所の人々に「どっちが親だか」と呆れられていたほどだ。

彼らが呆れていたのは木乃香にではなく、面倒くさそうな顔をしながらもちゃっかり弟子に甘えているラディアルのほうなのだが。

子供のように口を尖らせるラディアル・ガイルをなだめるように、木乃香が言った。

「拾ってもらって、お師匠様にはすごく感謝してるんですよ？　だからこれでも、いちおう気にしていたんです。いつまでも研究所でご厄介になるわけにはいきません」

「そんな心配は……っ」

「わたしが、嫌なんです」

「……………」

基本的に、木乃香は受け身である。流され体質ともいう。

彼女から何かを欲しい、やりたいという意欲を見せることもなければ、何かを拒絶することもほとんどなかった。

その彼女が「嫌だ」とラディアルの目を見て、きっぱりと言い放ったのだ。

それだけで驚いてしまい、というか「嫌」と言われたのがショックで彼は何も言えなくなる。

「もとの世界に帰る手段がないのなら、ここでちゃんと自立しないと。いつまでもお師匠様に養ってもらうわけにはいきませんよ」

「……だからムスメになればいいって言ってるだろうが」

「そういう問題じゃなくてですね。というかそれは断ったはず！」

「………はあー？」

シェーナ・メイズが間の抜けた声を出した。

思いのほか大きく馬鹿馬鹿しそうに響いたその声に、木乃香の懐からひょっこりとハムスター(ごろう)が顔を出す。

薄ピンクの極小使役魔獣はきょときょとと周囲を見回して、安心したのかまたすぐに引っ込んでしまった。

「所長？　もしかしてまだ、だったんですか？　オーカとの養子縁組」

「してませんから！」

こめかみを押さえながら答えたのは木乃香である。

ラディアル・ガイルは苦虫を嚙み潰したような顔をしている。

「ええ？　だって養子の話、みんな知ってたわよ？」

「決まってもないのに言いふらさないで下さいよ……」

ふたりの雰囲気がすでに師弟というよりは過保護な親と目が離せない娘、もしくはしょうもない親とそれをフォローする娘である。

誰もが「そうなんだろうな」と思い込んでいた。

本人も、お父さんとか娘とか言っても、否定しなかったのに。

いや。黙認していたのはラディアル・ガイルだけで、そういえば木乃香はいつも否定していた気がする。

「ええ？　なんで？」

「だっておかしいでしょう。結婚もしていないお師匠様にこんな大きな娘とか」

「うん。まあ、それはそうかもしれないけど……」

言いにくそうに、シェーナ・メイズが口を開いた。

「オーカあのね。王都に行くんだったら、所長の養子になっておいたほうがいいかも」

「ええ？」

「いざというとき、後ろ盾は強力なほうがいいから」

フローライド王国は、魔法実力主義である。血筋や家柄よりも魔法の実力がものを言う。

魔法の実力、というより〝魔法使い〟の階級が重要視されているのが現状で、そのために認定試験ではひとつ階級を上げるか下げるかで大騒ぎになるのだ。

魔法使いになれたとはいえ〝下級〟の木乃香は、理不尽な思いをすることもあるだろう。

ラディアル・ガイルの後ろ盾は、必要以上に理不尽な扱いをされないための切り札のようなものだ。

「それって、お師匠様と弟子ってだけじゃだめなんですか？」

「うーん。人それぞれだけど、師弟関係ってけっこう軽いから」

養子縁組と違い、とくに書類も契約も必要ないのが弟子入りである。つまり証拠がない。

たとえば、あちこちの魔法使いを訪ねては師事する者もいるし、高名な魔法使いのもとに一日二日通っただけで「あの方の弟子だ」と胸を張る者もいる。

下級魔法使いの木乃香が最上級魔法使いラディアル・ガイルの弟子だと名乗ったところで、「オ能なくて破門されたんだろう」と笑われるのがオチだという。

「所長自らオーカはオレの弟子だからって言いふらすならまた別でしょうけど」

「嫌だろう、それは」

「……そうですね」

いまそれをやれば、自分が話題の〝流れ者〟ですと宣伝しているようなものである。

国王の嫁騒ぎがおさまったとはいえ、さすがにちょっと勘弁して欲しい。騒がれたいから王都に行くわけではないのだ。

言いふらさなければ周囲が気付かないのはどちらも一緒だが、しかし養子縁組にはちゃんと正式な記録が残る。

だから切り札なのだ。

「それに、〝王族〟が〝王族〟以外の魔法使いを養子にするって、珍しくないのよ」

シェーナは簡単に言うが、これも木乃香が養子縁組を断った理由のひとつだ。

そう。お師匠様の名前はラディアル・ガイル・フローライド。彼はこの国の〝王族〟だったのだ。

このフローライドで次期国王に選ばれるのは、現国王の子供や兄弟ではない。

そのときに最も優秀な〝魔法使い〟。

それを〝王族〟と呼ばれるいくつかの家柄の中から選ぶのだ。

そこに血筋や身分は問われない。

〝王族〟から選ばれるのに血筋を問わない。一見矛盾しているようだが、もともと〝王族〟の家に生まれた者でなくても、養子縁組なり婚姻なりでその家に入れば〝王族〟とみなされる。そして王位に就ける資格も得られるのだ。

それが他国から来た者でも、異世界から来た者でも例外はない。

家族関係を結ぶというよりは、派閥や団体に所属する感覚に近いだろうか。

実際〝王族〟の養子に入り国王、あるいはその側近を務めた者は、過去に何人もいた。

権力争いは、〝王族〟の中にもそれなりにある。だから各家とも力のある魔法使いを取り込もうと、積極的に養子縁組は行われていた。

つまり、〝王族〟はけっこうたくさんいる。

だからラディアルもシェーナも簡単に「養子になれば」と勧めるのだ。

木乃香は「うーん」と首をひねる。

「でも自分も〝王族〟になるっていう響きがどうも……」

イメージの問題だろうが、どれだけ言われても抵抗感が消えないのだ。

「難しく考えなくてもいいのよ？　〝王族〟の皆が皆王様目指しているわけじゃないし。義務もないし」

言いながら、シェーナはラディアル・ガイルを指さす。

確かに、お師匠様は辺境の荒野にいてこそ生き生きしている。王都にいるよりはるかに楽しそうで嬉しそうだ。

〝魔法使い〟の試験の推薦人を決める際に、ラディアル・ガイルが〝王族〟だという話は聞かされていた。〝王族〟である自分が師であると公表したり推薦したりすると望んだ〝下級魔法使い〟が得られないので、自分の名前は一切出さない、と。

最上級魔法使いであるという実力はともかく、だいたい日々もっさりとしていて無精なお師匠様にはぜんぜんロイヤルな雰囲気がなかったので、ものすごく驚いたものだった。

いちばん身近な〝王族〟がそれなのでうっかり油断しそうになるが、名前ひとつで周囲の対応ががらりと変わる肩書きでもある、と暗に教えてくれたのもお師匠様だ。

「〝王族〟だからって目印つけて歩くわけじゃないし。言わなきゃ誰もわからないから」

「そうそう。そうだぞ」

シェーナの言葉にラディアルも頷く。

国王が元気でしばらく退位しそうにもない今、新しく〝王族〟になろうという者はそこまで注目されていない。書類だってサラッと通るだろう。

あとは書類を受け取った役人たちが言いふらさないよう、ちょっと口止めしておけばいいのだ。

「万が一誰かが知ったとしてもよ。最上級魔法使いのコレをわざわざ敵に回すような変なマネをするヤツはいないわ」

「このおれをコレ扱いするおまえもどうかと思うが……そうそう、そうだぞ」

「養子縁組の書類にサインするだけで王都に行けるんだから、いいんじゃない？」

「そうそう、そ………は!?」

うんうんと頷きかけたラディアル・ガイルは、はっと顔を上げた。

「ちょっとまて……！」

「あ。そうだ。署名はオーカの本名で書いたらよくない？　そしたら〝流れ者〟と〝ミアゼ・オーカ〟がつながりにくいかもしれないし」

「……うーん。なるほど」

相変わらず、ここの世界の人々は木乃香の本当の名前をちゃんと呼べない。

いちおうこちらの文字で書けることは書けるのだが、発音がうまく出来ないらしいのだ。

それもあり、ラディアル・ガイルが保護した〝流れ者〟の名前を知っている者は、ごく一部。

まあ中央でも知っている者は知っているが、書面で見るのと聞くのとではまた違うだろう。

「書類はどこ？」

「えーと、たぶんそこの引き出しの三番目の……」

何がどこにあるか、部屋の主よりもよほど詳しい木乃香が言い終わらないうちに、一緒になって執務室を片づけた使役魔獣たちがわらわらと動き出した。

てててっと棚に近づいた一郎がつま先立ちで「よいしょ」と引き出しを開ければ。

そこにひょいと飛び乗った四郎が引き出しの書類に白い頭を突っ込み。

お目当ての養子縁組の書類を三郎がくちばしで引っ張り出せば。

下に待機していた二郎がかぷっとくわえ、尻尾をぴこぴこ振りながら主のもとへと持ってきた。

ぽてっと机に飛び降りた五郎が、「どうぞー」と言わんばかりに羽根ペンの前で鼻をひくつかせている。

「だからちょっと待て。おれは王都行きなんて許可した覚えが――」

「養子縁組に同意してくれそうなんだからいいじゃないですか」

「それはいいが！　それとこれとは別だ！」

「……あのねえ所長」

ラディアル・ガイルの広い肩を、シェーナ・メイズが宥めるようにぽんぽんと叩く。

「メイ、お前はどっちの味方なんだ！」

「わたしはオーカの味方ですよ、もちろん」

当たり前に宣言してから、シェーナがこそっと呟いた。

「オーカに諦める気がないの、わかるでしょう。あんまり反対ばっかりしてると、愛想尽かして家出されちゃいますよ」

「い……っ家出!?」

「そうなってもオーカは困らないでしょう」

「……」

視線の先には、自分の使役魔獣たちから書類を受け取った木乃香がいる。それらをぱらぱらと眺めながら、まだ迷っている風である。

シェーナの言う通りであった。

木乃香はもう王都までの道のりも行き方も知っているし、王都では小賢しくも彼女を勧誘したジェイル・ルーカが何かと力になってくれるのだろう。ラディアルが何もしなくても。

そしてもう就職まで決まってしまっている。今後の収入まで確保できているのだ。

「……それでも、不安なんだ」

少ししょんぼりとして呟く中年男に、彼女の口調は少し投げやりになる。

「さっきも言いましたけど、別の国とか都市とかに行かれたほうが不安ですよ」

腐っても国の中心である。いちばん人が多くて、いちばん整備されていて、そして外から来た者もそれなりに馴染みやすいのが王都フロルだ。

王都なら、多少離れてはいても連絡が取りやすい。情報だって入る。

むしろラディアル・ガイルであればこれくらいの距離、文字通りすぐに飛んで会いに行けるだろう。

「オーカが親離れしようっていうんだから、所長だって子離れしてくださいよ」

「ぐぬう」

養子縁組がまだなのに親離れ子離れも変な話だが、とくにラディアルに関してはそうとしか言いようがないのだから仕方ない。

シェーナ・メイズは木乃香にも言った。

「オーカも。そろそろ妥協してあげれば？」

「ええー、妥協って……」

「ラディアル・ガイルが一度懐に入れた者を簡単に放り出したりしないのは知っているでしょう。何か安心できる要素がないと、納得しないわよ。もちろん、わたしだって心配だもの」

「……………う」

お師匠様に頭ごなしにダメだと言われると反発したくなるが、シェーナにしんみりとした口調で言われると元気に言い返せない。

彼女はふう、とため息をついた。

「まあ、都会に出ちゃったら、こんな辺境の研究所なんて忘れちゃうかもしれないけど」

「そんなわけないですよ！」

「オーカが行っちゃったら寂しくなるな……」

「わたしも、メイお姉さまに会えないのが寂しいです！」

「ときどき手紙くれる？　月イチくらいでいいから」

「当たり前じゃないですか！」

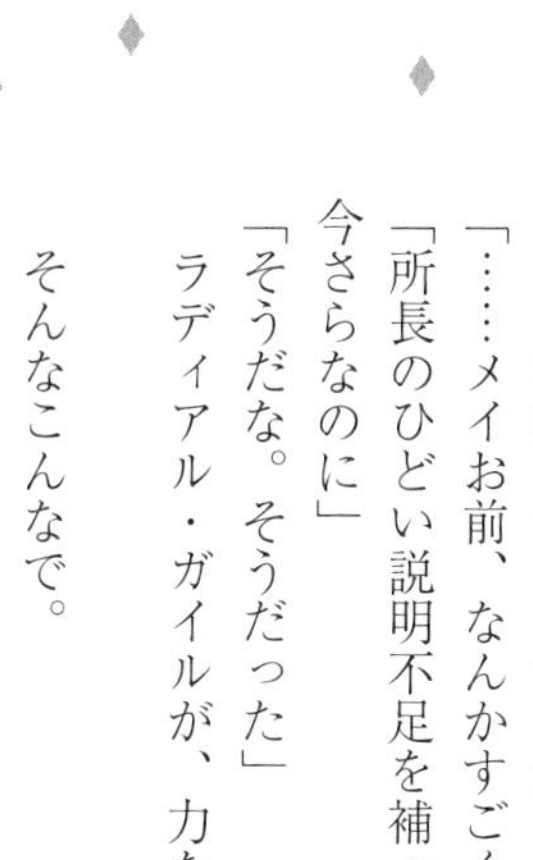

なんだかんだ、定期連絡まで約束させられている木乃香である。

机の上のハムスターが「きぅ」と小さく鳴いて、前足で羽根ペンをつついた。

主が書類にサインする気になったと判断したらしい。

「……メイお前、なんかすごくいい所持っていってないか」

「所長のひどい説明不足を補ってあげたんでしょうが。オーカが世間の一般常識も怪しいのなんて、今さらなのに」

「そうだな。そうだった」

ラディアル・ガイルが、力なく呟いた。


そんなこんなで。

ミアゼ・オーカこと宮瀬木乃香は、異世界での就職先と、過保護なお養父さんまで手に入れることになったのだった。

使役魔獣図鑑
Demon Beast Encyclopedia

一郎（イチロー）

召喚主：ミアゼ・オーカ

メインカラー：赤

かたち：小さな子供（子鬼）風

性格：おっとり甘えん坊

メモ：ヒトの言葉が話せるだけでなく、
他の魔法使いの使役魔獣とも
「お話」できて「お願い」できる。
実は聞き上手。

二郎（ジロー）

召喚主：ミアゼ・オーカ

メインカラー：黒

かたち：ぽってり子犬

性格：健気な甘えん坊

メモ：魔法探知犬。
危ない魔法を探知したときしか
「わん」と吠えないが、
いつも尻尾がぴこぴことよく動いている。
背中を撫でられるのが大好き。

三郎（サブロー）

召喚主：ミアゼ・オーカ

メインカラー：黄

かたち：ぱたぱた小鳥

性格：おしゃべりのマイペース

メモ：くちばしから火を吐く以外に、
簡単な怪我や不調なら治せる
治癒能力もあり。
同じく火を吐くルビィと仲良し。

四郎（シロー）

召喚主：ミアゼ・オーカ

メインカラー：白

かたち：つやふわ子猫

性格：気まぐれな小悪魔

メモ：氷を出して涼める以外に、魔法の効果を止める（凍結させる）能力もあり。
ラディアル・ガイルの膝の上が
最近のお気に入り昼寝スポット。

五郎(ゴロー)

召喚主：ミアゼ・オーカ

メインカラー：薄いピンク

かたち：ちんまりハムスター

性格：臆病な人見知り

メモ：魔法、物理を問わず、
大抵の攻撃は跳ね返すか
吸収してしまう最強の“お守り”。
木乃香の懐に隠れていることが多いので、
目撃者が少ない幻の五番目。

ルビィ

召　喚　主：クセナ・リアン

メインカラー：赤

か　た　ち：正統派ドラゴン

性　　　格：元気な兄貴分

メ　　　モ：見た目通りの炎属性。
召喚主を乗せて空を飛ぶのが大好き。
好奇心旺盛で割と面倒見がよい。
つまりクセナとそっくり（真似をしているのかも？）。

あとがき

この本を手に取って下さって、ありがとうございます。

はじめまして。作者のいちい千冬と申します。

このお話は、『小説家になろう』にて投稿させていただき、現在まで細々と連載しているものです。実は、本書は連載の二章目からのお話です。もし興味を持たれましたら、サイトにもお越し下さると嬉しいです。

また、書籍化にあたり加筆・修正もそこそこ入っていますので、先に連載を読んで下さった方もお楽しみ頂ける内容に仕上げたつもりですが……ど、どうでしょうか。


さてこの『すみっこ』ですが。

投稿開始はなんと二〇一五年でした。わたしはかなり書くのが遅いほうでして、年数の割に文字数がすごく少ないんですが…。

何を考えてこのお話を書き始めたんだったかな、と思い返してみました。

当時、転職したりして、たぶん身体的にも精神的にもちょっと大変だった気がします。それで、ふと「何も考えずに、ストレスなく軽く書ける（読める）短編なんか書きたいなー」と。

前述したように、わたしは書くのが遅いので、「軽く短編」といっても一日かそこらでは完成できないんですが。ええ、短編だけどけっこうかかりました（苦笑）。

ともかく、それで出てきたのが小さくて可愛い癒やし系の使役魔獣たち。

短編で登場したのは三体だけだったのですが、ほかの二体についても設定だけは作ってあり。このまま世に出さないのもなんだかもったいない気がして、蛇足で欄外にちょこっと載せました。

そう、ほんの出来心だったんです。

幸いというか、思ったより多くの方々に読んで頂き。なんだこれはと蛇足に目に留めて下さった読者の方がおり。続編を希望して下さった読者の方がいて、調子に乗って連載を始めた次第です。

最初はちょっと書いて終わるつもりだったんですが、だんだん話が広がり、設定が増え、わたしの見通しの甘さも加わって、気がつけば本が出せるくらいに長く続いて今に至ります。こんなに長くて登場人物が多い話、いままで書いたことなかったですよ……。

書いたことがないと言えば。

今回の書籍化にあたり、本編の追加部分や特典などで短いお話を書きました。わたしは書くのが遅いので（三回目）、サイトでの連載は話を進めるのを優先していまして。サイドストーリーっぽい話は、書き慣れなくてなかなか大変でしたが楽しんで作らせて頂きました。

このお話は、読むのに覚悟がいるような重いストーリーも、残酷な描写も流血沙汰もありません。

以前のわたしのようにちょっと疲れた人がこのお話を読んで、クスッとしたりほっこりしたりして少しでも気分転換になって頂ければいいなあと思っています。

最後に、この場をお借りして御礼を。

まず、拙作に目を留めてくださり、お話を下さったアース・スタールナとスタッフの皆様。書籍化するにあたって、内容や構成など一緒に考えいろいろと相談に乗ってくださった担当者様。発行に携わってくださった全ての皆様に御礼を申し上げます。自分が書いた小説が本屋さんに並ぶなんて、今でも信じられない思いです。

加えてイラストを引き受けてくださった桶乃かもく様。描かれる女の子の感じが木乃香のイメージに近いかな、と思って担当者様を通じてお話させて頂きましたが、使役魔獣たちは可愛いし、ラの付くおじさんは格好いいし、なんとなくしかお伝えしていなかったのに全部素敵に描いていただけて、本当にこのお話とわたしは幸せ者です。

それから旧題『こんな異世界の隅っこで』からお付き合い頂いている、『小説家になろう（よもう）』の読者様。遅い更新なのに辛抱強く待って下さって、なおかつ感想や励ましの言葉まで下さる、あたたかい皆様あってのいちい千冬です。皆様の応援のおかげで書籍化することが出来ました。

さらに、書籍化が決まったときに我が事のように喜んで応援してくださった友人A子様。そのほか小説を書いていることを知っている人、知らない人、どちらでも気分転換に付き合ってくださる友人の皆々様。

ついでに、ひどい肩こり腰痛で最近お世話になりっぱなしの接骨院のスタッフの皆様。

そしてもう一度、この本を手に取り、あまつさえご購入頂いた皆様にも。

ほんとうに、ほんとうにありがとうございます。何度ありがとうを言っても足りないくらい、ほんとうに感謝です。

これからもお話を書いて（それしか出来ないので）、なんとか皆様にご恩返しが出来れば良いのですが。

皆様のご活躍とご健康、そしてまたどこかでお会いできることを願いつつ。

いちい千冬

有難うございました！
『ジント推し！』です♡

こんな異世界のすみっこで 1
ちっちゃな使役魔獣とすごす、ほのぼの魔法使いライフ

発行 ―――― 2023年4月3日　初版第1刷発行

著者 ―――― いちい千冬

イラストレーター ―――― 桶乃かもく

装丁デザイン ―――― AFTERGLOW

発行者 ―――― 幕内和博

編集 ―――― 佐藤大祐

発行所 ―――― 株式会社アース・スター エンターテイメント
〒141-0021　東京都品川区上大崎 3-1-1
目黒セントラルスクエア　7F
TEL：03-5561-7630
FAX：03-5561-7632
https://www.es-luna.jp

印刷・製本 ―――― 図書印刷株式会社

ISBN 978-4-8030-1772-4